EX-ESPOSA

•

URSULA PARROTT

EX-ESPOSA

•

URSULA PARROTT

Posfácio por MARC PARROTT

TORDSILHAS

Rio de Janeiro, 2025

Ex-esposa

Tordesilhas é um selo da Alaúde Editora Ltda., editora do Grupo Editorial Alta Books (Starlin Alta Editora e Consultoria Ltda.)

ISBN: 978-65-5568-301-1

Impresso no Brasil — 1ª Edição, 2025 — Edição revisada conforme o Acordo Ortográfico da Língua Portuguesa de 2009.

Dados Internacionais de Catalogação na Publicação (CIP)

P263e
1.ed.- Parrott, Ursula.
Ex-esposa / Ursula Parrott; tradução de Beatriz Medina. - Rio de Janeiro: Tordesilhas, 2025.

288 p.; 15,7 x 23 cm.

Título original: Ex-wife.
ISBN: 978-65-5568-301-1

1. Literatura norte-americana. 2. Romance. 3. Relações conjugais - Ficção. I. Título. II. Tradução.

CDD 813

Índice para catálogo sistemático:
1. Literatura norte-americana - Romance - 813

Produção Editorial: Grupo Editorial Alta Books
Diretor Editorial: Anderson Vieira
Vendas Governamentais: Cristiane Mutüs
Coordenadora Editorial: Mariana Portugal

Tradução: Beatriz Medina
Copidesque: Edite Siegert
Revisão: Beatriz de Assis
Diagramação: Lucia Quaresma

ALTA BOOKS
GRUPO EDITORIAL

Rua Viúva Cláudio, 291 — Bairro Industrial do Jacaré
CEP: 20.970-031 — Rio de Janeiro (RJ)
Tels.: (21) 3278-8069 / 3278-8419
www.altabooks.com.br — altabooks@altabooks.com.br
Ouvidoria: ouvidoria@altabooks.com.br

Editora **afiliada à:**

abdr

ASSOCIADO CBL Câmara Brasileira do Livro

Para H.

PREFÁCIO

Monica Heisey

No fim do romance *Ex-esposa*, um casal de recém-casados repentinamente divorciados se encontra para um último jantar. Peter e Patricia estão meio cansados de guerra: quando o desequilibrado casamento aberto chegou às bêbadas vias de fato, Peter ficou com uma série de outras mulheres e se mudou, enquanto Patricia recusava o divórcio formal. Palavras grosseiras foram trocadas, e os dois adotaram o hábito de ligar para o outro sob efeito da bebida e sugerir almoços condenados ao fracasso ou sexo ainda mais condenado. Alguém foi jogado numa porta de vidro. Agora, a situação está mais calma. Depois de algumas observações saudosas e mais coquetéis Tom Collins do que seria prudente, chegou a hora de Peter chamar um táxi para a ex-esposa. Ao sair da sala, ele implora: "Pelo amor de Deus, pense em algo irreverente para o discurso de separação. Já pensei no meu." Quando ele volta, as tentativas dos dois fracassam (ter a última palavra nem sempre traz o prazer imaginado). Talvez seja inevitável; como resumir o fim de um casamento?

Um dos muitos sucessos do livro é que, na verdade, ele nem tenta fazer esse resumo. Patricia, a narradora, se equivoca e muda de ideia, duvida de si mesma e conta versões diferentes da parceria e de seu fim a públicos diferentes por razões diversas. O resultado é um retrato comovente, engraçado e, às vezes, perturbador de uma mulher chocada com o fim do que ela achava que duraria para sempre. Ao ler *Ex-esposa* como outra ex-esposa, me espantei com a semelhança das experiências, apesar dos quase cem anos que separam o divórcio de Patricia do meu. Aí estão o conhecido esforço ineficaz de autoaprimoramento, os encontros desastrosos reformulados como anedotas engraçadas para amigos noivos, os caros tratamentos faciais que, na verdade, não poderíamos pagar, os sermões histriônicos sobre o Amor Irrevogavelmente Desfeito. Em meio à identificação alarmante com as humilhações, também havia triunfos conhecidos: uma noitada quase enlouquecida com uma amiga também solteira, o retorno perfeitamente cronometrado numa discussão imaginária, um vislumbre de crença em si na volta da academia, aqueles primeiros flertes que acenam para a possibilidade de que, algum dia, outro ser humano talvez nos deseje e até nos ame.

A capacidade de Ursula Parrott de adejar entre altos e baixos, claros e escuros, é bem adequada ao pano de fundo do romance: o mundo cintilante, mas sinistro, de Nova York na década de 1920. *Ex-esposa* foi lançado em meados de 1929, meses antes do colapso da bolsa de valores que abalou o país, numa época em que a cultura estadunidense flertava com uma nova modernidade, mas ainda tentava se livrar das sobressaias vitorianas. Os estigmas que cercavam o divórcio, o sexo pré-conjugal e extraconjugal e as mulheres no local de trabalho estavam enfraquecendo, mas não tinham sumido; o romance, lançado numa capa embrulhada em papel e deliberadamente sugestiva, contrabandeia tudo isso e muito mais, como alcoolismo, violência doméstica e aborto. O livro foi vendido como celebração da nova mulher do século XX, que bebia em bares clandestinos, dançava em boates e equilibrava a carreira com uma gama de pretendentes.

O lançamento foi escandaloso — de propósito. Publicado anonimamente como artifício de marketing, os jornais o chamaram de "livro sensacional sobre sexo e maridos". Depois de uma enxurrada de especulações na mídia sobre a autoria, Ursula Parrott, escritora de moda (e ex-esposa na vida real), foi desmascarada por uma coluna de fofocas, o que causou outra rodada na imprensa, com manchetes como "Ficção ou confissão?", que soariam familiares a quem, ainda hoje, lê resenhas de mulheres romancistas. Embora a autora insistisse que Patricia era uma personagem composta, inspirada em si mesma e em outras moças em circunstâncias parecidas, a semelhança com a jovem melindrosa de cabelo Chanel na capa era extraordinária, e a associação entre a narradora perturbada e glamorosa e a autora glamorosa e perturbada permaneceu.

Nascida Katherine Ursula Towle em 1899, em Boston, a menina que se tornaria Ursula Parrott sonhava em escrever quando estudava no Radcliffe College. "Kitty", como a chamavam na época, tinha notas medíocres, mas não lhe faltava estilo. Como muitas moças familiarizadas com suas paixões, mas não, por razões variadas, com sua ambição, ela se casou com quem queria ser: um repórter chamado Lindesay Parrott. O casamento não foi feliz; Lindesay impôs a falta de filhos como condição para se unirem, pois queria se concentrar na carreira e aproveitar a nova liberdade trazida pelo pós-guerra e pelo lar adotado de Nova York. Mas essa liberdade não se distribuía igualmente. Ainda era ilegal receber e até distribuir informações sobre controle da natalidade, e Ursula engravidou logo depois do casamento, em 1923. Ela voltou a Boston, onde deu à luz em segredo, chamou o bebê de Marc e o deixou para ser criado pelos seus pais e pela sua irmã. Dois anos depois, Lindesay descobriu a existência desse filho e se divorciou da mulher.

Repentinamente mãe solo que precisava se sustentar, Ursula não podia mais se dar ao luxo de não escrever. Posta na lista negra pelo ex, jornalista bem conectado, e com dificuldade para ser levada a sério por editores misóginos, Ursula recorreu ao tão vilipendiado gênero da "ficção feminina" e criou a história de Patricia, jovem redatora presa no purgatório entre os fins emocional e legal do casamento. Repleto de lindas descrições de roupas e cosméticos e temperado com ácidas frases de efeito sobre bebidas e maus namorados, *Ex-esposa* despertou emoções. Foi um best-seller imediato e vendeu mais de cem mil exemplares no primeiro ano após a publicação. Hollywood poliu as arestas mais sombrias do romance, o reembalou como A divorciada e o lançou como um filme de sucesso que rendeu a Norma Shearer o Oscar de melhor atriz pelo papel-título. Ursula se tornou uma sensação da noite para o dia e se esforçou muito para aproveitar isso ao máximo. Teimosamente, nos vinte anos seguintes, ela consolidou seu nome com mais de vinte volumes de ficção e cinquenta contos, além de artigos em revistas e roteiros para o cinema, e ficou milionária, com um grande número de seguidores e uma obra sempre crescente.

Mas, para ela, a felicidade não foi tão fácil quanto a escrita. Apesar da fortuna substancial, Ursula morreu escondida, profundamente endividada, depois de ser presa várias vezes, uma delas por "prejudicar a lealdade e a disciplina das forças combatentes dos Estados Unidos" (ela tentou tirar um jovem soldado do alojamento e levá-lo para jantar). Três casamentos mal concebidos foram rapidamente seguidos por outros três divórcios, e o relacionamento com o filho, cuja maternidade ela só admitiu quando o menino tinha sete anos, se manteve tenso. Os abortos, o alcoolismo e outros escândalos variados foram alvo da zombaria impiedosa da imprensa. O escárnio do público aumentou conforme ela envelhecia e cumpriu a profecia dos seus primeiros textos sobre "damas que sobram", nome que ela dava às mulheres vítimas de uma sociedade que jogava as mais velhas contra as mais novas. Ela passou os últimos anos em vários hotéis, com amantes, prazos descumpridos para beber e passear com o cachorro (um poodle, incrivelmente, chamado Ex-esposa) e acúmulo de contas não pagas, enquanto dilapidava sua fortuna. Com os escândalos românticos e financeiros, as encomendas e os relacionamentos profissionais secaram. Depois de supostamente escapulir da casa de amigos que a hospedaram com mil dólares em prataria, ela passou os últimos anos fugindo de uma ordem de prisão e morreu sozinha de câncer numa enfermaria de caridade aos 57 anos.

À luz da trajetória de sua vida, talvez não surpreenda que a visão de Ursula Parrott sobre o novo mundo e os novos caminhos disponíveis para as mulheres não seja muito otimista. "Não sou feminista", disse ela *em 1931* à revista *Photoplay*. *"Na verdade, me ressinto das feministas; f*oram elas que começaram tudo isso." Em Ex-esposa, Patricia reflete o ceticismo da sua criadora nas observações irônicas sobre a maneira supostamente liberada como o homem e a mulher modernos amavam e faziam amor. "Os homens costumavam me comprar violetas", diz ela. "Agora, me compram uísque." O mundo de Patricia é cheio de passeios de táxi pelo parque, de flertes com chapéus elegantes e coquetéis fortes em festas espalhafatosas, mas Ursula traça de forma igualmente vívida essas mesmas festas depois do terceiro, do sexto e do décimo sexto drinque; a posição econômica precária das mulheres, cuja viabilidade profissional só existia enquanto fossem consideradas sexualmente viáveis; a indiferença e até a violência dos homens não mais contidas pelas antigas regras do decoro.

O livro é menos uma celebração da mulher não convencional do que um mapa dos riscos que ela corre. Ursula é uma cronista franca e realista do mundo como ele é, mas Ex-esposa também é polvilhado de vislumbres de como o mundo poderia ser: cheio de amizades acolhedoras, arranjos de vida não convencionais, atos de espantosa generosidade entre mulheres e até a bondade de alguns homens gentis. Embora lindamente descritos, eles não são o foco do romance. Na verdade, Patricia termina o livro não como um novo tipo de mulher, mas como sempre foi: esposa de alguém, disposta a tentar de novo com olhos mais abertos. Ao perder outro amor e aceitar a proposta de um homem rico que promete respeitá-la, mesmo que sem romance, Patricia e a amiga Lucia pensam na vida nova e no maravilhoso casaco de pele que o noivo lhe comprou:

> — Vai dar tudo certo, suponho. — Ela passou o dedo pela capa de arminho. — O rótulo pode ser "Sucesso na edição americana", Patricia.

Cem anos depois, ainda é difícil definir "Sucesso na edição americana", principalmente no que diz respeito ao romance heterossexual. Sem dúvida, a própria Ursula nunca achou que o tivesse encontrado, apesar das muitas conquistas profissionais e da vida pouco convencional que, com esforço, criou para si. Ex-esposa deveria ser o seu ponto alto: precursor da autoficção contemporânea, tão relevante, comovente e cáustico hoje quanto na época da publicação, a expressão por excelência da sugestão de Carrie Fisher de "pegue seu coração partido e o transforme em arte". Embora a heroína de Ursula ceda a um casamento de conveniência e a própria Ursula acabe como uma "dama que sobra", Ex-esposa existe hoje como testemunho das outras possibilidades que a virada do século trouxe para as mulheres, entre elas, principalmente, a capacidade de falar francamente sobre o mundo como ele era. Com seu romance, Ursula obteve o que não conseguiu imaginar para a sua heroína, muito menos para si: o contestado consolo da última palavra.

EX-ESPOSA

I

Meu marido me deixou quatro anos atrás. Por que, não entendo direito, nunca entendi. Desconfio que ele também não. Hoje, quando o que parecia uma catástrofe e suas causas são assuntos igualmente irrelevantes, minha tendência é, cada vez mais, crer que ele chegou ao ponto de me abandonar porque reagi de forma exagerada à primeira menção da possibilidade.

É claro que, durante os seis meses frenéticos que precederam a sua real partida, ele apresentou razões para isso, às dúzias. Eu me lembro de algumas. Às vezes, dizia que perdi a minha beleza. Outras vezes, que eu só tinha minha aparência como recomendação. Dizia que eu não me interessava pelos interesses dele. Dizia também que eu insistia em me lançar em todos eles. Dizia que eu era apática ou temperamental: não tinha senso moral ou era puritana. Dizia que queria se casar com uma mulher que realmente amasse; e que, quando se livrasse de mim, não se casaria com mais ninguém nem que apostassem.

Nos quatro anos desde então, escutei as causas dadas para o triste fim de muitos casamentos e passei a considerar a lista de meu marido tão sensata quanto as outras.

Ele se cansou de mim; caçou razões para justificar seu cansaço e as encontrou. Pareciam válidas para ele. Suponho que, se tivesse me cansado dele, eu faria a mesma coisa.

Mas eu não me cansara dele; assim, combati sua partida de forma impiedosa e muito burra. Tinha certeza de que, se lutasse, eu venceria. Nunca fui tão segura de mim desde aquela época em que tinha 24 anos. Nenhuma agitação de escrúpulos éticos sobre a possessividade, nem a ideia da inutilidade de coagir emoções complicavam meu esforço para manter o que queria.

A princípio, creio que fingi motivos elevados — "fique em nome de nossas famílias" e coisas assim. Mais tarde, com mais pânico, experimentei discussão, raiva, angústia, histeria e ameaças de suicídio; e me recusei a admitir para mim, até cinco minutos antes da sua partida, que ele realmente poderia ir embora, apesar de tudo...

Enquanto ele acabava de fazer as malas, fiquei sentada e comecei a acreditar. Tentei pensar em algum milagre de última hora para continuar: considerei cortar os pulsos para que ele tivesse de buscar o médico e ficar até que eu me recuperasse. Mas reconheci, num mundo que de repente se tornara um lugar completamente inacreditável, que ele poderia simplesmente sair e me deixar para morrer dos cortes.

Torci para parecer arrasada; torci para parecer adorável. Então me lembrei de que a poltrona em que me sentava era um presente de casamento da tia Janet, tia dele, e me perguntei o que se faz com os presentes da família do marido quando ele vai embora. (Em Nova York, são finalmente vendidos a amigos recém-casados sem recursos.) O abajur ao meu lado era um dos primeiros no estilo modernista. Eu me lembrei de que a Wanamaker's ainda não fora paga por ele.

O som das malas se fechando parou. Ele entrou.

Ficou ali em pé, bonito, teimoso e infeliz. Fui tomada por recordações de como achei bela a sua aparência — na primeira vez que nos vimos, numa festa em New Haven, quatro, não, cinco primaveras...

— Vou pegar um táxi para levar as minhas coisas — disse ele.

— Peter, não vá — respondi.

— De que adianta isso? — perguntou ele.

Nós nos olhamos. De repente, depois de seis meses em que sempre conseguia encontrar mais um protesto, relevante ou não, não havia mais nenhum.

Eu doía. Tínhamos nos amado por três anos e nos detestado em metade do quarto ano. Parecia um caminho muito longo a percorrer a partir de um começo alegre e confiante.

Aparentemente, ele tinha algumas últimas palavras a proferir, caso eu não tivesse nenhuma. Ele suprimiu dois ou três inícios.

— Quando vai se divorciar de mim, Patricia?

— No outro lado do inferno — respondi.

Ele deu de ombros. Nem mesmo estava com raiva. Só parecia cansado.

— Como quiser, Patty. — (Ele não me chamava de "Patty" havia meses. "Pat", com informalidade; "Patricia", com fúria.)

— Bom, não sofra demais por mim, minha velha — disse ele, então. Aproximou-se, acariciou meu cabelo e saiu.

Minha última e mais tola inspiração chegou. Pensei: *se ele não pegar as malas, não poderá partir* e tranquei a porta do apartamento. Ele voltou com o motorista do táxi e bateu. Fiquei imóvel. Ele gritou:

— Se você não abrir esta porta, vou arrombar.

Ele arrombaria. Então abri a porta. Ele jogou as chaves na mesa.

— Não precisarei delas — disse.

Voltei a me sentar na poltrona. Malas, sacolas, taxista, marido partiram com barulho. Pensei: *É o fim. Por que não choro nem nada?*

II

Naquele espaço preguiçoso do domingo entre o café da manhã tardio e a hora de se vestir para um coquetel, Lucia, com quem eu dividia apartamento, tentou definir “ex-esposa”.

— Nem toda mulher que foi casada é uma delas. Há mulheres sobre as quais é mais importante saber se trabalham nisso ou naquilo, se gostam de viajar ou de ir a concertos sinfônicos, do que se já foram casadas com alguém.

Reflexiva, ela me olhou.

— Você é uma ex-esposa, Pat, porque essa é a coisa mais importante a saber sobre você… Explica o resto todo, que você já foi casada com um homem que a deixou.

— Você também, por essa definição. O fato de ter sido casada com Arch explica quase tudo a seu respeito — retruquei.

— É, mas meio que estou convalescendo. Não se é ex-esposa quando se está apaixonada outra vez ou quando nunca mais se pensa no marido.

— Quantos anos são necessários para chegar a esse estágio? — perguntei. Eu tinha jantado com Pete na noite anterior e sabia que ficaria péssima por uma semana.

— Calma, calma, criança — disse ela. — Você se sentirá melhor amanhã. — Ela recomeçou. — A ex-esposa é uma mulher com torcicolo porque olha o matrimônio por sobre o ombro.

Dei minha contribuição.

— A ex-esposa é a mulher que vive tagarelando nas festas sobre as alegrias de ser independente quando está sóbria... e começa a falar das virtudes ou vilanias do antigo marido quando toma um drinque a mais.

— A ex-esposa — afirmou Lucia — é apenas uma mulher excedente, como aquelas com as quais os sociólogos se preocupavam durante a guerra.

— Mas ninguém se preocupa com a ex-esposa, a não ser a família dela... ou o marido, se for daquelas que recebem pensão — retorqui.

— Ainda não precisamos nos preocupar com isso, querida. A demanda por nós ainda é grande. Espere até termos 40... se não morrermos de falta de sono até lá.

— Vou morrer de beber absinto ruim — anunciei, resignada.

Lucia protestou.

— Quero muito que você pare de beber esse troço. Vai prejudicar sua aparência.

Mas a voz dela era lânguida. Estávamos apenas conversando. Logo chegaria a hora de maquiar o rosto, pôr um vestido de veludo e tudo começaria a acontecer depressa outra vez. Não era uma vida ruim quando tudo acontecia depressa. E geralmente acontecia.

Tentei mais uma definição.

— As ex-esposas... ex-esposas jovens e bonitas como nós ilustram que essa liberdade para as mulheres foi a maior dádiva de Deus para os homens.

Rimos. O sol de inverno chegava quentinho aos nossos ombros. Era agradável ficarmos ali sentadas. Peter e eu tínhamos brigado como demônios na noite anterior.

— Não pense nele — disse Lucia. — Sempre consigo saber quando pensa nele: isso faz coisas horrendas com sua boca. — De repente, ela falava de ex-esposas outra vez.

Eu me sentia amarga. Dali a pouco, disse:

— A ex-esposa é uma jovem para quem a eternidade prometida na cerimônia de casamento se reduz a três, cinco ou oito anos.

Lucia:

— Criadas sob os estandartes esfarrapados do "Amor eterno" e de "Tudo pela pureza", temos de nos adaptar à vida na era das aventuras de uma noite só.

Então ela se lembrou de que tentava me alegrar.

— Querida, que diferença faz... Somos incrivelmente populares, conhecemos inúmeros homens e vamos a toda parte.

— Todos eles querem dormir conosco — disse eu. — Portanto, quando chegam aqui para jantar começam a se organizar para ficar até o café da manhã.

— E isso também não tem muita importância, Pat. Você sabe que não tem. Só está se sentindo meio chocha hoje... O que vai usar?

Disse a ela e fui me vestir. Quando desci, ela tinha preparado dois martínis. Eu me senti melhor quando tomei o meu.

Depois disso, Max chegou. Demos um martíni a ele, que exclamou: "Ao crime e a outros prazeres". Ele sempre dizia isso como brinde. Então, perguntou sobre nossa saúde e nosso trabalho. Suponho que foi porque, para ele, o trabalho parecia importante.

Para nós, não era. Ambas fazíamos publicidade. Lucia estava numa agência. Eu era redatora de moda de uma loja de departamentos. Em média, ganhávamos uns cem dólares por semana cada, com uma miuçalha de redação autônoma. Tínhamos uma assim chamada mansarda na Park Avenue. O aluguel era 175 dólares por mês e gastávamos quase todo o resto do dinheiro em roupas. Nunca poupávamos nada.

Lucia disse que costumava economizar quando casada. Eu também. Certa vez poupei cinco dólares por semana durante um ano para comprar um tapete que seria "bom o bastante para manter quando tivéssemos uma casa". Quando Peter partiu, vendi o tapete por quarenta dólares e comprei um par de sapatos e um chapéu com o dinheiro.

Enquanto estava casada, eu poupava e fazia planos para os próximos cinquenta anos ou mais. Depois, não fiz planos nem para o mês depois do próximo. Parecia perda de tempo.

Quando já não havia muito a dizer a Max sobre o trabalho, nós o levamos conosco para o coquetel. Ele amava observar a geração mais jovem. Ou assim dizia.

Não conhecíamos muitos judeus. Ele era um dos melhores. Era velho; parecia um retrato de Rembrandt; ganhara cerca de um milhão de dólares no negócio de lixo; e fora assumido por pessoas que queriam que doasse dinheiro às suas filantropias. Tinha uma esposa imensa que adorava. Certo dia, nos disse com orgulho que ela estava aprendendo a escrever. Pensamos um instante que era escrever livros; mas ele falava do ABC.

Ele não era um dos nossos. Mas não formávamos um conjunto, éramos só peças descombinadas. Os nomes na minha agenda no primeiro ano pós-Peter mostram muito bem o tipo de gente que conhecíamos. (Não consigo me lembrar de quem eram algumas iniciais.)

"Jantar — Richard"... Ele foi editor das colunas de domingo de um jornal. Foi para Hollywood num daqueles contratos de oportunidade de três meses. Dizem que agora escreve sobre esportes em São Francisco.

"H. R. G. — 8 horas"... Autor de uma peça que fez sucesso e duas que fracassaram. Fui com ele à estreia de um dos fracassos. Não era uma noite de gala.

"David — café da manhã domingo" ... Quem era David? Alguma associação vagamente desagradável. Ah, sim, foi naquela noite que saí realmente furiosa de um táxi na rua Oitenta e Seis no meio da nevasca. David importava envoltórios de salsicha da Rússia. Que ocupação estranha.

"Hal — ir à cervejaria em Hoboken"... Ele era apenas um ex-embaixador que se achava muitíssimo jovem no fundo do coração.

"Leonard — no Russian Bear — 8 horas"... Ele era um doce. Ex-acadêmico de Rhodes que trabalhava num tabloide por trinta pratas por semana.

"C. L. C. — no Ritz — 7h15" ... Romancista da geração mais jovem. Sempre admitia isso sem que lhe perguntassem.

"Dominic — jantar no Cecelia"... Só um cirurgião italiano, jovem e solene; dançava como um profissional argentino.

"Gerard — no Brevoort — 6h30"... Era um garoto de Wall Street.

"Ken-Ken-Ken"... pelo menos três vezes por semana durante aquele ano quase todo. Quando vejo o nome, enxergo as luzes dos salões de dança do Harlem cintilando no cabelo mais dourado que já vi. Ele poderia ser o maior diretor de arte do cinema. Tivemos os momentos mais lindos que se pode imaginar. Mas ele nunca me beijou.

"John—Samarkand — 9 horas"... murais pintados em gasômetros, fraternidades como o Elks Club e lugares assim.

"Ned — na casa dele — 6h30"... ele fazia alguma coisa no setor editorial; colecionava Napoleon e servia quantidades intermináveis de conhaque maravilhoso.

Os homens eram assim. Eu não tinha muito envolvimento com mulheres.

III

Aquela conversa com Lucia sobre ex-esposas foi mais de um ano depois da noite em que Peter me deixou sentada na poltrona da tia Janet.

Fiquei lá sentada quatro horas e meia. Sei exatamente porque, quando ouvi o táxi de Peter dar a partida, olhei o relógio de banjo que meu avô nos deu. Eram seis e dez.

Havia um maço fechado de cigarros a meu lado. Rasguei dois ou três ao abrir, acendi um e tentei perceber que não havia mais Peter. Em vez disso, comecei a recordar coisas que fizemos. Elas deslizavam pela minha cabeça como filmes passados depressa demais — só que em cores vivas, não em preto, branco e cinza, e tinham o som das vozes e a fragrância das coisas.

Inverno em Londres. (Gastamos cada centavo dos cheques que ganhamos de presente de casamento em quatro meses na Inglaterra e uma primavera em Paris, porque, depois disso, Peter teria de trabalhar duro por muito tempo e se tornar um repórter famoso. Ou, sugeri, um crítico teatral, porque eu gostava demais de teatro.) Depois do almoço, costumávamos correr até a agência do banco Brown-Shipley da Pall Mall para descontar um cheque; então descíamos o Strand até o bar Romano's para entrar lá antes que parassem de servir às duas e meia. Em geral, sem fôlego, chegávamos à porta às duas e vinte e cinco.

Peter pedia de uma vez uísque com soda duplo suficiente para durar a tarde toda. Um pouco do fog se infiltrava. Consigo recordar o cheiro do fog; a fragrância enfumaçada do uísque; as luzes espiando nas garrafinhas de Schweppes espalhadas pela mesa toda; a voz profunda de Peter dizendo coisas alegres sobre como eu era bonita e como nos divertiríamos e os lugares estranhos para onde viajaríamos algum dia, assim que tivéssemos dinheiro — Moscou e Buenos Aires, Budapeste e China.

Ou, no terceiro coquetel:

— Estou ensinando você a beber direito, Patty, querida. As esposas da maioria dos homens bebem muito mal. Bom uísque... ele estará ao seu lado, Pat, nos dias em que tiver grandes tristezas... Mas nunca deixarei que você tenha grandes tristezas. Nenhuma grande tristeza e nenhum bebê, pelo menos nenhum bebê por muito anos. Você é jovem e bonita demais, não quero que sofra.

Mas tivemos um bebê ao voltarmos para casa, quando Peter ganhava 45 dólares por semana. Ele ficou perturbadíssimo. Quando não se preocupava com o modo de sustentá-lo, se perguntava se eu sofreria muito e se voltaria a ser bonita.

Ele tinha 22 anos, eu, 21.

Nossas famílias nos deixavam passar necessidade porque é preciso dar aos jovens uma noção da realidade da vida. Mas achavam que nos deixavam passar necessidade a 75 dólares por semana; foi o que lhes dissemos que era o salário de Peter.

Quando me acostumei à ideia de ter um bebê, achei que seria bem agradável... um filhinho parecido com Pete.

— Com que diabos vamos pôr o bebê num quarto e sala? — perguntou ele. — Nunca mais ficaremos sozinhos. Vai tomar todo o nosso tempo. Terá de ser lavado, ninado e alimentado incessantemente.

— Talvez ele possa dormir na cozinha — respondi, — e vou deixá-lo fazer longas visitas à minha família, para você não se cansar.

— Meu Deus — disse ele. — Eles choram o tempo todo, não é?

— Não sei, Pete, estou muito horrível?

— É claro que não, e, seja como for, espero que você supere.

Fui para casa em Boston para o nascimento do bebê. Sentia que o que me acontecesse seria mais fácil de aguentar se eu não visse Pete com cara de sofrimento, se esforçando para ser útil.

O bebê era menino. Tinha enormes olhos azul-escuros, uma penugem de cabelo claro como o de Peter e pesava 3 quilos e 850 gramas. Fiquei louca por ele; nos intervalos dessa adoração, sentia que não tinha energia nem interesse por nada e nunca mais teria.

Pete veio olhá-lo, é claro; mas ficou tão contente porque eu estava magra outra vez que não disse nada sobre o bebê, a não ser para pedir:

— Chame-o de Patrick, porque o seu nome é Patricia; e porque, quando ele crescer, Patrick será um nome tão raro que estará novamente em boa posição.

Foi o que fiz. Achei divertido ter um bebê chamado Patrick.

Depois de ficar três meses em casa com Patrick, fui visitar Pete sozinha durante uma semana, para procurar um apartamento onde pudéssemos alojar o bebê. A solução da cozinha não parecia adequada, agora que ele tinha nascido.

O bebê morreu no segundo dia em que eu estava em Nova York.

Quando voltei a Peter, estávamos em frenéticas dificuldades financeiras. Ele fizera um empréstimo para pagar a minha conta no hospital, porque não quisemos que as nossas famílias soubessem que não poderíamos pagar. Ele esperava ganhar mais dez dólares por semana, mas só conseguiu cinco.

Não estávamos muito felizes. Às vezes, quando se cansava, ele ficava exasperado porque eu chorava muito por causa do bebê, e eu ficava sempre vagamente ressentida porque ele não parecia nem um pouquinho triste pelo filho.

A situação melhorou dali a algum tempo. As nossas famílias, que tinham começado a perceber que éramos paupérrimos, nos enviaram cheques de aniversário, que pagaram as dívidas. Nós nos mudamos para um apartamento perto do limite oeste de Greenwich Village. Tinha um terraço onde nos sentávamos nas noites quentes de agosto e conversávamos outra vez sobre os lugares aonde iríamos e as coisas que faríamos em breve (mas não tão em breve quanto parecia no ano anterior).

Um homem no outro lado da rua tocava Chopin gloriosamente. Eu costumava me sentar com a cabeça no ombro de Pete para escutar, sentindo-me tranquila.

Certo dia:

— Patty, temos de ajustar o orçamento para incluir um par de sapatos para mim. A lateral deste rasgou e a sola furou ao mesmo tempo.

— Que tragédia, Pete. Faz um mês que não consigo apaziguar o geleiro e o homem da lavanderia ao mesmo tempo. Quanto custa um par de sapatos masculinos?

— Querida, o que eu costumava pagar pelos meus e o que posso pagar agora são coisas completamente diferentes.

No dia seguinte:

— Vi um par por seis dólares que não parece horrível demais. Podemos poupar três dólares esta semana e três na próxima, minha filha? — Ele estava cortando papelão para pôr na sola do sapato furado e bastante alegre com isso.

Eu me senti tristíssima. Pobre Peter. Ele sempre se vestira tão bem, ainda que informalmente.

Os sapatos novos se tornaram o grande evento daquelas duas semanas.

Na noite anterior ao segundo dia de pagamento, ele chegou em casa alegre.

— O tio Harrison me mandou um telegrama no escritório. Estará no Brevoort às sete para nos levar para um enorme jantar, Pat. Corra e se vista. Gostaria que fosse amanhã e eu tivesse os sapatos bonitos.

Eles passaram de "não horrível demais" a "bonitos" em uma quinzena de expectativa.

Eu me vesti. Tinha uma ou duas peças restantes do enxoval que eram bastante possíveis. Mas:

— Pete, qual você prefere, a meia com um fio corrido enorme por dentro ou a que tem um fio corrido médio nas costas?

— Meu Deus, querida, todas as suas meias estão gastas?

— Parece que sim.

Escolhemos o par com o fio corrido por dentro e fizemos uma linda refeição com o tio dele.

No dia seguinte, ele chegou muito constrangido. Procurei os lindos sapatos, mas ele não os usava. Carregava um pacotinho.

— Eu lhe trouxe um presente, Patty — disse ele, que tinha me comprado três pares de meias.

Na semana seguinte, ele recebeu um aumento de dez dólares no salário; e, no outro mês, respondi a um anúncio do Times que pedia um redator e menti sobre a experiência prévia; fui contratada por quarenta dólares por semana. A princípio, Pete escrevia para mim, na noite anterior, os anúncios do dia seguinte, até que aprendi a fazer sozinha.

De repente, tínhamos dinheiro para uma criada; para Pete tomar um drinque no caminho de casa; para jantarmos fora toda noite; e dinheiro para gim e festas.

Duramos apenas um ano depois disso.

Peter e eu bebíamos bem; isto é, ele não ficava barulhento e eu não ficava risonha; e no fim da noite nenhum de nós seria encontrado pálido e tonto na cama mais próxima; mas isso não é dizer que ele não apertasse mais a garota com quem dançava com oito drinques do que com três, nem que eu não aceitasse lindos discursos de quase qualquer um com mais interesse na mesma proporção.

Ainda estávamos apaixonados e com agudo ciúme um do outro; mas nunca admitíamos o ciúme: era exageradamente antiquado. Ele me incentivava a ir a jantares e lugares para dançar, lugares que ele não podia pagar, com os ocasionais amigos de fora da cidade que apareciam; porque ele queria que eu me divertisse. E ele adquiriu duas ou três belas esposas levemente incompreendidas que o chamavam para ser a quarta pessoa no bridge ou a segunda no chá. Eu achava que tudo aquilo era agradável para ele.

Mas éramos ciumentos. Certa vez, quando dei com ele beijando um par de ombros encantadores numa festa, não disse nada, mas me ressenti. E, numa noite em que sofri um acidente de automóvel trivial em Nova Jersey e apareci muito amarrotada às cinco da manhã, ele foi o marido moderno, calmo e divertido nos modos, mas os olhos estavam furiosos.

Há uma progressão nas coisas desse tipo.

Enquanto eu estava na praia no fim de semana, Peter passou a noite com uma das esposas não muito felizes. Ele me contou. Ele e eu estávamos, decididamente, comprometidos com a política da franqueza. Não fiz nenhuma cena a respeito — e nunca mais me senti como antes a respeito de Pete.

Para mim, seria inacreditável que eu fosse infiel a ele. Mas fui, dois ou três meses depois do episódio.

Pete foi a Filadélfia no domingo. Rickey telefonou e perguntou se poderia sair conosco, como sempre, na noite de sábado, beber, jantar em algum lugar. Eu lhe disse que Pete estava viajando, e ele disse que me levaria a lugares para me divertir. Esse tipo de coisa já tinha acontecido dezenas de vezes — um bom número delas com Rickey.

Acontece que ele era o amigo mais antigo de Pete. A mesma turma na escola primária e coisa assim. Gostava de mim; dançávamos bem; em geral ele me beijava uma ou duas vezes no decorrer da noite, e Pete sabia. Não acredito que Rickey tivesse ambições a meu respeito mais definidas nessa ocasião do que nas outras.

Tivemos vontade de nos degradar e fomos ao Harlem; mas a noite estava quente, e o Harlem estava lotado e grudento. Então, Rickey disse:

— Vamos à minha casa. Vou preparar algo fresco para bebermos, poremos uma sinfonia no fonógrafo. Será mais calmo.

Não parecia haver razão para recusar. Ainda estava cedo, e, de qualquer modo, eu não estava com sono.

Rickey preparou gin fizz, e nos sentamos algum tempo no banco da janela para admirar Washington Square, pusemos alguns discos para tocar e tomamos mais fizz. Falamos sobre Galsworthy, Wells e Bennett, pelo que me lembro. Fui ao quarto dele retocar o batom; ele entrou e se sentiu impelido a me beijar. Eu o beijei também. Gostava muito de Rickey.

Então — quer se devesse à noite de verão, quer à atração física ou aos fizz, não importa muito —, Rickey virou um homem das cavernas. A princípio, só me espantei. Então, me zanguei e disse: "Rickey, pare neste instante". O instante, especificamente, foi quando ele parou de beijar minha boca e começou a beijar o meu pescoço.

Ele parou e ficou um minuto com o braço sobre meus ombros. Ergui os olhos para ele — era quase trinta centímetros mais alto do que eu — um rapaz agradável de cabelos castanhos.

— Sinto muito — disse ele.

— Não faça essa cara trágica, Rickey, querido. Não me sinto elogiada por fazer alguém ficar assim.

Ele riu então, e me beijou de novo; num momento, lá se foi tudo de novo.

Mas naquele momento perdi a vontade de fazer algo a respeito. Curiosidade? Desejo? A sensação que Pete tivera e por que eu também não deveria? A ideia de que seria uma aventura? Não consigo me lembrar agora. Tantas coisas intervieram.

Acordei às seis. Rickey, adormecido, parecia muito pacífico. De qualquer ângulo que eu olhasse aquela cabeça bem-apessoada, não conseguia fazer com que parecesse um vilão.

Pensei em Peter e pensei que ia passar mal. Assim, me levantei em silêncio, tomei um banho e me vesti. Rickey ainda dormia. Deixei-lhe um bilhete. Eu me lembro.

Dizia: "Rickey: não vou ter um ataque histérico, mas sei que não conseguiria pensar em nada para dizer no café da manhã. Não demore a nos ligar."

Assim que entrei em casa, tive o ataque histérico. Todos os fantasmas das minhas ancestrais que foram boas mulheres apareceram para me condenar. Então, considerei o problema de Peter. Tive mais histeria. Estava com muita fome e fui ao Alice McCollister's Coffee Shop e tomei um grande café da manhã.

Peter deveria chegar às seis da tarde. Eram quase quatro quando descobri que estava com medo de lhe contar — que confrontar um jovem marido teoricamente moderno com o fato real da infidelidade da esposa estava simplesmente além das minhas forças.

Assim, o que fiz a respeito de Peter foi tomar outro banho. Então, maquiei o rosto com cuidado e o recebi com chá e bolinhos em vez de uma confissão. Jantamos fora e encontramos Rickey por acaso; ele e Pete tiveram uma daquelas noites de reminiscências de quando jogaram no mesmo time. Escutei e pensei que a vida não era muito simples. Provavelmente, foi a primeira vez que isso me ocorreu.

Também percebi que, se contasse a Peter, não poderia lhe dizer que foi com Rickey. O padrão esposa-e-melhor-amigo era especialmente pavoroso. Além disso, Peter poderia achar que o homem que levara a sua esposa à perdição deveria ser surrado à moda convencional; e, provavelmente, ele não conseguiria bater em Rickey, que era muito maior. Isso só aumentaria a humilhação de Peter.

Sei que tudo isso soa absurdo — como se eu pensasse então que a coisa pudesse ser encenada como farsa. Não pensei. Havia angústia, arrependimento e perplexidade. Mas eles se dissiparam. Só me lembro da surpresa porque todas as teorias sobre o direito a experimentar e a desejabilidade da experiência variada — teorias que pareciam tão absolutamente adequadas na discussão das aventuras sexuais de conhecidos — não serviam para nada quando a decisão era concernente a Peter e a mim.

Também a surpresa de que, embora estivesse casada com Pete havia mais de dois anos, eu não tinha a menor ideia de como ele receberia aquilo. Achei concebível que atirasse em mim — mais provável que não, mas me deixaria para sempre — e apenas possível que não entendesse que a coisa toda foi fortuita.

Uma semana se passou. Comprei um chapéu que Pete admirou; escrevi textos durante o dia; dancei à noite; tentei ser "boa" com ele, preparar coisas de que ele gostava no café da manhã e sugerir os restaurantes que ele preferia para o jantar.

E, toda vez que ele me beijava, pensava que eu devia chorar.

Por isso, no fim da semana lhe contei. Não esperei o momento adequado. Ele nunca chegaria, é claro. Eu lhe contei quando terminávamos um amistoso e demorado café da manhã de domingo. No momento em que qualquer coisa que acontecesse não parecia pior do que continuar como se nada tivesse acontecido, eu estava até relativamente alegre.

Terminei meu waffle. (Fiz waffles porque Pete os adorava.) Pensei: Aposto que nunca mais vou comer waffle na vida. (Também nunca mais comi.)

Ao servir a Pete a segunda xícara de café, pensei: minhas mãos estão frias, mas não tremem. Acendi um cigarro e pensei: é bom ter uma sala de café da manhã.

E, ao olhar para mim e Pete no espelho da parede — Pete, louro, magro, em boa forma e confortável num roupão de seda roxa envelhecida, eu, miúda, cabelo escuro e pele branca, relativamente decorativa num négligé de cetim turquesa —, pensei que, claramente, ambos tínhamos boa aparência.

Agora consigo nos ver lá sentados, mas não como se fôssemos Peter e eu. Como se, através de uma vidraça empoeirada, eu olhasse dois desconhecidos num portal no outro lado de uma rua larga.

Demonstrei irreverência.

— Peter, quero apresentar o espetáculo da esposa que confessa tudo.

Ele não se preocupou.

— Meu Deus, querida, você comprou um casaco de peles e pôs na conta?

— Pior do que isso.

— Você perdeu o emprego e teremos de voltar à pobreza honesta?

— Não brinque, Pete.

A voz dele mudou.

— Desculpe, Patty, o que é?... Não fique tão preocupada. Não vou surrar você, sabe?

Inspirei fundo.

— Fui infiel a você. — ("Infiel"... Que palavra estranha, essa.)

Não consegui olhá-lo e, então, tive de olhá-lo. Sempre admirei a postura de Pete. Agora ele estava sentado absolutamente sem expressão... mas pavorosamente imóvel.

— Patty... por acaso isso é piada?

— Não. — O que perdi... o que ele estava pensando?

— Como aconteceu? — A voz dele estava muito baixa.

Eu não podia lhe falar de Rickey. Não tinha planejado o que contar ou deixar de contar; não pensei que ele perguntaria. Bem...

— Eu estava bêbada, Peter. — Era fraco; ele sabia que eu não ficava tão bêbada assim.

Ele não insistiu.

— Quem era o homem, Patty?

(Ganhe tempo. Talvez alguém telefone ou algo assim e terei tempo de pensar.)

— Não lhe perguntei o nome da mulher com quem você ficou. — De qualquer jeito, eu saberia, é claro.

— Isso não tem nada a ver.

E não tinha, se ele não achava que tinha.

(Não devo dizer "Rickey"... Existe alguém que acabou de partir?... Não, não devo dar nenhum nome.)

— Diga quem foi, Patty.

Ele conhecia Rickey havia quinze anos... Preocupava-se mais com Rickey do que com qualquer outra pessoa, menos eu. Eu não me importava com Rickey. Não me importava realmente se ele morresse em algum lugar, mas não podia humilhar Pete de maneira tão cruel.

Ele pegou minha mão.

— Não fique tão assustada. Vou tentar compreender, querida. — Que voz envelhecida. — Mas você precisa me dizer quem foi. Tenho algo a dizer a ele.

(Ganhe tempo... Ganhe tempo para pensar.)

— Você ficou convencional, Pete.

Não, não foi bom.

— Espero que sim. Pode, por favor, não ser evasiva?

Perdi a cabeça. Como a assassina tradicional dos jornalecos, ouvi um tiro, ao que pareceu. Eu me ouvi dizer:

— Não adianta. Sabe... Era mais do que um homem.

Ele derrubou a xícara de café da mesa.

— Desculpe — disse ele. — Isso foi muito desajeitado. Continue... O que você estava falando?

— Peter, você não sabe, mas às vezes, nas festas, quando bebo demais, eu fico confusa... e parece que não tenho muito controle, e isso vem acontecendo faz algum tempo... — (não posso permitir que ele confira as datas) — e queria lhe contar, mas não ousei… e é claro que vou para casa ou lhe dou o divórcio ou o que você quiser. — (Oh, que ele acredite em mim, não, que ele não acredite em mim.)

Ele mexeu a boca como se doesse.

— Não fale tão depressa, Patty.

Parei completamente de falar. Ele acreditaria em mim, tudo bem. Sempre acreditava. Eu nunca tinha mentido para ele.

Ele se levantou e disse, com voz completamente impessoal:

— E sempre achei que você fosse a pessoa mais decente do mundo.

Comecei a chorar, não porque fosse ajudar — porque não pude impedir.

— Não faça isso, Patty — disse ele de novo, com muita gentileza. — Escute, você fará uma coisa para me agradar?

— Farei — respondi.

— Pode se sentar e ler um livro por algum tempo, como uma boa menina?… Está tudo bem… Só quero ficar sozinho.

Eu me sentei. Ele foi para o quarto e fechou a porta. Derramei lágrimas sobre todas as imagens em rotogravura; e sabia que era algo bobo.

De repente, pensei: Talvez ele se mate. Tenho de lhe dizer que não faça isso. Abri a porta do quarto suavemente. Ele não me ouviu. Estava deitado de bruços, atravessado na cama, soluçando.

Foi a única vez que vi Peter chorar.

Não ousei entrar. Recuei e fitei a parede da sala de estar. Era cor-de-creme. Precisava ser redecorada, mas não muito.

Dali a algum tempo, ouvi Peter tomar um banho. Ele veio, parecendo bem, ou quase.

— Escute, Pat. Tenho um curto discurso a fazer, e não interrompa, querida. Você é uma jovem enormemente desejável e nunca tomei nenhum cuidado com você. Incentivei você a beber e esse tipo de coisa. Esse espetáculo é culpa minha. Não falaremos mais a respeito. Só que... você não fará de novo, não é?

— Não, não, não — respondi. — Nunca. Mas não foi culpa sua, você confiava em mim.

— Seria mais exato se eu cuidasse um pouco de você. Bom, querida, tome um banho e se vista. Vou preparar uns coquetéis, tomaremos alguns e depois daremos uns telefonemas. Podemos descobrir o que Rickey está fazendo.

Eu me vesti, tomamos dois Manhattans cada e fomos visitar Rickey. Ele preparou highballs. Depois do meu primeiro, Peter me tirou o copo.

— A menina vai reduzir a bebida, Rick. Faz mal aos nervos dela — disse ele.

Rickey ficou surpreso, mas não disse nada. Ele e Peter ficaram bem bêbados e conversaram sobre futebol.

Duas semanas depois, eu disse a Peter:

— Veja bem, se ao pensar melhor você quiser que eu vá para casa ou coisa assim, por causa daquele espetáculo, é só falar.

— Esqueça isso, anjo — disse ele. — Já esqueci. — Ele não tinha esquecido, mas não toquei no assunto outra vez.

Então, tivemos três meses muito serenos. Pequenas coisas foram diferentes. Peter censurava o que eu bebia; e quando Bill Martin, que conheci em Boston, veio à cidade e me convidou para um baile no terraço, Pete disse que não queria que eu fosse.

Não me importei. Amava Peter antes daquilo tudo e o amei o dobro depois. Achei que ele tinha sido maravilhoso nesse caso. Ainda acho.

Pensei: Tentarei compensar Pete sendo sempre bem-humorada e o mais bonita possível, acompanhando todas as suas histórias e não sendo mais extravagante. E me senti muito adulta.

— Sabe — disse Peter certo dia, — você está se transformando na pessoa mais adorável com quem se pode estar casado. Simplesmente, a esposa perfeita.

Então, voltei a ficar realmente feliz.

Era a semana seguinte à chegada de Hilda Jarvis a Nova York.

Suponho que qualquer estimativa que eu faça do caráter daquela mulher será necessariamente inexata. Ela me disse uma vez, quando estava sendo gentil e explicava por que eu era tão ruim para Peter, que eu não tinha noção de moral e, portanto, não conseguia entender quem tivesse.

E eu lhe disse que podia ser, mas que eu tinha mais noção sobre os homens no polegar esquerdo do que ela em todos os 65 quilos do seu corpo.

Toda a nossa conversa ficou assim, irrelevante e cruel. Nunca falávamos a mesma língua. Isso não teve importância em todos os anos em que moramos perto uma da outra em Boston, porque só falávamos de livros, roupas e das dificuldades dela com a tia Genevieve. Ela era maravilhosa com a tia Genevieve.

Vou tentar de novo… Hilda era meio rígida nas articulações, assim como na alma. Era robusta e tinha mãos e pés hábeis. O cabelo era castanho, liso e comprido; os olhos azuis pareceriam mais profundos se ela passasse ruge sob eles, mas não passava. Era uma moça puríssima. Deveria ter se casado com alguma alma simples e sido para ele uma esposa amável. É claro que ficaria muito gorda depois de um par de filhos plácidos.

Sim, não gosto dela. Ela me convenceu da relatividade da virtude; isto é, se uma mulher fosse convidada a vinte leitos e conseguisse se manter fora de dezenove, numa base puramente percentual ela seria bem mais virtuosa do que a mulher só convidada a um e que aceitou.

Ela não se casou porque a tia inválida não a deixava sair e conhecer homens. Era enfermeira, companheira, secretária e faxineira não paga dessa tia. Era uma vida chata, e ela ficou contentíssima com a ideia de nos visitar durante três meses em Nova York quando a convidei. (A tia fora convidada para ir à Flórida, e Hilda, não.)

Pete e eu recebemos aumento de salário e, na verdade, conseguimos um apartamento com um quarto extra. Assim, pude convidá-la. Ela foi a nossa primeira e última hóspede.

No começo, ela meio que nos desaprovou — os coquetéis, cigarros e conversas —, e Pete ficou meio chateado com essa atitude. Mas, depois que a levamos a alguns restaurantes italianos divertidos, ela decidiu que estava vendo a vida. Após dois copos de vinho tinto, desabrochava. Achei que era uma graça e um pouquinho patético — muito revelador da pouquíssima alegria que ela já tivera.

Certa noite, Pete descobriu que ela lia poesia francesa de forma soberba e ficou contentíssimo. Era uma das paixões dele. Eu sabia ler francês, mas tive maus professores e minha pronúncia era horrível. Assim, eles se divertiram, começando com François Villon e continuando a partir daí, duas ou três noites por semana, enquanto eu trabalhava. (Eu assumira como autônoma um par de contas de publicidade que me ocupavam as noites temporariamente para ganhar dinheiro para um casaco de castor.)

Hilda se apaixonou por Pete por causa dos poetas franceses. Achei compreensível, nenhum motivo para preocupação. Ela nunca vira nenhum homem por tanto tempo quanto Pete, e ele era absolutamente encantador. Nessa época, ele já gostava dela, que era muito plácida, amistosa e bem-educada.

Quis fazer algo habilidoso com ela — considerei quem, entre os homens que conhecíamos, teria mais probabilidade de achá-la atraente e não muito maçante; e planejei tê-lo bastante por perto e ver se a transferência da afeição por Pete poderia ser efetuada sem nenhum dano.

Mas eu estava ocupadíssima, cansada o tempo todo, e deixei a coisa passar. Sabia que ela estava cada vez mais absorvida em Pete, porque começou a ser claramente grosseira comigo. Sempre fazia objeção à quantidade de batom que eu usava, ou à profundidade do meu decote, ou ao pouco comprimento das minhas saias. Isso me irritava um pouco, mas eu estava ocupada demais para me incomodar.

Numa noite chuvosa de sexta-feira, tive a opção de atrapalhar uma sessão de poesia de Peter e Hilda ou jantar com Rickey, única pessoa nessa época com quem Pete se dispunha a me deixar jantar. Era bastante lógico. Rickey era o seu amigo mais antigo, a pessoa em quem ele mais confiava.

Rick e eu já tínhamos ajustado qualquer embaraço que pudesse haver entre nós. Em dez minutos, quando a ocasião surgiu, ele me disse que sentia muito o que acontecera, por causa de Pete. Não sabia que, na verdade, eu contara ao meu marido; mas, com base em que o acontecido fora um acidente lastimável, ele e eu ficamos à vontade um com o outro.

Portanto, com as opções de ser a plateia de uma noite de poesia ou de jantar com Rick, escolhi Rick. Avisei a Peter pelo telefone que estaria em casa por volta das onze horas. Ele levou Hilda para jantar.

Por volta das onze, Hilda já sabia de tudo sobre mim e achava que, com isso, tinha cumprido o seu dever cristão. Mas sustento que ela usou de forma inescrupulosa uma arma entregue em suas mãos naquele jantar para conseguir o que queria.

Pete ficou bêbado. Começou a falar de mim. Hilda se mostrou condescendente comigo, como pessoa impulsiva e instável. Peter, para ser consolado por essa moça estável e "boa" pela mágoa terrível e ainda aberta que lhe causei, fez confidências, o que é bastante compreensível.

Ele contou a Hilda que eu era impulsiva e instável; tanto que fora infiel a ele com quatro ou cinco homens diferentes.

Bom, Peter não conhecia a tia Genevieve de Hilda.

Ele não sabia que Hilda foi criada para acreditar em mulheres boas e más; preto e branco; certo e errado; vício e virtude; e que a sua vida não continha nenhuma experiência que modificasse a confiança em absolutos.

— Pobre Peter — disse Hilda. — Ela é uma mulher absolutamente promíscua e sem valor. Tenho muita certeza de que teve quatro ou cinco casos em Boston antes de conhecer você. Talvez não se controle. Mas você... Você entende a honra e a manutenção da fé. Deve tirá-la de seu coração antes que ela o decepcione outra vez.

(Isso pode ser rotulado como nota de rodapé da vida. Talvez Hilda acreditasse no que disse, já que, na declaração de Pete, eu era "má". Mas, apenas dois anos depois, num dos nossos raros jantares, Pete explicou o que Hilda lhe disse.)

O que ela lhe disse não era verdade. Nunca tive nenhum caso antes de conhecer Peter.

Naquela noite de outono de 1925, voltei para casa me sentindo tranquila, me sentindo festiva, para um Peter que não queria mais nada comigo; e eu nunca saberia por quê, embora o conhecimento, concebivelmente, fosse útil.

Entrei. O apartamento estava escuro. Ao me despir, disse a Peter, que se remexia sem parar:

— Rick e eu assistimos a um espetáculo divertidíssimo.

— Não me importa o que você assistiu — disse ele.

Pensei: Ele está muito irritado... Provavelmente saturado pelas noites com Hilda. Devo fazer algo a respeito. E fui dormir.

No dia seguinte, quando voltei para casa, Peter me pediu o divórcio.

Exatamente assim, sem introdução.

— Isso é muito surpreendente. Por quê? — perguntei.

— Porque quero me casar com Hilda — respondeu ele. (Hilda se ausentara naquela noite.)

Pensei que um de nós tinha enlouquecido, e não acreditava que fosse eu. E perguntei:

— Por que você quer se casar com ela, assim de repente?

— Porque ela é pura, e você não tem a mínima ideia do que isso significa — respondeu ele.

Tudo isso antes que eu tirasse o chapéu ou o casaco. Não os tirei. Saí. Fiz uma longa caminhada pelas docas e tentei pensar.

Concluí que Pete contara minha infidelidade a Hilda e que, de algum modo, ela a usara. Também concluí que eu o teria deixado meses antes, se ele quisesse; mas que agora não o deixaria por causa de nenhuma garotinha lá de casa que lhe oferecesse aforismos sobre vício e virtude e que não sabia o que era isso.

Decidi lutar por Peter. Mas não sabia o que estava combatendo.

Comprei o jantar num Coffee Pot, onde dois trabalhadores das docas tentaram falar comigo. Só percebi que eles estavam lá cerca de uma hora depois, quando me lembrei.

Hilda estava em casa quando voltei, com aparência pura, como um gato que se empanturrou de creme, e me perguntou se meu passeio foi agradável. Peter parecia pouco à vontade.

Como lidei mal com aquilo!

Fui breve e disse:

— Hilda, você volta para casa amanhã. Não é mais conveniente ter você aqui. Pete teve três semanas da sua vida e uns três anos da minha. Parece que você e ele desenvolveram um grande amor um pelo outro. Tudo bem. Não vou separá-los para sempre. Você volta para casa. Peter fica aqui. Se, em seis meses, nos quais tentarei convencer Peter de que ele é bem insano, você e ele sentirem um pelo outro o mesmo que sentem agora, eu me divorcio sem mais protestos. Se você não me der seis meses, nunca me divorciarei dele. Quaisquer que sejam os meus defeitos, e não vou admitir nenhum deles a você. Ele os aceitou e não pode se divorciar de mim. É pegar ou largar. Boa noite.

Fui para a cama. Pete passou a noite no quarto de Hilda.

Deitei-me e disse:

— Vou lutar. Eu me ofereci para pagar pelo que fiz, e me disseram que não precisava. É isso. Não entregarei Pete a essa mulher. Eu a conheço melhor do que ele. Na primeira vez que ele beber e chegar dizendo "Tudo está girando, querida, mas vai girar com muita felicidade se você deixar que eu pouse a cabeça em seu ombro" e puser a cabeça ali como uma criança cansada, ela lhe falará severamente sobre os males da bebida. Ela não sabe como ele é nem como é nenhuma pessoa complicada. Quero Peter e não vou perdê-lo para uma mulher burra como ela.

No dia seguinte, ela foi para casa, depois de me fazer um discurso sobre a falta de noção de moral. Pete me disse:

— Você tem os seus seis meses. Que lhe façam muito bem. Vou aproveitar a oportunidade de que, para variar, você esteja falando a verdade sobre se divorciar de mim no fim desse tempo. Parece a melhor possibilidade de me livrar de você com relativa rapidez.

Pensei comigo: Que incrível. Mas preciso manter a calma e não me zangar. Afinal de contas, ele me acha desejável; está acostumado comigo; há coisas a meu favor. E tenho seis meses.

Trabalhei; comprei roupas bonitas; mantive a calma. E logo descobri que Peter nunca mais me beijaria — quando sóbrio.

Pensei comigo: isso também vai passar e mantive a calma.

Ele nunca jantava comigo. Nunca me dizia aonde ia. Se eu perguntava, ria de mim. Às vezes, passava dias sem falar comigo — lia o jornal à mesa do café e ficava na rua até depois que eu fosse me deitar. Às vezes, tentava convidar amigos. Em geral, nessas ocasiões ele não voltava para casa, embora eu lhe dissesse que eles viriam. Se voltasse, era educado com eles e nunca falava comigo durante longas noites.

Ela o fizera prometer que não teria nada a ver comigo.

Mas ele se esquecia disso quando voltava para casa bêbado. Sentava-se à beira da minha cama e dizia:

— Patty, a maior vadia. Tão bonita, pena que seja vadia. Mas é uma vadia adorável.

Eu pensava: Vou gritar. Vou enlouquecer. Não suporto isso. E ele ficava lá sentado, fresco depois do banho, sorrindo, estranho. E eu punha os braços ao redor de seu pescoço.

Fingia que era tudo como tinha sido antigamente. Na manhã seguinte, ele não falava comigo.

Peter sempre foi um anjo com dinheiro. Agora, ele parou totalmente de me dar algum. Tive de pagar o aluguel, a criada, o geleiro, as contas de luz e telefone, o alfaiate de Pete e a faxineira, tudo com 55 dólares por semana.

Então, brigávamos — brigas incrivelmente sórdidas e estúpidas sobre dinheiro. Certa manhã, o geleiro veio querendo dois dólares. Pete estava fazendo a barba no banheiro. A criada não viera trabalhar.

Achei vinte dólares na bolsa, nada mais. Então, peguei dois dólares na carteira de Peter e paguei o geleiro. Pete saiu do banheiro. Estava de ressaca. Disse:

— Vou lhe ensinar a remexer os meus bolsos atrás de dinheiro ou o que for, sua cadela.

Ele me deu um tapa na boca. Sangrou.

Pensei: Isso é um pesadelo. Coisas assim simplesmente não acontecem com pessoas como eu e Peter. Ele enlouqueceu e tenho de aguentar até que melhore. Ele faria isso se eu enlouquecesse.

Ele costumava visitar Hilda nos fins de semana. Quando voltava, estava sempre muito pior. Sentava-se e lia. Eu me sentava e lia. Pensei meia hora em algo divertido a dizer. Quando dizia, às vezes ele jogava o livro em mim.

Ela lhe escrevia todo dia. Ele pegava as cartas dela à noite e as lia e relia na minha frente.

Rickey facilmente percebeu, como todos os nossos amigos, que eu e Peter estávamos terminando. Durante algumas semanas, lutou para decidir a atitude correta. Aparentemente, sopesou os quinze anos de intimidade contra uma noite… e a decisão foi fácil. Nunca mais veio nos visitar, mas jantava com Pete no Yale Club duas ou três vezes por semana. Isso também era lógico.

Hilda já partira havia dois meses quando Peter a convidou para passar o fim de semana em Nova York. Ela ficou em um hotel para mulheres no Gramercy Park. Foi com Pete a uma festa.

Adivinhei que ela estava em Nova York — ele foi especialmente misterioso sobre as suas idas e vindas naqueles dois dias e depois ficou muito mais taciturno do que de costume. Mas eu não soube nada específico até que Rick telefonou para o meu trabalho na terça-feira.

— Pat — disse ele, — confio que você não repetirá essa conversa. Adoro Peter, mas acho aquela tal de Hilda horrível. Isso pode ser útil para você. No sábado, na festa dos Hilles, ela fez uma ceninha porque Pete dançou três vezes com outra garota e porque ele estava bêbado. É cedo demais para adotar a atitude de tentar controlá-lo pelo próprio bem dele, mas ela não tem miolo suficiente para saber disso. Aguente firme. Você vai conseguir. Boa sorte.

Então eu tinha um pouco de esperança.

Dali a mais um mês e alguns dias de tontura e dor de cabeça pela manhã, percebi que estava grávida.

Eu me recusei a acreditar durante semanas. Pensei: É horrível demais e não consigo enfrentar isso com todo o resto. Talvez, se eu simplesmente não pensar, nem seja gravidez.

Depois de mais um mês arrastando os dias de escrita e as noites horríveis de briga com Pete, as dores de cabeça e tonturas cada vez piores e os comentários das amigas e de Pete sobre minha péssima aparência (Pete formulou assim: "Você está horrorosa ultimamente; nem é mais bonita"), eu soube que realmente era.

Eu me lembrei da primeira vez que aconteceu, a timidez para contar a Peter; e, embora na época ele achasse que a gestação era desafortunada, fora muito gentil comigo e me trouxe caixas de bombons de licor que eu não podia comer e flores e coisas. Mas isso foi dois anos antes.

Dessa vez, disse a ele:

— Poderia parar de ler um momento? Tenho algo a lhe contar.

Ele ergueu os olhos.

— Hurra, você arranjou um novo namorado.

— Estou com dez ou onze semanas de gestação.

Ele ficou um minuto sem dizer nada. Então:

— De quem, desta vez? Ou você não sabe?...

Levantei-me e gritei com ele, como se eu fosse uma lavadeira e ele, um carroceiro. Minha voz soou horrenda, até para mim.

— De você, de você, maldito seja, e você sabe.

— Pare de gritar e vá se olhar no espelho — disse ele. — Isso a fará parar bem depressa.

Fui me olhar. Eu estava horrível, o rosto corado e distorcido, com quase 25 anos. E odiei Peter como nunca odiara ninguém. Esqueci tudo sobre como chegamos àquele lugar; só sabia que ele era uma pessoa que dizia coisas apavorantes numa voz calma e nojenta; e que ele me transformara numa pessoa que parecia uma megera, e que eu o odiava, o odiava.

— Bom, você é um objeto atraente para se ter por perto, não é? — perguntou ele atrás de mim. Eu me virei. Minha voz ficou bem firme.

— Tudo bem, vamos deixar essa história de "quem" desta vez — disse eu. — Agora, está interessado em saber o que vou fazer?

— Sim, claro. O funcionamento da sua mente é sempre divertido.

Ele acendeu o cachimbo e me observou por cima dele. Fiquei lá parada e proferi as palavras bem devagar. A minha garganta doía.

— Vou escrever a seu pai e sua mãe hoje à noite para lhes dizer que teremos outro bebê e que vou largar instantaneamente o meu emprego, é claro. Vou escrever o mesmo a Hilda. Ela é tão "boa" que lhe darei algo para demonstrar bondade. Então, teremos o bebê, e você cuidará dele e de mim. E será o fim de Hilda.

Ele se levantou devagar. Pousou o cachimbo e me fitou. Fiquei com medo.

— Você vai sair desta sala neste instante antes que eu a mate? Se tiver de olhar você mais dez segundos, eu a estrangulo. — Então ele se aproximou de repente e pôs as mãos no meu pescoço.

Mas eu o odiava mais do que tinha medo dele. E disse:

— Você não vai me matar. Fará exatamente o que eu disser daqui em diante.

Ele não me matou. Só me levantou e me jogou na porta de vidro da sala de café da manhã. Então, saiu.

Fiquei no chão da sala e pensei vagamente que coisas como essa não aconteciam. Parece que passei um bom tempo indo e voltando, pensando nisso.

Então notei que o meu braço esquerdo sangrava. Levantei-me e fui ao banheiro, devagar. Toda a manga esquerda do vestido estava em farrapos onde o vidro a tinha cortado. Aparentemente, pus o braço na frente do rosto por instinto. O meu rosto não foi cortado. Senti vontade de desmaiar, mas não muita.

Tirei o vestido. O braço esquerdo tinha sete cortes, mas todos, menos um, eram apenas arranhões. Lavei o braço com cuidado. Um corte era profundo e não consegui estancar o sangramento. Assim, enfaixei-o o mais apertado possível, pus um vestido sem mangas e troquei os chinelos para combinar com o vestido.

Eu sabia que Pete guardava um frasco de uísque na cômoda e o procurei para me servir de uma dose. De um jeito distante, me perguntei se ele me estrangularia quando descobrisse que eu tinha tomado um pouco do seu uísque.

Mas eu não o odiava mais, nem o amava, nem sentia nada por ele. Eu me sentia cansada. Não havia a mínima chance de que eu tentasse segurá-lo tendo o bebê. Não daria certo. E, de qualquer modo, seria problema demais.

O braço continuava sangrando. Lembrei que, no dia seguinte, teria de fazer o anúncio do Sunday Times sobre importações de Paris. E achei que era melhor ir ao médico tratar o braço.

Eu conhecia um médico que morava em Waverly Place. Tinha ido lá por causa de resfriados, amigdalite e coisas assim.

Quando saí para procurar um táxi, o ar frio estava agradabilíssimo. Eram nove horas, e o expediente do consultório estava quase terminando. Não tive de esperar muito.

Ele era um rapaz louro bem-educado, de aparência muito confiável. Quando me perguntou o que tinha acontecido, disse-lhe calmamente que meu marido me jogou numa porta de vidro. Não consegui pensar em mais nada a dizer. Ele levou um susto, mas não fez mais indagações.

Foi preciso me dar um ponto no braço. Quando terminou, ele disse que era melhor eu me sentar e fumar um cigarro e me preparou um sal amoníaco. Perguntou sobre o meu trabalho; ele se lembrava de que eu fazia publicidade.

— Aliás — eu o interrompi, — preciso fazer um aborto. O senhor faria isso por mim? E quanto custa?

Ele não pareceu chocado.

— É melhor terminar o amoníaco. A senhora se incomodaria de me contar por que precisa de um aborto, se estiver mesmo grávida?

Essa foi fácil.

— Porque o meu marido vai me deixar qualquer dia desses, e não tenho dinheiro, e preciso manter o meu emprego.

— Mas... Não quero lhe perguntar sobre os seus assuntos íntimos... Todos sabem que os filhos unem maridos e esposas, não é?

Não consegui parar de rir. Fiquei lá sentada, rindo.

— Pete ficou muito contente quando o bebê que tivemos morreu, doutor.

— Calma — disse ele.

Houve uma pausa. Vi que estava a ponto de lhe contar, como fato de extrema importância, que o bebê Patrick… morto havia mais de um ano… tinha os cílios mais longos que eu já vira.

— Sinto muito pela senhora — disse ele. — Mas não posso executar esse tipo de operação. Nunca, nos seis anos em que clinico… a ética da profissão assim exige…

Eu o interrompi. Sabia tudo sobre a ética da profissão médica. Meu pai era médico.

— Tudo bem. O senhor não vai fazer. Então me diga quem faz. Tenho conhecidas que me dariam o telefone de alguns médicos, mas não sei se são bons. E morrer "nesse tipo de operação", como o senhor descreveu, parece muito complicado.

— Calma — disse ele de novo.

— O senhor é um bom homem — disse eu.

— Não é provável que você morra — explicou ele. — O risco é apenas de infecção; ou, se o médico for do tipo que depende dessa prática para sua renda, talvez na noite anterior ele possa ter bebido, e a mão não esteja muito firme… Enfim, não há necessidade de assustar a senhora. Que idade tem, de qualquer modo?

— Quase 24...

— Parece ter 19. — Ele hesitou. — Às vezes, os médicos que realizam esse tipo de operação dizem que é necessário, seja ou não verdade... Se a senhora se dispuser a permitir que eu faça um exame...

Mais tarde:

— Não é bom demorar demais. Parece que a senhora está perto dos três meses de gestação. Há um homem que posso recomendar que foi da minha turma na faculdade de medicina. Soube que ele usa um procedimento muito científico. No entanto, por ser obrigado a lidar com mulheres que, frequentemente, estão um pouco histéricas, ele é um pouco... o que se poderia chamar de insensível. Posso ir com a senhora, se isso facilitar as coisas.

— Certo, doutor, se o senhor puder marcar para sábado de manhã, consigo tirar o dia de folga.

— Seu marido iria com você?

— Acho que não.

— Então a senhora pode contar comigo. Ligue para mim amanhã e já terei marcado a consulta.

Fiquei muito grata a esse competente jovem.

Pete e eu não conversamos mais entre esse dia e o sábado. Consegui um adiantamento de salário com algumas mentiras convincentes ao diretor de publicidade.

Sábado.

Eu me vesti com extremo cuidado, com a sensação de que poderia me transformar num cadáver antes do pôr do sol e que isso não importava muito; mas preferia ser um cadáver bem vestido.

Os sais de banho eram agradáveis. A roupa de baixo bem cortada, de seda delicada, era agradável contra a pele. A vida antigamente era cheia de sensações tão deliciosas como essas, então, por que não apreciar o que restava delas? O doutor me ligaria às dez horas. Peter tinha ido trabalhar.

Eu lhe dissera:

— Vou fazer um aborto hoje de manhã.

— Problema seu — respondeu ele. — Espero que não seja ruim demais.

Imaginei se essas seriam as últimas palavras de Peter nesta vida.

Bom, um crédito para aquele doutor jovem e gentilíssimo. Creme hidratante, creme nutritivo, adstringente, ruge, pó-de-arroz, batom. Os enormes olhos cinzentos que tenho, franjados com cílios negros e espessos. E a pele incrivelmente branca, considerando que o meu cabelo é bem preto e liso.

Eu me pergunto se é verdade que o meu bisavô teve um romance com uma moça índia e se isso explicaria o cabelo muito preto e liso. Eu me pergunto se ele foi bom com ela.

Cabelo preto, sobrancelhas pretas, lindos ombros, muito branca. E isso sempre me trouxe muito, em todas as circunstâncias. Mais do que todo o resto jamais me trouxe, pelo menos.

"Uma mulher de um metro e 55, pesando cinquenta quilos"... Eu seria um parágrafo em vários jornais entre as mortes casuais do dia? Provavelmente, não.

Seja um orgulho para aquele jovem doutor que se esforçava tanto por minha causa. Use o conjunto Jane Regny original que o fabricante me vendeu por uma canção e um par de anúncios na revista Women's Wear. Tweed cinza e macio, gola de lobo cinzento e punhos largos, uma blusa creme. Os detalhes escarlates combinam com o chapéu justinho e a bolsa plana e lustrosa. Echarpe azul e vermelho-vivo, luvas cinza-médio que combinavam exatamente com as meias e sapatos esportivos de couro de lagarto preto. Uma figura miúda, jovem, assustada e elegantíssima.

— Posso não ser pura, mas, graças aos céus, pareço imaculada.

Cinco para as dez. Procuro um lenço que combine exatamente com o azul da echarpe. É importante? O que é importante? Aquele bebê Patrick morto, pequeno, cheiroso, desdentado, de lábios rosados. Morto quando a mãe partiu e o deixou. Sentimentalismo, isso. Bom, este não viverá para morrer.

Pôr perfume no lenço e no cabelo. Só uma essenciazinha de gardênia, aroma leve para o dia.

Peter, Peter.

A campainha tocando. A criada atenderá.

— O médico, madame.

— Diga a ele que estou indo, Nora.

Bolsa, dinheiro, luvas.

— Bom dia, doutor.

— A senhora está ótima. Espero que não se sinta nervosa.

(Droga, eu me sinto morta.)

— De jeito nenhum, doutor, vamos?

No táxi:

— A senhora vai sobreviver, sabe? É do tipo saudável, de glândulas normais, que sobrevive a muita coisa sem grandes problemas. Eu me interessaria em vê-la fazer o procedimento. Pode soar bem… antiético… mas eu gostaria, se a senhora e seu marido se separarem, que a senhora me avisasse, de vez em quando, de como está indo. A senhora é muito jovem e a vida muito lhe reserva.

(Como ele é incisivo.)

— Eu gostaria — continuou ele — de ter o privilégio de levar a senhora para jantar em algum momento, depois de esquecido todo esse caso desafortunado. Sinta-se à vontade para me telefonar a qualquer hora, isso me daria grande prazer.

(Um bom rapaz. Bem atraente. Peter, Peter, será que você pensa em mim? Enquanto reescreve os textos do City News, pensa em mim... cinco minutos?)

— Doutor, o senhor se importa se eu perguntar... Leva muito tempo?

— No máximo, vinte minutos. Aconselho enfaticamente que não use o gás, se acha que consegue manter a calma. O coração...

— O que o senhor aconselhar, doutor. — (Quero esse bebê? Não faz sentido me perguntar sobre isso agora.) — O senhor está sendo gentilíssimo, doutor. Agradeço muito. Mal posso esperar para lhe telefonar qualquer dia desses e lhe perguntar se está livre para jantar.

Ele dá um grande sorriso. Bom, é um conjunto de tweed adorável, e tenho a pele clara o suficiente para usar um chapéu vermelho-vivo.

— Aqui estamos. Agora, lembre-se: estarei por perto e tudo acabará em meia hora.

(Virar cadáver até lá, talvez? Ah, não perca a coragem, Patricia. Mil por dia na cidade de Chicago, dizem.)

Sala de espera encardida. Conjunto de sala de veludo verde. Nenhuma revista. As pacientes podem contemplar os seus pensamentos, suponho. Cortinas fechadas, uma palma ressecada num vaso.

O meu doutor segura a minha mão, de um jeito totalmente impessoal e muito prestativo. Um homem e uma garota entram. As roupas dela foram compradas na rua Bowery, mas é uma menina adorável, loura, de rosto gentil, e tão incrivelmente jovem. Dezessete, no máximo.

Ela olha aquele garoto como se fosse o seu salvador. Ele também é um belo garoto, judeu de olhos azuis. Paletó cinturado. Talvez tenha no máximo 21 anos.

— Doutor — (bem baixinho). — Aquela menina é uma criança.

— Eu notei. Esses lugares me deprimem. Ah... Dr. Cohen. Minha paciente.

O tweed de Paris impressiona o Dr. Cohen. Que rosto duro ele tem, mas mãos limpas e eficientes.

— Por aqui.

(O consultório é uma camuflagem, obviamente. A sala de cirurgia parece muito higiênica. Direi isso a seu favor. Sala com cinco leitos nos fundos. Enfermeira. Ela não é bonita? Quimono meio lilás, ela me entrega um. Será que a cor é simbólica ou eles compraram um monte em liquidação? Dou cinco dólares à enfermeira. Ela fica contente.)

— Não tenha medo, madame. Vi que o seu médico aconselhou contra o gás. Isso é realmente sensato.

— Posso segurar a sua mão, enfermeira?

— Claro, querida.

Trinque os dentes. Agora.

O leito parece muito confortável. Aqui está o meu doutor. Tenho de pensar em algo a lhe dizer, algo apropriado? Serviria dizer "bom, sobrevivi e não me importo"?

— Não tente falar. A senhora é uma moça corajosa. — (Só porque eu não choraria na frente daquele médico nojento que fez uma piada sobre o preço do prazer.) — Vou lhe dar uma injeção hipodérmica. Tente dormir, e voltarei para levá-la para casa em duas horas.

Ele vai embora.

Só descansar — não pensar. Aqui está aquela mocinha loura vestindo lentamente o quimono lilás. Quer conversar.

— Escute, dói muito?

(Dou a mão à menininha.)

— Não muito, querida, e acaba logo.

Que camisa amarelo-vivo ela está usando. Incrível. E que silhueta bem subdesenvolvida.

Ela está muito assustada. Despe-se muito devagar. Quer falar um pouco mais. Talvez eu consiga ficar acordada.

— Céus, estou apavorada. Mas o meu namorado está pior. Está lá na frente, limpando o suor da testa.

— Eu o vi. Achei-o bem bonito.

— Sabe, aquele garoto é demais. Ele me deu esta camisa. Eu a vesti para me sentir corajosa.

Coitadinho.

— Acaba logo, sabe?

— Ele e eu íamos nos casar na mesma hora, e eu não teria de fazer isso, só que a mãe dele é judia ortodoxa e morreria se ele se casasse com uma moça que não fosse kosher. Ele é bom para a mãe dele.

A camisa amarelo-vivo sai. O quimono horrível entra. A menina pega a minha mão.

— Não é muito ruim, é?

A enfermeira está chamando.

— Não muito. Prenda a respiração e diga: "Aguento mais cinco minutos". Boa sorte.

Ela sorri, valente.

A porta da sala de cirurgia está escancarada. Aquela voz dura.

— Vai pagar o gás, mocinha?

A sua voz jovem, áspera e ardente.

— Ora... Ora, acho que sim. Meu namorado me disse que eu teria todos os acessórios.

A porta da sala de cirurgia bate.

Durma, durma agora. Patrick. Peter... será que esta seria uma filha?... Bom, melhor dormir.

— Tudo bem?

— Convalescendo, doutor, obrigada. Vou me vestir agora.

A menina loura dorme. Parece absolutamente tranquila.

Nunca mais a verei. Vontade de lhe dar um presente. Aquele pó compacto esmaltado. Eu o enfio na mão dela, que se fecha sobre ele, como um... como um bebê.

— Pode lhe dizer, enfermeira, que quis que ela ficasse com isso?

— Sim, madame.

— Adeus. Você se sentirá melhor amanhã.

*

Naquela noite, Peter disse:

— Sinto muito que você se sinta tão mal... quer que eu lhe faça uma sopa ou coisa assim?

— Não, obrigada.

— Veja bem, Pat. Sinto muito sobre você e eu, mas seria mais fácil se você abrisse mão... se não tentasse se agarrar com tanta força.

É pior quando ele é gentil. Lute sem cessar. É preciso alguma sorte.

— Só restam nove semanas de servidão, Peter.

Ele não disse nada. Saiu.

Tudo insano, tudo ridículo, tudo horrível: mas lute sem cessar. Comprometa-se com isso. Não consegue mais pensar; não consegue sentir nada; mas jogue mais um pouquinho. Hilda é burra. Pode ser burra a tempo de me salvar.

Outra semana, outra e mais outra. Ele guardava todas as cartas dela na gaveta de cima da escrivaninha. A gaveta não estava trancada. Curiosa por ele confiar tanto numa criação decente. Ele poderia, também... mas se eu soubesse o que ela escrevia, o que planejavam, talvez conseguisse pensar no que fazer.

Enquanto isso, eu me sentia grata pelo setor de publicidade. A correria do Natal. Mais duas semanas.

Certa noite, Peter torceu meu pulso quando, supercansada, fiz uma paródia de Hilda explicando por que era pura. Pensei que o pulso estivesse quebrado. Ele me deixou chorando, enfurecida, implorando. Isso passara a ser crônico. Assim que eu começava a protestar, qualquer coisa, ele saía à noite. Às vezes, passava a noite fora.

Eu desconfiava que às vezes ele visitava Judith, esposa recém-divorciada de um bronco bem-intencionado. Judith sempre olhava Pete com avidez. Era esquisito que ele a visitasse agora. Mas complicado demais para eu avaliar junto de Hilda. Aquelas cartas. Meu pulso latejava, muito dolorido. Se eu soubesse o que haviá naquelas cartas...

Só li uma ou duas frases da carta de cima.

Dizia: "Se continuar a desestimular os avanços de Pat, logo ela terá outro amante, e aí eu e você nos livraremos dela, Peter, meu querido."

Devolvi a carta ao envelope com cuidado. Aquela garota — aquela garota não sabia o que estava fazendo. Não duraria um mês com um Peter que recuperasse a sanidade. Mas... na verdade, ela poderia durar o suficiente para acabar com Peter e comigo.

Quando ele voltou para casa naquela noite:

— Peter, sugiro que você leve aquelas cartas de seu querido amor e as tranque. Se eu ler mais um conselho dela sobre como lidar comigo, talvez as leve a um advogado. Além disso — não importa o que eu disse antes — não vou lhe dar o divórcio para você se casar com aquela mulher, nunca, nunca, nunca.

Achei que ele fosse me bater. Agora, eu não me importava. A primeira vez que andei com um hematoma na boca causou algo permanente na minha alma ou no que eu tinha que se parecia com uma alma. Depois, só brincava sobre cair sobre a mesa no escuro. Ninguém acreditava em mim. Não importava se acreditavam ou não.

Mas ele não me bateu. Pegou as cartas, enfiou-as no bolso e disse:

— Vou embora no sábado da semana que vem, Pat.

Agora era o sábado da semana seguinte, e eu estava sentada havia muito tempo na bergère recordando irrelevâncias. Cacei um cigarro. Não havia nenhum. Eu tinha fumado o maço todo.

O apartamento estava quase insuportavelmente silencioso. Pensei que era provável que ficasse sempre assim agora. Não havia mais Peter para entrar com alegria, jogar o paletó numa cadeira, o chapéu em outra, as luvas numa terceira, gritando ansioso: "Patty, Patty, querida. Ah, mocinha deliciosíssima, seu marido está em casa para passar a noite, graças a Deus."

Sim, era provável que ficasse sempre desesperadamente silenciososem Peter. Ocorreu-me, como fato muito surpreendente, que, como eu só tinha 24 anos, poderia muito bem viver quarenta ou cinquenta anos sem Peter. Quantas noites seriam? Um número aterrador de milhares.

Levantei-me. Queria um cigarro. Havia um maço que Peter deixara sobre a lareira, com só dois ou três lá dentro. A tonta do andar de cima tocava baladas sentimentais. Era "O que farei?" Música horrorosa e idiota. "Se-us lábios e meus lábios se uni-ram em um be-ei-jo, um bei-jo com final in-feliz… Que farei com essa lembran-ça." Ela desligaria o fonógrafo se eu lhe telefonasse? De que adiantaria.

Telefonarei para o doutor. Será divertido. Ele não se espantará? Por que não? O número está na lista.

Olhei o relógio de banjo. Eram vinte para as onze.

— O senhor disse que estaria interessado em saber o que aconteceu depois? Pois bem, fui finalmente abandonada.

(Ele se lembrava direitinho de mim. A voz dele estava muito alegre e claramente não profissional.)

— Isso é causa de comemoração. Posso visitá-la para oferecer felicitações e levá-la para dançar? Em meia hora? Esplêndido!

Vestido de brocado dourado e sapatilhas rosadas, colar de strass e bolsa bordada com strass. Batom bem vivo. Echarpe de veludo cor-de-rosa. Eu meio que esqueço como é o doutor.

Se não parar de doer, vou chorar em público e desgraçar o homem. Espero que ele traga uísque. Isso me fará aguentar — “Ficar a seu lado nos dias em que você tiver grandes tristezas”. Alguém já disse isso uma vez a alguém muito mais nova do que eu.

Tudo pronto, e cinco minutos para esperar.

Havia um velho espelho comprido entre duas janelas. Eu me observei. Nada mau, nada mau, mesmo. Cabelo curto, liso e preto, que brilhava, olhos cinzentos, nariz reto, boca vermelha, vermelha, muito macia e de aparência calorosa, queixo pontudo, ombros adoráveis, cintura fina, pernas retas, pés pequenos. Nada disso me adiantava, nada mesmo, sem Pete para lhe dar vida; mas era tudo o que eu tinha para os próximos quarenta anos, mais ou menos.

Talvez tenha havido um bebê — como Pete, como eu. Nunca agora. E daí? As noites de quarenta anos tinham de ser atravessadas. O toque da campainha — isso preencheria a primeira delas.

— Muito prazer em vê-lo, doutor. Então o senhor é um daqueles homens que parecem cinco anos mais novos de smoking e, portanto, muito menos assombrosos. Fique com o meu último cigarro.

IV

O sol de março vinha pálido pela janela, suja pelas marcas de neve de dois dias atrás, e brilhava ao longo da colcha amassada da cama de Peter. Sob o azul e a brancura nítidos, o doutor dormia em paz. Eu poderia tocar seu ombro se me sentasse e esticasse o braço, mas não quis, de jeito nenhum.

Ontem, Peter disse: "Não sofra demais por mim."

Em certo sentido, meu caro Peter, só sofri por você sete horas, mas talvez sofra a vida inteira depois. O doutor é uma pessoa eficiente. Mas não gosto muito dele. O jeito como vai e volta do modo profissional para o apaixonado é meio automático. Torneira de água quente, torneira de água fria, torneira de água quente... Ele deve ter sido Don Juan em alguma equipe hospitalar seis ou sete anos atrás. Mas resolveu uma noite para mim, e era isso que eu pensava que queria.

(Eu me pergunto se Peter está acordando sozinho ou não. Peter... Eu poderia gritar e bater os punhos contra o chão e soluçar horas, dias, semanas para ter você de volta — para ter novamente o ano de 1922. E, se eu começasse, só o que aconteceria era acordar o doutor. Ele pescaria comprimidos de brometo no bolso do *smoking* para a emergência. Não duvido.

Ele terá de pedir um táxi por telefone para voltar para casa com essas roupas formais. Será que vai dormir o dia inteiro?)

Dormi bem, o que é muito extraordinário. Não é o que se deve fazer; deve-se ficar deitada, acordada, mordendo os lençóis ou algo do tipo, quando o marido vai embora. Mas eu estava muito cansada.

É excepcional ser uma esposa abandonada com apenas 24 anos. Não era exatamente o que eu planejava fazer com minha vida. Planejava ser enfermeira da Cruz Vermelha, a tempo de outra guerra. Só tinha 16 anos na guerra e me senti mal porque era jovem demais para me casar com alguém na última licença, em nome do meu país, sob uma bandeira.

Peter também era jovem demais. Ficaria maravilhoso fardado... no verde da aviação naval. Mas a maioria deles não teve sucesso. Peter marchando com o sol brilhando no seu cabelo louro.

Ah, Deus, se começar a chorar não conseguirei parar. Melhor me levantar e ver o que há para o café da manhã do doutor. Quero estar vestida quando ele acordar.

Perna esquerda fora da cama, perna direita fora da cama, *négligé*, chinelos. Sinto a cabeça muito limpa. Não bebemos muito. O doutor provavelmente acredita em boa forma. (Devo lhe perguntar, aposto que ele mencionará *mens sana in corpore sano*. Isso estava na parede da quadra da escola.)

Eu mesma acredito em boa forma. Farei calistenia na sala de estar, não quero que ele acorde e me veja. Calistenia toda manhã — e à noite, quando não há nada exigente que impeça, são dez minutos consagrados à lembrança de uma adolescência atlética.

Um, dois, três, quatro, cinco, seis, sete, oito. Isso ajuda. Gosto de tocar os dedos do pé no chão por cima da cabeça. Com a calistenia me sinto um animal quente e vivo rolando no pasto. A bebida também deixa tudo muito distante, mas com ela me sinto uma mente que perambula livre pelo espaço, não um corpo quente no pasto.

Melhor dar uma olhada no doutor. Ele continua a dormir. "Depois das convulsões febris da vida", não, isso é outra coisa. Vou tomar uma chuveirada agora. Alguém deveria inventar um método para usar sais de banho no chuveiro, aí seria perfeito.

Na verdade, estou com fome. Não se deve ser capaz de comer com o coração partido. Eu me sinto um despertador a que deram corda demais. Não devo pensar... contar ovelhas pulando a cerca... não, isso é para dormir.

Usarei o vestido de malha azul com gola e punhos brancos... parece tão casto. Senhor, fui mais caçada do que casta. Que droga. Preciso me recompor, aquele homem vai acordar. Qual será o primeiro nome dele? Esqueci de perguntar. Deveria olhar na lista telefônica?

Eu me pergunto o que Nora pediu para o café da manhã. Ela é uma ótima criada. É bom que não venha aos domingos. Terei de lhe arranjar outro emprego; Gretchen ficará com ela no mesmo instante. Não posso manter este apartamento. O que será de mim? Um mau fim, sem dúvida — caminhando pela Sexta Avenida e tocando o braço de Peter para implorar cinquenta centavos — nem pensar.

Esta cozinha é agradável e ensolarada. Dê ao doutor suco de laranja, é claro, é cheio de vitaminas.

Temos ovos de pata... Nora foi ao Jefferson Market e comprou ovos de pata para o café da manhã de domingo de Pete porque ela sabe que ele é absurdamente apaixonado por eles. Vou chorar agora, mas só um minuto... os ovos de pata servirão para o doutor. Não há outros. Ficam ótimos assados.

— Bom dia, Patricia... você parece renovada.

— Estava fazendo calistenia.

— A ideia de *mens sana*?

(Pare tudo enquanto ele beija você. Conte ovelhas pulando a cerca. Um beijo não dura muito.)

Ele é um rapaz mais perspicaz do que pensei.

— Está com a reação do dia seguinte? Sinto muito, querida.

— Tudo bem. Só estou um pouco… meu marido costumava dizer agitada.

— É compreensível. Você teria um acessório masculino, uma navalha, Patricia?

— Uma pequenininha dourada… na penteadeira. Vou buscar. Consegue se virar com ela? — (Pete usava uma grande e reta… que eu ia usar para cortar meus pulsos… ele a levou… da noite para o dia o banheiro ficou feminino.)

O doutor falou de medicina, vitaminas, glândulas endócrinas e coisas assim no café da manhã. Era *extremamente* perspicaz. E gostava de ovos de pata.

Ele ligou para o hotel Brevoort para pedir um táxi. Depois:

— Vou ser diplomático e esperar que você me telefone, Patricia, porque não quero que sinta que estou me jogando em cima de você.

Sorri, parecendo amistosa, espero.

— Sou um pouco mais velho que você… e gostaria de lhe dar um pequeno conselho… ou aviso, se puder.

— É claro, e desculpe se estou infantil nesta manhã, doutor.

— De jeito nenhum… Talvez você não perceba que, como moça… extremamente atraente… separada do marido… os homens vão considerá-la a caça mais justa do mundo. Você vai se acostumar e se ajustar. A princípio, pode ser difícil… — (Bom, por que ele não segue o próprio conselho? Vai sugerir um curso de Psicologia do Sexo? Eu não deveria ser tão impaciente, ele foi muito gentil comigo. Deve ser o taxista tocando a campainha.) — Tente lembrar que aquela banalidade sobre o tempo curar tudo é bem verdadeira.

(Isso é tudo o que a classe médica tem a me oferecer? O que quero saber é quanto tempo leva.)

— Sim, táxi, espere aí fora um minuto. Enquanto isso, Patricia, não leve tudo muito a sério. — Ele sorriu. — Esta foi uma das noites mais agradáveis de minha vida — disse ele com bastante gravidade.

O doutor pegou o chapéu, evitou me beijar e estendeu a mão. Por esta última fiquei tão calorosamente agradecida que consegui sorrir, com bastante alegria, e dizer o que era verdade no momento.

— Fico contente por você ter ficado.

— Torço para que você me telefone, Patricia.

A porta se fechou atrás dele — um homem completamente agradável e compreensivo.

Eu sabia que nunca telefonaria — que nunca mais o veria. Ele entendia isso também.

O telefone tocou. Era Lucia. Muito linda, ela — ex-esposa de um homem chamado Archibald. Encontrei Arch uma vez: tinha conhecido Lucia informalmente havia algum tempo, no Advertising Club. Ela parecia se interessar mais por mim ultimamente, pois sabia que eu passava pelo que o atendimento da loja de departamentos chama de "problemas familiares".

— Soube pelo amigo de um amigo de Rickey que seu marido e Rick comemoraram o retorno do seu marido à vida de solteiro no Yale Club ontem à noite.

— Não me admira, Lucia. Ele foi embora ontem, antes do jantar.

Um pequeno silêncio.

— Como você está?

— Bem, acho. — (Vai ser horrível as pessoas me perguntando como estou o tempo todo, como se convalescesse de febre tifoide.)

— Venha tomar chá comigo.

— Adoraria.

— E, Pat, não é ruim ser ex-esposa quando a gente se acostuma. Até que gosto dessa vida.

— Você me conta durante o chá.

— Certo.

Ex-esposa — ex-esposa de Peter veste um casaco de castor e luvas brancas novas. Não *suporto* ser ex-esposa de Peter.

O sol do fim da tarde de domingo brilhava sobre a ex-esposa de Peter que caminhava depressa pelo bairro residencial, entre a multidão de pessoas engraçadas que se recuperavam de jantares excessivamente imensos gingando por alguns quarteirões da Quinta Avenida. (Consigo dizer, pela expressão do rosto dos homens, que estou com boa aparência. Estou exatamente igual a como estava semana passada, provavelmente, e não ficarei muito diferente na semana que vem, nem daqui a cinco anos, nem mesmo então, se fizer exercícios. Daqui a cinco ou dez anos, ainda andarei querendo encontrar Peter no meio do próximo quarteirão?)

Park Avenue.

Lucia é uma madona ruiva de rosto oval com um vestido de veludo preto. Mas é muito mais magra do que uma madona de Ticiano — um tipo de cruzamento entre as mulheres de Ticiano e as de Burne-Jones.

— Pat, vou lhe dar um *highball* em vez de chá.

— Lucia, não me dê a notícia gentilmente. A gente supera?

Ela tomou um golinho do *highball*. Tinha um cigarro nos dedos finos e compridos. Olhou-me com empatia, depois com avaliação. Deu um sorriso maroto, que ficava esquisito no rosto adorável. Parecia que eu era realmente muito engraçada. Ela não respondeu.

— A gente nunca supera, não é?

Ela jogou o cigarro na lareira com impaciência.

— Vou fazer uma profecia, Pat. Daqui a três anos, você não se lembrará da cor dos olhos dele.

— Isso é um consolo.

— Você acha? — perguntou Lucia.

V

Estava na hora de ir para casa. Sem dúvida, Lucia teria compromisso para o jantar. Mas eu não queria ir embora. De repente, não queria passar nem mais uma noite, uma hora que fosse, naquele apartamento que tinha sido meu e de Pete.

Lucia disse:

— Vamos lá em cima, quero lhe mostrar uma coisa.

Ela queria me mostrar um pequeno apartamento duplex nos dois andares superiores. Havia um quarto com banheiro enorme em cada andar, com uma divertida escada interna ligando os dois. Havia a vista costumeira de Manhattan, com obras de construção em andamento.

— Se vier morar comigo — disse Lucia, — podemos pagar este lugar. Eu gostaria de morar com outra mulher, de qualquer forma. Teria as suas vantagens, desde que houvesse uma relativa privacidade.

A indiferença, que era bastante confortável, caiu sobre mim. Eu teria de morar em algum lugar; Lucia era adorável. Por que não?

— Mas você tem o hábito de ser bondosa com animais burros, Lucia?

Ela riu.

— Você *será* burra por algum tempo, sabe, Pat. Eu fui... Vou pôr o chapéu, porque Checko vai chegar. É melhor ficar aqui hoje à noite. Há um bolo de frutas para você comer ou pode sair e arranjar algo nutritivo. Por que ir para casa e esperar que seu marido telefone? Ele não vai telefonar — ainda. Vou demorar... O sofá-cama abre, ou você pode dormir no sofazinho. Aliás, você tem sofá-cama, Patricia? Nenhum lar de ex-esposa está completo sem ele. Uma cama de solteiro, o mais decorativa possível, capaz de ajuste para enfrentar as crises que ocorrerem.

Eu não estava interessada em sofás-camas.

— Quem é Checko? — perguntei.

— Ninguém. Só uma ajuda em alguns domingos. Vai escrever um poema épico daqui a dois anos. Enquanto isso, é *ghostwriter* de alguns astros do cinema e de um pugilista. Vou encontrá-lo lá embaixo, se não se importa, porque você faz o tipo dele, ele ficaria uma hora conversando com você e estou morrendo de fome.

— Quer mesmo que eu more com você, Lucia?

— Quero. Vamos nos divertir, você vai ver.

O toque da campainha fez Lucia descer. Acendi um cigarro e comecei a ler o livro de receitas *A colher de prata*.

Lucia organizou tudo. Ela falou com o meu senhorio e obteve permissão para eu romper o contrato — escolheu que mobília eu levaria, falou com Nora e concluiu que conseguiríamos pagar a criada e o aluguel, se ela mantivesse as nossas roupas passadas e as alças da *lingerie* costuradas; comprou-me um sofá-cama.

O dia em que o pessoal do guarda-móveis veio embalar tudo foi a única vez, depois daquele domingo, que passei mais de dez minutos no antigo apartamento.

Camas de bordo com abacaxis nos pedestais, espelho de moldura dourada com uma águia em cima que tinha sido da minha bisavó, os suportes de livros em formato de navio de que Peter tanto gostava, as tapeçarias que compramos na Liberty's de Londres — tudo foi rapidamente mumificado em papel pardo e levado.

Achei uma garrafa de vinho do Porto que Pete deixara e a dei aos carregadores.

O apartamento teria de ser redecorado antes que outra pessoa o alugasse. Será que usariam as mesmas cores?

Os carregadores terminaram o serviço. Eu mesma levava a prataria para o guarda-móveis de táxi. Deixei a chave e dez dólares com o superintendente. Ele me agradeceu, disse "sinto muito pela inconveniência, madame" e me chamou um táxi.

A caminho do guarda-móveis, pensei que poderia deixar a aliança de casada com as colherinhas de café. Quando cheguei lá, descobri que o pessoal do guarda-móveis contava tudo antes de redigir o recibo. Fiquei com vergonha quando chegaram ao estojo de flanela vermelha com as colherinhas de café e a aliança, e disse:

— Suponho que o senhor ache que uma aliança de casada seja uma coisa esquisita para guardar.

O funcionário que verificava ergueu os olhos velhos e apáticos para mim por cima dos óculos sem aro.

— Ora, madame, devemos ter duzentas ou trezentas delas no depósito neste momento.

Eu estava acostumada a azulejos verdes no banheiro em vez de brancos, a ir trabalhar no centro de ônibus, em vez de voltar de metrô para o bairro, para Lúcia, infalivelmente bondosa, infalivelmente bem-humorada, com seu jeito de tratar todas as coisas como igualmente importantes e divertidas. Morava com ela havia três semanas.

— Você devia sair — disse Lucia no primeiro dia. — Você só andou por aí com cinco ou seis amigos do marido, não foi? E, quando a conversa ficou chata, eles trocaram reminiscências sobre as grandes corridas de remo de 1919 ou coisa assim, não foi? Pois bem, vamos sair.

Naquelas três semanas, fomos a seis festas, três estreias, cinco bares clandestinos, quatro boates, duas óperas e um concerto em que um negro cantou *spirituals*.

— Você é incrivelmente popular, Lucia.

Era domingo outra vez, e parecia que tínhamos uma hora sem nada para fazer.

— Você quer dizer que ex-esposas são populares, Pat. A classe mais popular de Nova York. Qualquer um pode lançar a devoção de uma vida aos pés de uma ex-esposa, e ela não fará nada de inconveniente no mundo ao aceitá-la… pelo menos, não uma ex-esposa como você, porque não tem divórcio. Por que não se divorcia de Peter?

— Ninguém está lançando nenhuma devoção aos meus pés. Não consigo falar nas festas. É você que me diz o que falar.

— Eu sei; você se importa, Pat? Você vai superar daqui a um mês e pouco, quando se sentir melhor. Mas, sério, você deveria fazer alguma coisa para se divorciar. Quanto mais cedo, melhor, fica um rompimento limpo. Teve notícias daquele tal Peter?… Não quero parecer invasiva…

Eu tivera notícias dele. Tinha um bilhete. Fui buscar e o mostrei a Lucia.

Dizia: "Aqui está um cheque para o aluguel do mês passado no centro. Não planejo dar mais nenhuma contribuição para o seu sustento. É claro que, se estiver passando fome ou coisa assim, me ligue e lhe mandarei algumas refeições. Mas imagino que você vai ajeitar tudo. É o que o seu tipo faz. No momento, estou morando no Wilton Arms Hotel.

Mas é melhor me procurar no escritório. Que tal deixar que eu pegue alguns móveis quando arranjar um apartamento? Divirta-se. Peter."

— Rapaz sucinto — disse Lucia e hesitou um minuto. — Tenho ouvido algumas coisas sobre ele, Pat.

— Tudo bem, me conte — disse eu.

Tinha me perguntado a esse respeito. Nas cerca de duas semanas desde a mudança, Lucia experimentara um pouco a atitude hesitante de "ele pode voltar, Patricia, não é bom perder as esperanças"; depois, mudou definitivamente para o ponto de vista "tudo acabou, mas algum dia você ficará contente com isso".

— Andei perguntando — disse Lucia. — É uma longa história. Todos sempre dão conselhos à mulher separada do marido. Dúzias de pessoas me aconselham. Alguns conselhos foram úteis, outros não. Não quero pressionar você a falar sobre ele, pode angustiá-la demais, mas achei que, como mais ou menos assumi você, era melhor descobrir qual era a situação, se pudesse, para não lhe dar maus conselhos.

— Você é um anjo, Lucia, Mas me diga, de verdade, por que se dá a esse trabalho.

— Várias razões. Queria morar com alguém, sabia que você seria divertida quando convalescesse um pouco e você é do tipo que contrasta lindamente comigo. Quero dizer, você tem cabelo preto, é vivaz (normalmente) e miúda, e sou uma ruiva alourada comprida e langorosa. Além disso, alguém fez o mesmo por mim quando eu estava na mesma situação que você, e é como se fosse uma conta que eu queria pagar algum dia... Tudo isso é irrelevante. Você me contou tudo sobre aquele caso da Hilda... Mas onde entra essa tal de Judith? Descobri, por uma moça que conhece um homem do jornal de Peter, que ele é visto com ela todas as noites da semana.

— Algo deve ter acontecido com Hilda — colaborei.

Eu me senti horrível de novo. De qualquer modo, estava passando por poucas e boas para não especular, em cada meia hora tranquila que tinha, sobre onde Peter estava, com quem, o que fazia.

— Você é brilhante, Pat. Desculpe; não quero implicar com você… Seja como for, antes de saber, achei que o seu amado provavelmente se encheria da sua Hilda em poucas semanas e ficaria mais esperto… e contente por algum tempo. Você parece louca por ele, e, apesar da fase horrível que vocês dois estavam vivendo, talvez se conseguisse uma grande cena de reconciliação.

Ela estendeu o braço branquíssimo para pegar um pedaço de manjar turco, mordiscou-o com algumas palavras para agradecer a Deus por ser magra o bastante para comer todo o doce que quisesse e me olhou para ver se eu estava à beira das lágrimas ou coisa assim,

— Que lindo quimono chinês você arranjou, Pat — continuou ela.

Ri. Estava me acostumando com as irrelevâncias de Lucia. Elas significavam: "Se esta conversa estiver incomodando, falaremos sobre outra coisa instantaneamente".

— Que lindo *négligé* verde você arranjou, querida — disse eu. — Continue. Não me importo de conversar com você sobre Pete. Na verdade, ajuda bastante. Eu disse a ele que nunca me divorciaria, mas começo a achar que sou uma pessoa baixa demais para manter a palavra, se ele realmente quiser o divórcio.

— Sim — disse Lucia, — todos ficamos sensatos, mas leva tempo… O que eu queria dizer sobre Judith era que, se "algo aconteceu com Hilda", como você disse, e ele foi para Jude, em vez de voltar para você… minha filha, dá na mesma você procurar um advogado agora ou no ano que vem.

(Pensei: *Ainda não; não vou ceder ainda; posso ganhar tempo enquanto tenho esperança de ser apenas um entreato que vai passar, mas não de outro modo.*)

Lucia continuou:

— Os homens... os homens sempre voltam de pequenas excursões... mas, quando começam os cruzeiros mundiais...

— Judith não é um cruzeiro mundial. Ela não é tão boazinha quanto Hilda, na verdade, nem tão bonita.

— Vou falar dela daqui a um minutinho. Sobre excursões e cruzeiros... quero dizer que o homem realmente apaixonado por uma mulher muitas vezes passeia despreocupada e brevemente com outra, simplesmente porque ela tem uma voz excitante ou grandes olhos inocentes. Então, ele volta *àquela* mulher, não piorado, às vezes até aprimorado. Mas, assim que embarca numa viagem, filha, ele vai parar em tantos portos que talvez esqueça de que cidade partiu e, com certeza, o que aquela cidade tinha de exclusivo em meio a todas as paisagens que viu desde então. Parece que o seu Peter está navegando por aí, Pat.

— Ainda não consigo acreditar nisso, Lucia.

Imediatamente, ela mostrou empatia.

— É claro que não. Nem tente. Posso estar errada e, de qualquer modo, conselhos só servem para pôr no bolso e guardar até que você tenha vontade de aceitá-los, se é que terá... Conhece Judith?

— Eu a vi várias vezes no escritório... ela foi lá por ser estilista desde que se divorciou, sabe. E uma vez numa festa.

— Gosta dela?

— Não... Mas agora não gostaria mesmo. Acho que sou muito ciumenta, Lucia.

— Todo mundo é, e todo mundo finge que não é... Também não gosto de Judith, mas ela tem as suas razões. Você se importa que eu fale disso? Eu gostaria de explicar por que acho que ela acabará com você, para ser bem brutal, se Peter virou amiguinho dela.

— Continue. — (Peter "amiguinho" daquela jovem de rosto duro. Era simplesmente ridículo. Ainda assim, eu sabia que agia com ela como em 1880. Judith tinha estilo, era divertida.)

— Patricia, seja boazinha e tire esse doce daqui. Vou acabar passando mal. E me traga a cigarreira, a âmbar.

Então, Lucia começou:

— Não gosto de Judith principalmente por uma trivialidade, isto é, a linguagem dela. É claro que o uso do jargão e da obscenidade na linguagem comum é só outro vício cerimonial antes estritamente masculino, como beber e fumar, que recentemente se tornou bissexual. Mas acho que há uma diferença. Na verdade, apesar da opinião do cinturão da Bíblia, as mulheres — as atraentes — não ficam nem um pouco menos femininas ou desejáveis com um cigarro na mão e um coquetel na outra do que as avós com um leque na direita e um buquê na esquerda. O coquetel e o cigarro são provocativos, mais alegres, é tudo. Naturalmente, não estou falando de mulheres vistas penduradas, em semi-estupor alcoólico, em mesas de boates baratas. Os homens do mesmo tipo são igualmente aflitivos.

"Mas a respeito da linguagem. Talvez o jargão seja pitoresco, tenha sabor, nos clubes e bares masculinos, como as piadas obscenas muito fisiológicas que agora eles nos contam. No entanto, para mim continua incongruente na fala de uma mulher supostamente bem-nascida. Fico afetada quando Judith adorna os seus comentários sobre o mau tempo ou algo igualmente casual com expressões que às vezes vemos rabiscadas nas paredes de prédios vazios, como se ela aparecesse, com as suas ótimas cópias de roupas francesas, mascando tabaco e cuspindo de vez em quando."

— Entendo, Lucia. É por isso que acho que Peter não *pode* levá-la a sério.

— Isso não tem nada a ver, Pat. Veja, você causou a esse seu rapaz um choque horrível, se me perdoa a menção.

Fiz uma careta, ela notou, mas decidiu continuar.

— Ah, foi um gesto bem grandioso contar a ele a sua infidelidade, e você nunca voltará a ser tão jovem para cometer outro igual... Você deveria ter decidido nunca repetir o incidente e jamais mencioná-lo. Os gestos grandiosos são caros. Até que ponto o seu foi caro, se vai lhe custar Peter para sempre, ainda não dá para saber. Mas provavelmente custará. Você pode ter deixado em confusão todas as concepções sobre mulheres daquele jovem acadêmico meia-boca.

(Peter, um "jovem acadêmico meia-boca"? Nunca pensei assim. Talvez fosse.)

— Não importa, Pat. Fiz algo igualmente juvenil uma vez, com Arch. Algum dia lhe conto. Mas sair com Judith. Uma mulher daquele tipo, com a atitude "só mais um dos rapazes", pode ser exatamente o que Pete quer no momento, principalmente se algo deu errado no mecanismo do outro amor puro da vida dele. Judith tem *sex appeal*, um *sex appeal* deliberado. É claro que não como o seu, Pat.

— Eu não tenho nenhum, não consegui manter o meu próprio marido.

— Não generalize um exemplo único e, ainda por cima, irrelevante. Você tem um *sex appeal* praticamente universal. Assim que voltar a se interessar um pouquinho que seja pelas pessoas, em vez de ser apenas decorativa, mas totalmente indiferente, terá dúzias de homens pedindo para "amar" (a ênfase foi desdenhosa) você por uma noite, um mês, dois ou até por mais tempo. Eu me preocupo com isso.

"Eu é que tenho pouquíssimo *sex appeal*, Pat. Nada apaixonável em mim, a não ser a cor do cabelo, A minha expressão espiritual afasta os homens de mim, a não ser como companhia diurna. Fico contente, também. A outra, a fuga da perseguição incessante, é tão cansativa… Mas isso ficará para outro sermão de domingo.

"Judith e as mulheres do seu tipo cultivam o *sex appeal* porque precisam. As mulheres desse tipo, não realmente femininas nem mesmo bonitas, na verdade, têm sucesso por serem espertas o bastante para acentuar o que têm. Vejamos Judith. Tem um belo cabelo acaju, olhos nada maus (cor de avelã, não é?) e uma silhueta arredondada, boa e magra. É tudo. Os traços são apenas espalhados pelo rosto. Consegue se lembrar do nariz, das mãos, da boca ou do queixo? Os joelhos são muito mais vívidos na minha recordação. Ela sempre os cruza bem altos. Eles também são bonitos. É deles que mais me lembro, na verdade, e do cabelo, porque ela tira o chapéu em todas as ocasiões possíveis e impossíveis para que a luz brilhe neles. Por que me lembro dos olhos dela? Ah, sim, ela os estreita para olhar os outros de um jeito sonolento."

Dei uma risadinha.

— Maravilhoso, Lucia… Ela já atravessou o seu caminho?

— Na verdade, não. Mas alguém como ela, já… Com a linguagem espantosa, o exagero da maquiagem, ah, o modo como ondula as pernas por aí, esse tipo diz: "sou acessível, sou acessível e sou muito divertida mesmo". Elas são bem divertidas, também. Dão ao homem a sensação confortável de estar sem colarinho. Tenho certeza de que Judith será mais fácil para o seu Peter do que você ou Hilda. Ele é bonito, não é? E o pessoal do jornal vai diverti-la… Patricia, minha filha, provavelmente ela consegue mantê-lo durante séculos, até ele ter outro ataque idealista de busca do graal. Ela pode até curá-lo de novas ocorrências do gênero. As mulheres do tipo dela conseguem.

— Lucia, esta tarde você é uma completa Cassandra.

— Vamos tomar um drinque… Não haverá nenhum na casa dos Steven… Mas eles têm os russos mais incríveis que de repente explodem em canto. Vale a pena, em geral. Você prepara?

— Terá de ser um Bronx. Só temos gim e laranjas... É gostoso. Lucia, acha que eu deveria escrever a Pete e lhe perguntar se ele ainda quer o divórcio?

— Por que lhe *escrever*? Isso é simplesmente uma indiscrição óbvia... Por que não telefona?

— Provavelmente ele está no clube agora.

Lucia não disse absolutamente nada. Fui até o telefone, na base da escadinha que ligava a casa de Lucia e a minha. No bloco ao lado do telefone estavam escritos todos os nossos compromissos para a semana. Lucia tinha marcado todos eles até agora.

— Escute, Pat. Planeje o que vai dizer antes de ligar.

— Isso é simples. Murray Hill, 003.

Dei o nome de Peter. Lucia me trouxe outro coquetel e se sentou no degrau acima de mim.

Tive de esperar algum tempo.

— Pat, por que não desliga? Não há pressa — disse Lucia.

— Sempre leva muito tempo. Alô! Peter? É Pat.

— É, reconheci sua voz. Como vai?

A voz dele estava bastante *alegre*.

— Vou bem. Liguei para lhe dizer que você pode se divorciar, se ainda quiser.

Um minuto de silêncio.

— Ora, obrigado. Mas não há pressa.

— Ah, como vai Hilda? — (Lucia solicitou.)

— Muito bem, até onde sei.

E depois?

— Por que não vem me visitar alguma hora? — (Ajuda de Lucia, também.)

— Pode ser, alguma hora. Qual é o endereço? — (Ele sabia. Eu lhe tinha escrito, mas disse outra vez.)

— Bom, podemos jantar e conversar sobre o divórcio… Qual é seu telefone? — Eu lhe disse.

— Obrigado por ligar, Pat.

— Até logo.

— Agora — disse Lucia, — é melhor você tomar o que sobrou na coqueteleira. Suponho que a sua tarde esteja completamente arruinada. Céus, são quatro horas, Pat, temos de estar prontas em quinze minutos. Você está muito perturbada?

— Não sei.

— Bom, faça a maquiagem aqui no meu banheiro e podemos conversar.

Lucia soltou o cabelo e começou a penteá-lo rapidamente. Comecei a passar hidratante no rosto. Meu cabelo só precisava de um instante para ficar pronto.

— Ainda bem — disse Lucia — que o meu casamento acabou…

— O quê? — perguntei.

— Há muito tempo — Lucia completou.

VI

A primavera estava começando… hora de escrever anúncios sobre "Vestuário e acessórios para a Páscoa"… produzir páginas extras de moda, depois das conferências de compradores de última hora. Corra com as artes; corra com os cortes; corra com o texto para o tipógrafo; diga a ele que corra com as provas. A redatora de moda foi embora. Então me tornei redatora de moda. A gerente-assistente de publicidade adoeceu — eles me deixaram assumir o trabalho dela. Fiquei contente. Fazia os dias passarem depressa.

— Arranje uma bolsa de couro de lagarto, importada, para ser desenhada com esses sapatos de lagarto, Srta. Thomas — disse eu. — A Srta. Hastings está a caminho; ela fará todas as artes nas duas colunas de acessórios. Meias, luvas, o sapato e a bolsa numa, lenço, joia, há mais um espaço. Diga ao Sr. Johnson que tanto os compradores de flores quanto os de perfume querem estar na página… e peça a ele que decida. *Eu* não quero que quem ficar de fora venha discutir o porquê comigo… Não, podemos agrupar a *boutonnière* e o frasco de perfume e usar os dois. Vão equilibrar os sapatos e a bolsa. Hastings é boa em lidar com esse tipo de coisa.

Um jargão — um jargão que aprendi depressa. Pagava o aluguel, o táxi para o escritório e as roupas — mais roupas do que tive desde que me casei. Eu tinha um novo conjunto azul de primavera — o vestido em estampado Ducharne, o casaco uma boa cópia de um Vionnet — "com a complexa simplicidade do original" — 89,50 dólares no atacado. O comprador me levou até o fabricante; admirei polidamente toda a linha; conversei sobre publicidade; recebi o serviço de escrever seu texto para a revista *Women's Wear*; 25 dólares extras por semana. Nada mau. Consegui a conta de um chapeleiro da mesma maneira, que pagava 15 dólares. O escritório me pagava 65, já que eu era redatora de moda. Agora eu comprava dois pares de sapatos ao mesmo tempo e bolsas para combinar e dizia que era economia. Ficavam com boa aparência por mais tempo.

Eu tinha muitas luvas laváveis de *suède*, que Nora mantinha lindamente novas. Bijuterias alegres e banais para usar um mês e jogar fora. Enquanto isso, era preciso manter a ideia do conjunto. Um casaco de seda preta que não era apenas um casaco de seda preta. Um vestido Patou preto e branco. Chapéus, chapéus e mais chapéus — porque eu adorava chapéus. (Os dias desolados em que morava com Peter e, no fim da estação, caçava *um* chapéu por cinco dólares na liquidação.) Pós, batons e perfumes caros e adoráveis. (Certa vez, Peter me comprou um frasco de *Idéal*, de Houbigant. Não era muito caro, mas ele deve ter passado três dias sem almoçar para conseguir.)

Fazia sete semanas que Peter tinha ido embora; cinco semanas desde que comecei a morar com Lucia. Não havia tempo, ou não muito tempo, para pensar em Peter — acordar, fazer calistenia, tomar suco de laranja com torradas e café numa *drugstore*, pegar um táxi para o escritório. Sem tempo de pensar em Peter das nove à uma nem das duas e meia às cinco e meia. Sem tempo depois, andava depressa para casa, três quilômetros em quarenta minutos, tomava banho, me vestia, ia aos lugares.

Os homens diziam a Lucia que eu era adorável na aparência, mas completamente fria. Por que fria? Eu deixava que me beijassem quando deviam, nos táxis, dançando em boates quentes, nas festas. Eles não eram reais. Nem o escritório.

As roupas eram reais. Comprei muitas roupas para que, quando Peter telefonasse, eu pudesse dizer "venha agora mesmo" e estaria maravilhosamente vestida. Eu me vestia sempre com cuidado, porque poderia encontrar algum amigo de Peter que lhe diria "vi Patricia, que estava linda". Então ele me ligaria mais cedo.

O telefone era real. Algum dia, ou talvez alguma noite, tarde, tocaria significativamente. Seria Peter. Ele começaria dizendo "Patty, tudo — os últimos meses — foi um erro maluco; estou voltando".

E eu responderia: "Fico contente".

Contaria a Peter as primeiras noites, e o colunista de tabloides engraçado que entrou e escreveu as coisas dele em minha máquina quando eu queria ir para cama, até que Lucia veio e me levou para dormir lá embaixo. O colunista ficou muito desapontado.

Contaria a Peter o meu combinado com Lucia: ela apareceria no Childs às três da manhã quando eu saísse sozinha; assim a encontraria, supostamente por acaso, e voltaríamos juntas para casa. Combinamos isso porque Lucia disse que eu ainda não estava suficientemente desperta para lidar com os outros. Isso o divertiria — contar que andei sonâmbula nas semanas em que ele se foi.

Enquanto isso, os dias corriam, as noites corriam; e, quando eu ia me deitar no sofá-cama que podia ser ajustado para duas pessoas (o que Lucia queria dizer com isso, Lucia não tinha amante), em geral eu dormia.

Às vezes, quando acordava à noite, eu tinha saudade da sensação da cabeça de Peter contra o meu ombro... e pensava "se eu pudesse passar a mão pelo cabelo desgrenhado e sedoso de Peter — suavemente, para não acordá-lo..."

Então eu descia e dormia no sofazinho do apartamento de Lucia. Quando acordava, ela só dizia:

— Olá, querida. Estou com uma ressaca *daquelas*.

E eu respondia:

— Você devia fazer calistenia à noite, Lucia. É ótimo para a ressaca.

— Ah, não seja uma cordeirinha atlética tão chata. Fico cansada só de pensar em calistenia. Já são oito horas?

Certa noite, quando trabalhei até as seis e meia, peguei um táxi para voltar porque eu e Lucia tínhamos um jantar a quatro às sete, e eu precisaria me vestir em quinze minutos.

Mas Lucia não estava em casa. Procurei um bilhete no bloco do telefone, onde sempre deixávamos mensagens uma para a outra. Dizia: "Seu marido ligou às seis. Pedi que ligasse de novo às sete. Saí com os nossos dois homens. Boa sorte.

"P. S.: Mantenha a calma, querida.

"P. P. S: Estarei em casa por volta da meia-noite, se quiser descer."

Eram sete e doze. Larguei na escada chapéu, luvas, bolsa, pacotes (dois pares de meias de *chiffon* num tom chamado "êxtase" e uma faixa de rede para o cabelo, de Paris) e me sentei ao lado deles. Os joelhos tremiam, tanto que batiam um no outro, e isso me divertiu desmedidamente. Peguei cigarro e fósforos na bolsa, fumei e deixei a esperança correr.

(Ele está voltando; acabou tudo com Hilda, e não suporta Judith; ele está voltando. O que farei com este apartamento? Será que Pete moraria em Brooklyn Heights ou em algum lugar econômico para poupar e termos outro bebê daqui a alguns anos? Eu sempre soube que, se não acreditasse que estava tudo acabado, não estaria. Preciso ter tato e não ficar curiosa demais sobre o que ele andou fazendo. Ele só participou de uma excursão, e Lucia diz que eles voltam melhores do passeio. Preciso me lembrar disso. Devo lhe falar do doutor? Não, absolutamente não. Foi meio maluco, senão, não teria acontecido.)

O telefone tocou.

— Peter, querido!

— Ah, é você, Pat? Queria saber se está livre para jantar; podemos conversar sobre o divórcio.

Fiquei um minuto sem conseguir responder. (Mas que burrice a minha. Ele não admitiria instantaneamente que me quer de volta — pareceria muito inconsistente. Os homens se importam com isso.)

— Sim, estou livre para jantar, Pete, se você me der três quartos de hora para me aprontar. Acabei de chegar, preciso tomar banho e tal...

— Tudo bem. Às quinze para as oito, então. Pego você ou nos encontramos? Acho que podemos jantar no Blue Star.

(Oh, um agradável bar clandestino francês onde costumávamos jantar para comemorar coisas, às vezes, quando tínhamos recursos. Era um bom sinal que ele quisesse comer lá. Melhor ir ao encontro dele, pois poderia tomar um coquetel enquanto esperava. Então, com certeza, se sentiria bem-humorado.)

— Acho que encontro você lá, Pete, às oito.

— Certo. Vejo você daqui a uma hora. Até logo.

O que usar, o conjunto azul ou o vestido Patou com o casaco preto? Corri para cima, comecei o banho depressa, peguei uma combinação francesa rosa-claro, bem passada, com lindas nervuras e pregas. Pete adorava roupa de baixo de cores bonitas e detestava coisas rendadas.

Então as consequências — minha certeza de que ele admiraria a combinação — me deixaram tão sem fôlego que tive de me sentar um instante e fumar parte de outro cigarro.

O vestido Patou, com certeza — era muito mais impressionante — me deixava inefavelmente magra, mas com curvas suficientes. Tomei banho e me vesti apressada, mas com eficiência. O grande problema era: quanto ruge? Eu tinha tanta cor própria no momento — mas, se desbotasse mais tarde, não queria ficar pálida e abatida. Melhor arriscar um pouco mais, as luzes do Blue Star eram fracas, e, com vestido e chapéu pretos, daria para aguentar.

O vestido entrou: crepe marroquim preto com gola branca profunda e punhos exagerados, cortados como pétalas. Escarpins de ópera, de cetim preto... Eu não gostava muito de sapatos de cetim, mas esses deixavam meus pés bem estreitos. Um chapéu sem aba de palha de Milão com uma flecha dourada bordada atravessada na frente. Pérolas... não, o colar de ouro liso.

À caça do colar, achei um anel antigo, uma esmeralda imperfeita num interessante engaste italiano. Pete o comprou para mim em Londres, numa loja de antiguidades na Oxford Street. Eu o pus como um gesto de boa vontade.

Lucia tinha um perfume Nuit de Noel. Pete gostava. Desci para procurar. No banheiro de Lucia, olhando-me no espelho comprido, resplandecente, agradeci pela minha aparência. Tinha me sido útil com Pete, não fazia muito tempo. Lucia escreveu algo sobre "manter a calma". Nunca consegui com Pete. Nunca mesmo. Mas era tranquilizador estar no meu melhor aspecto.

No táxi, com muito cuidado ao sentar para que as costas do casaco de seda preta não se amarrotassem e para não tocar em nada que pudesse sujar as luvas, senti de repente um pouco de frio porque não conseguia me lembrar do que, quando muito, Pete gostava em mim além da aparência. Eu teria de recordar para descobrir, quase dois meses desde que o vira e, antes disso, houve a guerra dos seis meses... (Ah, não pense nisso, pense no que vou dizer quando o vir.)

Ele estava sentado, num terno azul que eu nunca vira, fumando, com um copo de coquetel vazio à frente. Parecia enxuto e duro e, de certo modo, meio estranho. Só me viu quando cheguei bem perto.

— Ah, aí está você, Pat. Como vai? O que quer beber?

— Um martíni, acho.

— Tudo bem; vamos pedir logo o jantar, então podemos conversar — disse ele. — Você está bonita, Pat.

— Você também.

— Como vai o setor de publicidade?

— Bem. Recebi um aumento. E o setor de jornais?

— Também recebi um aumento. Outro martíni?

— Sim, obrigada.

Eu me sentia fria e seca como um martíni. Já tinha me sentado diante de Pete na mesa estreita centenas de vezes e me sentia tão perto dele como se a firmeza adorável dos seus braços estivesse à minha volta. Agora havia uma distância composta de mentiras, brigas e aventuras separadas. Eu não sabia que haveria tamanha distância. Talvez pudesse ser superada. (Não o apresse; tente pensar. Não consigo. Quero dizer: "me aceite de volta; me dê outra chance, para que eu volte a viver".)

Peguei um lenço para me olhar no espelho da bolsa. Meu rosto estava sereno. Isso era bom.

— Já me substituiu, Pat? — Ele sorriu, um sorriso bastante amistoso.

— Não. — (Tenho de fazer alguma coisa a respeito disso, não sei se correta ou estúpida, mas tenho de fazer alguma coisa.) — Não sentiu saudades minhas, Pete, de verdade?

— A gente sente saudades de quem ficou tanto tempo por perto, como você. Estou convalescendo devagar.

Fiquei um pouco zangada e sabia que não deveria.

— Como vai o seu Grande Romance, Pete?

— Qual?

O garçom retirou a sopa. Pete encheu meu copo de vinho.

— Hilda, a da alma pura, quero dizer.

— Ah, foi-se pelo ralo; você não soube? — A voz dele era inteiramente casual. Ele comia o peixe com evidente prazer. ("Os molhos são bons aqui, não são, Pat?")

— Não, não soube. O que aconteceu?

— Não me importo de lhe contar. A garotinha fez um escândalo certa noite em que bebi e beijei alguém de cujo nome nem me lembro, dançando. Ela fez um escândalo no dia seguinte porque a fiz esperar dez minutos e cheguei com cheiro de cerveja. Finalmente, numa única noite, ela tentou me forçar a prometer que pararia de fumar, beijar e beber. Meu Deus, que mulher possessiva! Então, disse a ela que não daria conta do recado, e ela me disse que era você que eu merecia. Isso não lhe agrada?

— Não indevidamente.

Terminei o copo de vinho e respirei fundo. Pete encheu o copo outra vez.

— Você é uma pessoa de aparência imponente, Pat. — Mas a voz dele ainda era casual.

(Bom, exagerado. Nada a perder; posso ganhar alguma coisa.)

— E onde a saída de Hilda me deixa, Peter?

— Onde você estava.

O garçom trouxe o frango.

— O que isso significa, Pete?

Ele sorriu gentilmente, como se fosse uma questão sem importância.

— Terminado.

Nenhum de nós disse nada por algum tempo; só comemos o frango. Pete falou primeiro.

— Achei que seria agradável ver você, jantar com você. E é. Gosto de você; acho-a encantadora, com voz e mãos adoráveis e coisa e tal. E sinto muito tê-la feito passar por aquelas cenas. Suponho que você não possa deixar de ser quem é. Não se preocupe com isso; para começar, o erro foi meu. Tome mais um pouco de vinho... E, aliás, quando quiser o divórcio, é só falar e arranjo tudo. Não tenho pressa, é claro. Na verdade, começo a sentir que a situação como está me garante uma certa proteção...

Fiquei um minuto sem conseguir falar. Então:

— O que quer dizer com "ser quem sou"?

— Ora, Pat, de que adianta falar sobre isso?

— Por que não?

— Eu me recuso a chamar você de vadia quando a levo a jantar.

Fiquei zangadíssima.

— Tão vadia quanto Judith!

— Você *está* bem informada, não é? Talvez seja, mas ela nunca fingiu ser nada além disso — para mim.

Então, perdi a esperança. A distância parecia ocupada por uma barricada tangível entre nós. Poderia ser atravessada? Não via como. Duas lágrimas caíram na salada. Torci para Peter não vê-las. As pessoas têm orgulho. Não, que bobagem. Eu não tinha nenhum orgulho, porque me preocupava. Só sentia que deveria ter.

A voz dele era afetuosa como a de um irmão mais velho.

— Eu não queria fazer você chorar, Pat. Não pense mais nisso. Quer um conhaque com Bénédictine em vez de licor? Você gostava.

— Obrigada.

Eu o olhei. Estendi a mão até onde a mão dele pousava na mesa. Talvez, se ele me deixasse tocá-lo…

Ele deslizou a mão sobre a minha e, então, notou o anel de esmeralda.

— Meu Deus, Pat — disse ele. — Você se lembra?

Falamos de Londres: o primeiro apartamento onde moramos lá; os jantares para dois que consegui comprar por um dólar; coisas distantes e muito antigas.

Quando saímos, ele me deu o braço e caminhamos pela noite de primavera, olhando as vitrines das lojas, fazendo rir um ao outro e lembrando coisas que fizemos e de que zombamos quando éramos terrivelmente jovens.

Ele tinha 25 anos e eu, 24; e falávamos de "quando éramos terrivelmente jovens". Eu o convidei — tive vergonha — para conhecer o meu apartamento. Ele disse que gostaria, então pegamos um táxi e descobrimos que agarrávamos as mãos um do outro com bastante desespero.

Não havia luz no apartamento de Lucia quando passamos por ele. Subi direto e tranquei a porta no alto da escada. Não queria que Lucia e desconhecidos entrassem e falassem das peças a que tinham assistido quando eu poderia conversar com Peter.

Mas eu precisava pensar em algo a dizer. Dei-lhe cigarros. Ele me olhava como se amasse olhar para mim, mas também como se isso o magoasse.

— Peter, tenho conhecido dramaturgos, colunistas e um pintor que fará o meu retrato, e mais pessoas divertidas…

— Sim, supus que você sairia à caça de celebridades.

Isso me fez parar. Gostaria que estivéssemos em outro lugar que não este apartamento, que não tinha nada a ver com Peter e comigo.

— Desculpe, Pat. Não queria ser desagradável.

— Tudo bem.

(Ele ainda não tinha me beijado. Talvez, quando beijasse, realmente ficasse tudo bem. Poderia superar a distância.)

Ele andava de um lado para o outro. Estava só um pouco bêbado. Tive medo de dizer algo estúpido, então não disse nada. Ele começou a falar.

— Antes eu estava apaixonado por você. Fiquei muito mexido por aquela garota, Natalie. Você se lembra? Falei dela. Aluna popular e coisa e tal; escrevi versos para ela e ela me trocou por Gerard, porque ele tinha muito mais dinheiro. Foi sensato da parte dela; de qualquer modo, era cinco anos mais velha do que eu, e seria apenas um caso de amor infantil, no que me dizia respeito. Mas foi relativamente difícil... então conheci você...

Eu me sentia cansada. Aonde isso levaria?

— Você parecia tão inocente, havia algo... É um adjetivo antiquado, mas eu costumava pensar em você como *imaculada*, Patricia.

Ele parou com as mãos no bolso, me fitando; não zangado, não como se me odiasse, e com certeza não como se me amasse; só perplexo, e como se estivesse um pouco cansado também.

— Pat, você se importaria em me dizer... Fui um amante muito inadequado? Foi por isso que você dormiu com outros?

Eu me senti como imagino que um homem se sinta quando foi nocauteado e começa a recuperar a consciência. O que fiz com Peter?

— Peter, meu querido, não!… Poderia tentar explicar exatamente o que aconteceu, de verdade?

Eu falaria de Rickey — Rickey que fosse para o inferno, se isso apagasse aquele ar, aquele ar *cansado*, do rosto de Pete.

Ele deu um sorriso torto.

— Não, francamente, Pat. Prefiro não ouvir uma nova versão. Eu não acreditaria. Você apresentou várias nos últimos oito ou nove meses, lembra?

— Mas esta é a verdadeira.

— Todas eram no momento.

Ele não acreditaria mais em mim. De que adiantava?

— Peter, por favor, pode me beijar logo?

Ele veio instantaneamente. Nós nos beijamos. Finalmente senti que o último ano não tinha acontecido.

Então ele me pegou no colo, me pôs no novo sofá-cama decorativo, atravessou a sala; escrutinou uma gravura que já vira — escrutinou a vida dele e a minha, e a nossa geração sobre a qual todos gritavam desde que crescemos e antes ainda; escrutinou as suas opiniões sobre a imortalidade, pelo que sei. A expressão dele estava suficientemente remota.

Ele se virou. Parecia completamente infeliz. Disse:

— Jesus, já pensei que você era um tipo de milagre desenvolvido para o meu bem especial.

Ele ficou me fitando. Eu não disse nada.

— Bom, você continua a ser a mulher mais agradável que já conheci… na cama.

Por que protestar? Que dissesse tudo o que quisesse, se assim se sentisse melhor. Não significavam nada... só palavras.

Agora a voz dele estava vacilante.

— Quero beijar você outra vez.

— Beije — disse eu.

Era isso mesmo que eu queria, esse Peter adormecido com a cabeça contra meu seio, como uma criança — essa paixão que deveria ser a primeira a se reduzir no casamento, mas que conosco durou mais do que tudo, de modo que agora era a única maneira que tínhamos de falar um com o outro? Não. Eu não queria isso tanto assim. Queria Peter como era antes.

Mesmo assim, talvez aquilo pudesse ser usado para recuperar o resto. Pela manhã, nos vestiríamos e iríamos tomar café da manhã em algum lugar, e eu ficaria tão alegre e divertida nesse momento que Pete detestaria ir embora, e voltaria, amanhã ou, com certeza, depois de amanhã, e então, aos poucos... Eu me senti bastante acolhedora e feliz. Seria adorável tomar o café da manhã com Peter.

Judith? Algo em mim se endureceu, enquanto estava deitada com a cabeça de Peter caída no meu ombro... Sobrevivi a Hilda, talvez pudesse sobreviver a Judith também... Fui dormir tranquilamente.

Mas, quando acordei de manhã, Peter tinha ido embora.

Por um minuto, não acreditei; não acreditei que Pete iria embora sem dizer nada, como se eu fosse uma garota qualquer que ele tivesse encontrado num bar clandestino na noite anterior; e que não achara muito divertida. Peter não faria isso comigo. Mas foi exatamente o que fez.

Eu quisera tomar o café da manhã com ele; quisera *tanto* tomar o café da manhã com ele. Comecei a chorar; levantei-me e procurei um lenço. Então vi um bilhete escrito "Patricia" sobre a lareira; e me lembrei que, certa vez, deixei um bilhete para Rickey, e chorei ainda mais; tanto que, por um minuto, não consegui enxergar para ler.

Dizia: "Obrigado pela hospitalidade. Vejo você novamente qualquer dia." Era tudo.

Desci a escada aos tropeços para procurar Lucia. Talvez ela pudesse me dizer o que fazer. Eu não sabia. Mostrei-lhe o bilhete.

— Eu o odeio — disse eu; — nunca mais vou vê-lo. Vou beijar tantos homens que nem lembrarei como ele era. Ele diz que sou vadia; serei vadia, mas nunca com ele outra vez. Lucia, por que ele fez isso comigo?

— Pat, querida, recomponha-se por um minuto. Sinto muito, Pat, Não há nada que você possa fazer, sabe? Isso... Chore o quanto quiser... Depois conversamos.

Eu me sentei e solucei. Lucia se vestiu, dizendo, de vez em quando:

— Logo você vai se sentir melhor

Não me senti melhor, mas depois de um tempo parei de chorar.

— Vou ligar para o seu trabalho, Pat, e dizer que você teve de ir ao dentista e chegará ao meio-dia. Também não vou trabalhar. Está um dia bonito, e não tiro uma manhã de folga desde aquela em que os Borden zarparam.

— Gostaria de pegar um carro e correr; apostar corrida com o trem até o cruzamento de nível, Lucia.

— Sim. Vista-se, Pat, e vamos comer em algum lugar tranquilo.

Vesti o novo conjunto azul. Fomos ao restaurante de Mary Elizabeth. Estava silencioso para um café da manhã tardio; e podíamos olhar a avenida.

— Lucia, eu o deixei ficar porque achei que era o jeito de consegui-lo de volta.

— Para que você o quer de volta?

— Porque nos amávamos muito.

— Você o ama agora, de verdade?

— Neste momento, gostaria que estivesse morto. Mas, em geral, amo.

— Como ele é ou como ele era?

— Como era.

— Como vai consegui-lo de volta como era?

Ela se serviu de uma segunda xícara de café.

— Daqui a um minuto, Pat, vou lhe citar a famosa fonte de textos para anúncios de cigarro.

— O Rubaiyat?

— Exatamente. "A figura móvel escreve, e, tendo escrito..." E daí? Seja como eu. Observe o desempenho das pessoas e não se envolva pessoalmente.

— O Rubaiyat é só o ideal de filosofia de um adolescente, exceto as partes sobre bebida.

— Diga-me alguma filosofia que não seja adolescente. Autoexpressão... a nova liberdade das mulheres... Freud, aquela Grande Desculpa?

— Mas *há* progresso, Lucia. Progredi, em gosto, de Scott Fitzgerald para Ernest Hemingway.

— Que progresso é esse?

— Uma distância danada de grande no caminho para um vocabulário maior e mais amplo.

Lucia riu.

— Veja, você já está se sentindo melhor, Pat. Sabia que sou cinco anos mais velha do que você?

— Não achei que fosse tanto.

— É, tenho 29. Arch me largou quando eu tinha 25. Tentei controlá-lo demais; quis fazer dele um sucesso, sabe. E fiz cenas sobre outras mulheres. A história de sempre. Assim que ele teve sucesso suficiente para administrar o escritório de Chicago, foi-se; e disse que me consolasse com o meu amor à música ou algo parecido. Esqueci.

"Fiz das tripas coração por ele. Ansiava pelas suas visitas a Nova York. Não o vejo há uns dois anos, e estou contente. Ele ainda... há apenas um piscar de olhos de perturbação... é o primeiro homem que você amou..."

No entanto, ela parecia muito plácida. Eu sofria, mas ficar ali sentada escutando Lucia ajudava.

— Quando tiver 29 — disse ela, — é provável que você tenha alcançado... a idade de generalizar. Não penso mais em mim como *eu*, uma pessoa importantíssima. Acho que sou um exemplo interessante de mulher desapegada na cidade. Vítima da nova liberdade... jogaram-na em mim, querendo ou não. Você pertence ao mesmo tipo. Mas é mais nova e se importa mais.

— O que será de nós, Lucia?

— Nada. O que "será" de qualquer uma? Envelhecer, ficar grisalha, gorda ou magérrima.

Ela não podia ser tão indiferente assim.

— O que você realmente pensa das ex-esposas, Lucia?

Ela se animou.

— Somos *livres*. Que disparate! Livres para pagar aluguel, comprar as nossas roupas e aguentar a excentricidade de três a oito homens que têm autoridade sobre nós nos negócios, em vez de agradar apenas um marido.

"Não temos mais que ser dominadas. Que tolice! Claro que a mulher casada com um bruto ou degenerado no antigo sistema estava sem sorte. Quantas delas existiram, comparadas às mulheres com homens decentes e medianos com noção de responsabilidade?

"Se você e o seu Peter fossem jovens cinquenta anos atrás, você nunca teria sido infiel a ele, porque não teria vinte oportunidades de infidelidade jogadas em cima de você por ano; e, se ele fosse infiel a você, seria discreto, porque cairia no ostracismo social se não fosse, e não lhe diria alegremente que seguisse seu caminho, porque você não teria lugar nenhum para ir. O principal que liberar as mulheres do embotamento da domesticidade fez foi liberar os homens da necessidade de oferecer estabilidade em troca de amor, fidelidade e coisas assim.

"As mulheres tinham *status*, uma segurança relativa. Agora, têm o *status* de qualquer prostituta e sucesso enquanto a aparência se mantiver. A próxima geração de mulheres, se tiver bom senso, dinamitará a estátua de Susan B. Anthony e fará uma cruzada pelo renascimento do cavalheirismo.

"Liberdade dos homens? Qual de nós é livre se fica emocionalmente absorta em qualquer homem? As opções das mulheres eram: o casamento, o convento ou a rua. São as mesmas agora. O casamento tem o mesmo nome. Ou então você pode ter uma *carreira* e deixar que ela absorva toda a sua energia emocional (exatamente como o convento). Ou você pode ter uma imitação da atitude masculina perante o sexo e uma sucessão de casos sem sentido, promiscuidade (isto é, a rua) paga em orquídeas e jantares em vez de dinheiro deixado na cômoda.

"As mulheres eram felizes quando os seus homens eram bons com elas; e, quando envelheciam, quando os filhos se davam bem. São felizes na mesma base hoje. Sempre seguiram os seus amantes com os seus sonhos, na guerra ou no trabalho, mas ficavam bastante contentes em casa se estivessem ocupadas e tivessem um mínimo de beijos. As anormais, suponho, tinham uma vida péssima, e por isso gritaram, empurraram e viraram o barco para todas nós, afinal."

Ela parou e acendeu um cigarro.

— No entanto, Lucia, aqui estamos, com o sol da nova era brilhando sobre nós; o que vamos fazer?

— Pat, vamos tomar mais café e geleia. Está se sentindo mais calma, filha? A ideia de mulheres em geral permite ver Peter e você em proporção? Espero que não. Mas aguarde alguns anos.

"Parece que as ex-esposas estão fazendo três coisas. Algumas escolhem o celibato e o sucesso profissional — quase sempre um necessita do outro, sabe, simplesmente porque há um limite da vitalidade total que a mulher tem de gastar. A maioria não aguenta o ritmo de administrar a carreira e um grande caso de amor (ou vários em sucessão) ao mesmo tempo. As carreiristas estarão certíssimas, contudo, em certo sentido: pouparão dinheiro para a velhice e coisas assim. Mas não terão filhos, portanto o problema acaba com elas. Essa é a primeira classe."

— Não pertenço a essa classe, Lucia. Fico contente — me sinto com sorte — porque consigo juntar palavras e manter um emprego bem pago e fazer outros bicos. Mas não dou a mínima a isso, a não ser por permitir uma vida mais luxuosa do que se eu fosse balconista a vinte dólares por semana em algum lugar.

— No momento, Pat, você está na segunda classe, acho, a caminho da terceira, onde estou. A segunda classe diz: "O amor acabou, restam… as aventuras". Estou julgando pelo seu clima pré-café da manhã de planejar beijar tanta gente que esqueça como era o seu marido. Provavelmente, afastará você dele; e faz mais bem do que mal se continuar com essa ideia.

— É claro, Lucia, há os escrúpulos que vêm da maneira como a pessoa foi criada.

— Há. Mas acho que, na verdade, a castidade saiu quando o controle da natalidade entrou. Se não houver "consequência", simplesmente não é importante. As ideias das pessoas, as coisas que dizem sobre os *casos*, começam a mudar enormemente, e as ideias estão meia geração atrás da conduta... dos experimentos.

— Mas a ideia de sair e arranjar cinquenta amantes não me motiva muito, Lucia. O que terei no final? As minhas lembranças, acho. Inferno! A memória podia trazer algum consolo aos vitorianos, a julgar pela poesia; mas parece que não sou capaz de fazer milagres. Lembrar que Peter me adorava em 1923 só me deixa absolutamente fria em 1926. Terei de jantar com alguém que não seja Pete hoje à noite, não importa o que ele já disse sobre todo o sempre.

— Eu sei. Você chegará à terceira classe no final. Vai se casar de novo.

— Você vai se casar de novo, Lucia?

— Pode apostar, querida, daqui a cerca de um ano. A iminência dos trinta anos me faz acreditar na probabilidade dos quarenta. Planejo ser uma mulher desgastada e irritada, sentada num escritório de publicidade, tremendo toda vez que contratarem uma jovem redatora recém-saída da faculdade e sendo angustiosamente bem-educada com um gerente de publicidade dez anos mais novo do que eu? Não.

— Você está apaixonada?

O rosto sereno ficou repentinamente melancólico.

— Não. Depois de Arch, ninguém nem chegou perto do que eu queria. Ah, experimentei, tive amantes, não muitos. Amantes casuais, muito mais interessados neles do que em mim, sempre. E se sentiam feridos quando eu não chegava à altura da promessa da cor do meu cabelo (com você, Pat, será o formato da boca), e é difícil saber o que dizer a eles entre os beijos. Poderia ter me importado novamente com alguém, suponho, se não vivesse esperando que Arch viesse à cidade. Esse é o tipo de coisa que você não deveria fazer, mas sem dúvida fará.

— Com quem você vai se casar?

— Você pode atacar qualquer um dos meus homens, menos Sam.

— Mas ele não é bonito... E não é chato?

— Achei que isso a surpreenderia. Ele tem mais substância (e quero dizer tanto em caráter quanto nos bancos) do que todo mundo que conhecemos. Parou de perguntar o que é a vida. Sabe algumas coisas que quer desse espetáculo. Sou uma delas.

— Não acredito que vai se casar com ele.

— Espere um ano e verá. Vamos fazer as unhas.

Depois de fazermos as unhas, fui para o escritório e cumpri um dia inteiro de trabalho numa tarde. Eu sabia que, se tivesse um minuto para pensar em Peter, ficaria histérica na máquina de escrever, e a histeria, nos escritórios de publicidade das lojas de departamentos, só é permitida a poucas compradoras muito bem sucedidas. Terminei às cinco e quis telefonar para ele. Mas o que dizer? "Você poderia ter me levado para tomar o café da manhã, Peter?" Não fazia muito sentido. Então, subi para a loja de produtos de beleza e consegui um tratamento de pele antes que a loja fechasse.

Lucia me levaria a uma festa para uma mulher que voltara da Arábia, a maior autoridade mundial em canções de amor árabes.

Em geral, eu e Lucia nos vestíamos juntas, no quarto dela, para que pudéssemos conversar.

— Fez tratamento de pele, não foi, Pat? Está ótimo. Manipulei algumas coisas para você esta tarde: telefonei a Ned para levar Charlie para ficar com você. Você pode começar a sua carreira no crime com *o* romancista da geração mais jovem, se ainda estiver disposta. Está?

— Não sei. Ainda sinto o coração incrivelmente partido e quero que Pete pareça muito distante, já que não posso tê-lo por perto como queria.

— A distância média *não é* esta nem aquela. Como as rosas cor-de-rosa, não é? Pois bem, experimente Charlie. Você terá uma chance. Ele é assim… Vou me interessar pelos fogos de artifício, se você decidir realmente aproveitar algumas oportunidades. Até hoje, você só foi suficientemente bonita para que os homens que lhe apresentei não se importassem muito com o fato de que fica inerte como uma almofada de sofá. Vejo que você trouxe o vestido vermelho-vivo.

Eu ainda não o usara — tinha comprado porque a cor era divina. Mas, de um modo um tanto óbvio, era um vestido para ser fitada. Justo nos quadris e com costas nuas.

Lucia vestiu uma coisa dourada e bufante que a fazia parecer um anjo, só que mais sofisticado.

Ned e Charlie apareceram com um frasco de coquetel já misturado. Ned era editor. Nunca prestara nenhuma atenção em mim, mas o vestido vermelho mudou a situação. No entanto, Lucia logo o absorveu.

Charlie era um jovem louro bem comum, de tamanho médio, que ficaria melhor se portasse raquetes de *squash*. Mas ele usava a sua consciência do sucesso como o mais perfeito *smoking*, com um pouquinho de exuberância.

— Outra mulher de mãos requintadas — disse ele, a segunda ou terceira frase.

"Os seus ombros fariam um homem esquecer todas as desilusões que já teve", disse, a quinta ou sexta frase.

Então, fomos jantar no Ritz. Lucia cuidava de Ned em voz baixa, então falei sobre os livros de Charlie. Felizmente, eu os tinha lido, mas, de qualquer modo, eu lia muito. Disse que eram pungentes, o que aparentemente lhe agradou. Eu não tentava agradar ninguém fazia muito tempo. Esse homem era bem fácil.

Quando chegamos à festa, encontramos a mulher que sabia tudo sobre as letras de amor árabes, dez anos velha demais para ser decorativa enquanto as cantava, mas ela as *cantaria*.

Deixei que Charlie me levasse ao andar de cima para buscar bebidas. Ele falou de mulheres, de amor e de aproveitar quando surgissem os momentos de ouro jamais repetidos, senão o champanhe ficaria chocho. Esse era o teor geral, de qualquer modo. Deixei que me beijasse.

Tecnicamente, ele era especialista. Aprendem-se coisas assim a partir do segundo ano de faculdade. Disse que não ficava tão mexido havia anos. Eu sabia que provavelmente era o que sempre dizia depois. Mas me diverti.

No banheiro (Charlie e eu passearíamos de táxi no parque, é claro — "longe de toda essa gente burra", disse ele), encontrei Lucia retocando o batom.

— Olhe aqui — disse ela, — é isso o que você quer? O próprio Charlie admite que é um dos grandes amantes da cidade, e está caidinho no momento, mas o que tudo isso lhe parece?

— Não sei o que quero. Não quero não querer.

Tentei pensar no que queria.

— Lucia, eu gostaria de ser mais dura por dentro. Abordar todo esse tipo de coisa do jeito que os homens devem abordar, pela aventura, pela alegria do momento… talvez por calor humano, afabilidade e anestesia contra… contra me sentir tão sozinha. Sei que não estarei chorando por Charlie amanhã de manhã. Ele não tem importância suficiente. Imagine se vou chorar com a maquiagem novinha… Lucia, pode ser divertido…

— Tudo bem. Não chore. Fique aí sentada um minuto; seria bom fazê-lo esperar um pouco. É melhor levar minha estola, é mais quente do quc a sua, c o dourado combina com o seu vestido. E este é o meu último protesto: ajo como uma tia solteirona com você, de qualquer modo… Pat, você consegue sair correndo com esse jovem romancista mimado sabendo que passou a noite de ontem com Peter?

— Consigo, porque, se esse tal de Charlie me fizer sentir que a noite de ontem foi um mês atrás, ou mesmo uma semana, eu… eu vou lhe mandar gardênias.

— Termine o cigarro e vá. E, se realmente conseguir adotar a suposta atitude masculina diante do sexo, terá toda a Nova York para consolá-la por Peter. Nova York em aluguel de curto prazo, enquanto você tiver a aparência e as roupas necessárias. Mas aposto que você não consegue. Poucas mulheres conseguem.

Charlie andava de um lado para o outro, tomando um *highball* em grandes goles. Fomos passear no parque. Reconheci algumas coisas que usou nos livros no meio do que disse, mas ele era agradavelmente lisonjeiro e não muito presunçoso; insinuava gratidão e até surpresa com os meus modos de aquiescência.

Fomos para o meu apartamento. Ele estava sem pressa. Disse "estranho rostinho de flor com boca de Mona Lisa". Quis que ele me beijasse e parei de falar. Ele não sabia, mas talvez me fizesse algum bem. Eu continuava a me lembrar de Peter andando de um lado para o outro na noite anterior e queria esse fantasma exorcizado logo.

Finalmente, Charlie me beijou.

Ele saiu quando clareava. Dormi.

Pela manhã, eu e Lucia tomamos o café da manhã apressadas. Ela não fez nenhuma pergunta, mas falou sobre ir ao circo naquela noite com dois homens do *Tribune*, “a não ser que o seu novo namorado a leve a algum lugar, Patricia”.

— Ele estará fora da cidade esta tarde, Lucia. Eu não teria sido tão inconsequente ontem se não soubesse disso.

— Como cresce a minha protegida — disse Lucia.

Descemos a avenida juntas por algum tempo, rindo das coisas, ao sol da primavera. Depois, continuei sozinha. Não estava feliz nem infeliz. Peter parecia estar confortavelmente há muito tempo atrás. Pensei em como redigir o anúncio da liquidação de chapéus pós-Páscoa.

VII

Quando Charlie voltou a Nova York, eu disse que estava ocupadíssima nas três vezes que ele telefonou.

Depois, quando nos encontramos ocasionalmente nas festas, sorrimos um para o outro ao passarmos para um território ainda não explorado. Vários sucessores de Charlie foram pelo mesmo caminho, durante semanas que passaram com um ritmo tão acelerado quanto os dos estados de espírito.

Estados de espírito — de angústia por Peter, que se reduziu, e era mais amarga nessa redução, pois a esperança relativa a Peter se reduzia com ela — de fadiga, quando o esforço para trabalhar, me vestir, pensar no que dizer às pessoas era menor apenas do que o esforço necessário para enfrentar uma noite ou um dia sozinha. Estados de espírito alegres quando Nova York ficava glamorosa, desde o suor da selva dos salões de dança do Harlem até as luzes frias dos barcos além do Battery, vislumbrados quando se passava pelas ruas vazias e cheias de ecos do centro ao amanhecer. Estados de espírito de tranquilidade, quando a sensação de irrealidade se enfiava entre mim e qualquer dor, e as pessoas e os acontecimentos dos dias lotados eram pessoas e acontecimentos de um sonho desimportante, e toda a minha vida com Peter era um sonho que desbotava e se tornava remoto como a recordação do pôr do sol sobre o pântano nevado, observado pela janela quando eu era criança.

Havia homens. Quando, às vezes, o desejo deles era suficiente para romper a defesa da minha indiferença, eu não ficava contente nem muito arrependida. Com esperança, por algum tempo, de despertar e descobrir que tinha dormido ao lado de um amante e amigo, dormia para acordar ao lado de um desconhecido exigente, triunfante, exasperado ou talvez tão entediado e bem-educado quanto eu.

A primavera passou, e escrevi anúncios sobre roupas para as férias; e comprei algumas; e fui com Lucia passar quinze dias no Maine — duas semanas passadas nadando, dormindo e me sentindo saudável, bem confortável ao me deitar ao sol na areia sem pensar.

O calor do alto verão envolvia Nova York como uma neblina. Em vestidos de seda estampada que, úmidos, amarrotados e empoeirados, eu jogava num cesto para ir para a lavanderia ao fim de cada dia, escrevi anúncios sobre "Vestuário para a Praia" e "Liquidação de Peles de Agosto". Em *chiffon* florido e sapatilhas de cores pastéis, Lucia e eu dançávamos no terraço dos hotéis ou íamos de carro jantar nas tabernas de Long Island.

Certo dia, quando um esboço de uma figura mergulhando, desenhado para mim por um artista para ilustrar um anúncio de roupa de banho masculina, me fez, de repente, lembrar vividamente um dia dois verões atrás em que estava sentada na borda de um bote, balançando as pernas, observando Pete saltar de braços abertos, telefonei-lhe.

— Oh, olá, Pat. Algo especial na sua mente?

— Achei que você pensaria em algum bom lugar e me levaria para jantar.

— Não há nenhum bom lugar. Estou ocupadíssimo esta semana. Que tal eu ligar para você segunda ou terça?

— Tudo bem. Seria bom.

Ele não ligou.

Certa noite, no terraço do Bossert que dava para o porto, eu e Lucia vimos Pete e Judith dançando. Não estávamos dançando, estávamos com Sam e outro banqueiro meio gordo, amigo dele. Estávamos ambas cansadíssimas e fora de forma, e só dizíamos coisas inteligentes para entreter os banqueiros, intermitentemente, bebericando drinques frescos e deixando que falassem sobre quem faria empréstimos para os pagamentos alemães de reparação, quase o tempo todo.

Lucia notou Judith primeiro e me perguntou se era Peter com ela. Eu disse que sim e, por um instante, me senti nauseada de ciúmes de Judith, alegre, dançando graciosa, amorosa, até; então, a náusea se foi, e não os olhei mais, só cumprimentei com a cabeça quando passamos pela mesa deles ao irmos embora, e achei que Peter estava bem pálido e cansado.

Na semana seguinte, encontrei Judith diante da Biblioteca Pública ao meio-dia. O dia estava bastante fresco, e comemorei usando uma raposa prateada que era a minha extravagância mais recente e amada. É claro que a comprei no atacado, mas ainda passaria três meses pagando, na verdade. A minha primeira sensação ao ver Judith foi só de alívio por estar com aquela estola maravilhosa, porque eu não suportaria encontrá-la em roupas que não fossem as melhores que tivesse. Judith se vestia bem. E pensei no que mais eu usava e comparei com as roupas de Judith quanto ao requinte (estava tudo certo, ambas usávamos vestidos de tecido estampado importado, mas o meu era cópia de um Vionnet recente, o dela de um Chanel do início da primavera — meu chapéu de abas largas de palha italiana era de material tão bom quanto o dela, e estávamos até de sapatilhas — do mesmo modelo, na verdade) antes que eu percebesse que era tudo bem engraçado.

— Olá — disse ela. — Aonde você vai?

— Almoçar — respondi. — E você?

— Também — concordou ela. — Quer almoçar comigo?

— Adoraria — disse eu.

Fomos à sala de chá Vanity Fair na rua 14.

Ela tirou o chapéu assim que se sentou, dizendo que estava com calor. Notei que havia uma lâmpada acima da sua cabeça e me lembrei do que Lucia disse sobre Judith nunca perder a oportunidade de deixar a luz brilhar em seu cabelo acaju.

Então, percebi que estava sendo burra. Ela estava elegantemente vestida, tanto quanto eu. Não era tão bonita quanto eu, mas, pelo que sabia, podia ser mais esperta, ter uma disposição melhor e assim por diante. Mas, como estava me atrapalhando com Peter, eu não conseguia pensar nela, avaliá-la calmamente — julgá-la com justeza.

Desisti de lutar para ser civilizada com ela, pedi uma salada de frutas e me perguntei se ela se sentia a meu respeito como eu me sentia a respeito dela, porque, como eu era o passado de Peter e ela, o presente, Judith poderia se desapegar e me contemplar como apenas um tipo de relíquia.

Conversamos sobre o calor que fazia, como seriam as roupas de outono e onde passamos as férias. Ela mencionou Peter primeiro, quando chegamos ao estágio do café gelado com sorvete.

Para ser exata, Judith não o mencionou. Ela o insinuou.

— Suponho que você vá se divorciar no outono, não é, Patricia?

— Ah, não sei. Não estou com pressa.

Ela hesitou. Eu não a ajudava. Então, ela generalizou.

— Não faz muito sentido se agarrar a um homem com quem já terminou.

Pensei por um segundo. Ela não me conhecia o suficiente para ser pessoal. Eu poderia mudar de assunto, e ela não o retomaria. Mas, se a deixasse continuar, poderia descobrir como estava a situação entre ela e Peter. Eu não sabia que bem isso me faria, se é que faria algum, é claro. Ainda assim, beberiquei o meu café gelado. Depois, perguntei:

— Como sabe que já terminei com Peter, Judith?

— Vocês estão separados há seis meses, não é?

— É.

— Você sabia que Pete vai se mudar para um apartamento em primeiro de setembro?

— Sozinho, Judith?

— Ele e eu vamos ocupar apartamentos adjacentes numa casa na rua 10 Leste.

Ela tinha coragem ou estava desesperada?

— Que bom para vocês dois.

Ela tentou de novo.

— Patricia, não estou tentando ser maldosa. Quer dizer, achei que seria melhor para mim e para você conversarmos sobre isso.

— Isso o quê? Onde você mora? A questão é sua, Judith.

— Você sabe perfeitamente bem que eu e Pete estamos apaixonados.

— Não sei nada sobre isso, Judith.

Mas por que eu devia ser indevidamente desagradável? Ela fazia algo dentro de mim doer, a respeito de Peter, como há meses não doía. Só que talvez não soubesse. E estava sendo sincera, até certo ponto. Sincera sobre si mesma e otimista sobre Peter, provavelmente. Bom... eu mesma era otimista sobre Peter, hoje com menos razões do que ela.

— Está me pedindo que saia do caminho, Judith?

— Estou.

— Por que eu sairia?

— Por que não? Peter nunca voltará para você, de qualquer modo.

— Não tenho tanta certeza.

De repente, a expressão dela ficou ansiosa.

E senti pena dela e de mim ao mesmo tempo. Ela fazia o seu jogo, eu fazia o meu; qual era a diferença?

— Escute, Judith. Eu mesma ainda sou louca por Pete.

— Ah, achei que você estava superando. Você sai muito.

— Isso não significa nada. Judith, Pete não a pediu em casamento; você só pensa que ele pediria se houvesse o divórcio.

— Tudo bem. Como quiser.

Estávamos dando voltas em torno do assunto, e eu me sentia pior a cada minuto. Melhor encerrar.

— Não sei mais por que quero Pete de volta. Mas quero. Eu me divorcio dele se e quando ele pedir; temos essa combinação há meses. Até lá, vou ganhar tempo.

— Então é assim.

Ela pegou as luvas. Eu me senti um pouco arrependida, como se tivesse esbarrado em alguém que entrasse pela porta.

— Sinto muito, Judith. Mas, afinal de contas, eu não me meti no seu caminho, você se meteu no meu.

— No seu, não; no de Hilda.

Isso era casuísmo, mas talvez ela acreditasse, por isso deixei para lá.

Descemos a avenida juntas, falando sobre roupas outra vez, e a deixei na porta da Franklin Simon. Depois me ocorreu que essa conversa tinha sido curiosa.

Pareceu bastante objetiva na época.

VIII

Era sábado, setembro, sete e meia da noite e meu aniversário. Eu me lembrava disso tudo. Era mais fácil me lembrar disso do que pensar para que lado a escada se curvava.

Kenneth organizara um coquetel para mim. Voltei para casa de ônibus para tomar ar. Agora, precisava me vestir para o jantar tarde da noite com Bill. Era só uma pausa na bebedeira pesada do dia. Antes de me vestir, eu entraria para dizer a Lucia como era ser eu. Lucia não pôde ir ao coquetel. Teve de se despedir de Sam, que ia a algum lugar. Sam estava ficando bem incessante. Péssimo. Lucia deveria se casar com alguém que se parecesse mais com Apolo do que Sam. Mas já se casara. Arch se parecia um pouco com Apolo. Muitas outras mulheres além de Lucia também pensavam assim, segundo consta.

Bom, era o último lance de escada. Pisei na bainha do vestido, tirei o pé de volta, não sei como, e caí em cima da porta de Lucia, que se abriu, e entrei. Lucia estava lendo deitada. Ela se sentou e começou a rir.

— Patricia, querida, *quanta* sutileza!

— Comemorando… comemorando 25 anos. Sente-se e falo a respeito.

— Quer um remédio para ressaca?

— Não, quero falar.

— Tudo bem. Como é ter 25 anos? Eu esqueci.

— A gente supera. Espero superar, me dê tempo. Superei ter 20. Lucia, terei 35, com toda a probabilidade, algum dia.

— Aí você pode se instalar na vida e deixar o quadril aumentar.

— Agora com 25 já não posso comer tanto quanto aos 20. Eu costumava almoçar filé de frango e bolo de chocolate em camadas. Agora, como uma salada de endívia; acho que essa é a maior diferença.

— O que mais, Pat?

— Minha aparência é igualmente boa, estou mais magra e com certeza uso melhor as minhas roupas. Eu usava chapéus caídos com flores e Pete me disse que eu era imaculada. Eu era uma garota imaculada, mas agora, céus, não… Isso é engraçado, Lucia, ou estou bêbada?

— Os dois — respondeu Lucia, educada. — Continue.

— Ah, sim, quando tinha 20 anos eu planejava ter um Grande Romance. Bom, e *não* tive? *E* me casei com ele?

— Fale sobre outra coisa, Pat. Que presentes ganhou?

— Os homens me davam violetas, agora me trazem uísque. A bebida não é um presente para a mulher, é apenas um investimento nela. O Grande Romance…

— Ah, querida — comentou Lucia. — Bom, se você precisa… O que é?

— O Grande Romance... Paixão, Memória, Pó... Lucia, tenho um lado literário... Isso é Galsworthy. Não é engraçado o quanto o meu Grande Romance se cansou de mim? Se eu soubesse disso aos 20 como sei aos 25, talvez conseguisse mantê-lo, não acha?... Nunca ter outro Romance como esse, ele, Peter...

— É a eterna misericórdia do Senhor, espero — disse Lucia.

— Sim, outro Grande Romance seria a minha morte. Consegue-se a mesma sensação, ou bem próxima, com quatro Manhattans se forem bons; e, se falharem, vejamos o que cinco farão. A ressaca de Manhattan é mais curta do que a dos Romances...

— Fale mais dos Manhattans — pediu Lucia.

— Os Manhattans são bons. Também nunca nos transformam na senhora que entra na sala precedida pelo diafragma, se a gente não misturar com pão e doces. O modo de ver o Grande Romance é...

— Oh, Senhor — disse Lucia.

— É muito grandioso superá-lo jovem. E ninguém se cansou de mim desde então. Fico cansada primeiro. Uma ou duas vezes tem sido apenas um primeiro encontro, mas isso é adequado, não é, Lucia?

— Inteiramente adequado, querida.

— O ar é uma daquelas coisas que é mais abençoado dar do que receber. Também o Senhor dá e o Senhor tira — romances menores e menos problemáticos. Lucia, esse é o lado *bíblico* que arranjei.

— Ótimo. O que quer, agora que tem 25 anos?

— Não sei. Mas aí eu nunca soube o que queria, a não ser Peter, e isso pouco me ajudou, não foi? Acho que quero ganhar oito mil dólares no ano que vem e comprar alguns títulos para a velhice.

— Você comprará três casacos de pele, uma opção bem mais provável, Pat.

— Talvez. Seja como for, não vou ganhar oito mil — preguiçosa demais para fazer tantos *freelances*. Talvez ganhe seis e gaste sete. Ah, esqueci. Quando tinha 20 anos, eu queria escrever, e hoje redijo textos sobre moda.

— Você faz desse jeitinho tudo o que decide fazer na vida, Pat?

— Caramba, não, mas sou futilitária, por isso não importa. Sou fútil, você é fútil, somos fúteis, eles são mais fúteis. Mas nós duas nos divertimos com isso. Não ficamos tão entediadas a ponto de ter de falar de sexo.

— Não comece a falar de sexo agora.

— É claro que não, por que falar disso? Melhor aguentar de um jeito jovial.

— Como uma mulherzinha corajosa — disse Lucia.

— Estou horrivelmente tonta, Lucia. Escute, você acha que vou passar a vida toda esperando Peter, agora aos 25, e depois aos 35 e 40 anos… Lucia, é *muito* tempo…

— Calma, querida. Pense em outra coisa depressa. Olhe o jornal. Aqui está o *Graphic*. Veja a bela foto da divorciada mais velha do estado de Nova York. (Aposto que é uma fotografia editada. Provavelmente usaram as pernas da neta dela.) Pronto. Veja, você tem muito tempo. Ainda pode invocar o entusiasmo de ser divorciada.

— *Como* ela é velha, Lucia. Coitada, acha que ela já ficou bêbada alguma vez na vida? Lucia, *pense* nas velhas que nunca beberam, coitadas...

— Pense em todas as mulheres de meia-idade que nunca beberam... todas as feministas, Pat.

— Como são poucas, Lucia, melancolicamente poucas, as que nunca conheceram essa linda sensação de balançar nas esferas no fim de uma noite de bebedeira... quando se poderia desmaiar ou gargalhar ruidosamente sobre absurdos diversos que acontecem... mas não fazem nada disso, só respiram muito regularmente, e continuam falando em voz baixa sobre as fontes do sentimento anti-Ku-Klux no Sul ou algum tema parecido e sentem-se à beira de saber o que realmente pensam sobre tudo. Como são poucas, tristemente poucas... Ah, Lucia, a nova liberdade das mulheres chegou tarde demais para salvar o antigo *saloon*.

IX

Outubro é o mês mais agradável do ano em Nova York. Os dias frescos se sucedem em *crescendo*, como estados de espírito em convalescença depois da febre. O ar é tão límpido que as bordas dos prédios altos ficam gravadas contra o céu, nítidas e limpas como as linhas das pinturas chinesas.

Nos dias ensolarados, o calor das peles e dos *tweeds* de inverno é simplesmente um luxo absurdo, e a Quinta Avenida é uma fragrância mesclada de peles, *tweeds*, *boutonnières*, luvas de couro novo e perfume francês — e o aroma subjacente de gasolina tem claramente o seu lugar ali, assim como o defumado do uísque.

As noites faíscam com a sensação de coisas prestes a acontecer novamente com rapidez, muitos teatros se abrindo, todo mundo dando festas para quem volta de Paris com histórias alegres ou ridículas sobre quem estava lá.

Pode-se viver outubro inteiro e nunca ver folhas de outono manchadas de escarlate, a não ser como centros de mesa nos salões de chá. Mas as fogueiras que os menininhos acendem nas ruas obscuras ao crepúsculo — fogueiras com três aduelas de barril e um caixote de sabão — têm uma certa pungência que faz lembrar folhas de outono amontoadas que ardem nos gramados bem cuidados do subúrbio.

*

Quase toda tarde, entre as cinco e meia e a hora do jantar, eu ia a uma academia de ginástica, porque o exercício mantinha a cabeça limpa para redigir textos durante o dia e a aparência mais fresca à noite. A academia tinha uma pista de corrida no terraço. Eu dava voltas e mais voltas, observando a vista dos anúncios luminosos da alta Broadway ou pensando que a pessoa que inventou o agasalho esportivo não tinha nenhuma noção de *design*, ou só contando vinte voltas até completar um quilômetro e meio e debatendo com imparcialidade se é melhor ser enérgica e correr quatro quilômetros e meio ou preguiçosa e parar nos três. Eu me sentia muito satisfeita. Tump, tump, tump, em torno da pista circular. Era uma ocupação simples, mas absorvente.

Aquela sensação de correr, de ficar correndo interminavelmente até perder o fôlego, mas que deveria continuar correndo para sempre, parecia resumir a minha vida. Correr pelos dias posando como uma jovem mulher de negócios eficiente, pelas noites posando como moça sofisticada na cidade. Correr da lembrança de Peter, rumo a algo ou nada, não importava muito qual.

— Você é um sucesso — disse Lucia certo dia. — Agora, três em cada cinco vezes, quando o telefone toca é para você. Ex-esposa nota dez, é o que você virou.

Ex-esposa nota dez, eu era. Tem *sex appeal*, se veste bem, parece jovem, dança com leveza, sabe fazer piadas e se sustenta. Deixa o homem falar. Não é interesseira, a não ser por mais uma rodada de bebida depois do jantar. Nunca desmaia, não fica espalhafatosa nem passa mal. Não é suscetível à atitude "quero você, quero você, quero você", mas é provável que sucumba a "tenha pena de mim, minha vida é solitária" — uma só vez com qualquer homem.

Três homens passaram a ser regulares entre os transitórios.

O primeiro era Nathaniel.

Num chá grande e estúpido, dado por uma mulher da agência para a qual Lucia escrevia, notei um rapaz alto que perambulava como se desejasse estar em outro lugar. Também desejei estar em outro lugar. A sala estava quente e lotada, e todos falavam sobre o trabalho de publicidade. Finalmente, alguém apresentou o rapaz alto, e reconheci o sobrenome, visto com frequência nas placas no alto dos arranha-céus em construção.

— Você não precisa falar — disse ele. — Parece um desenho de Drian.

Foi tanta gentileza dele que tentei falar da maneira mais divertida possível. Mas ele continuava parecendo que desejava estar em outro lugar e, afinal, lhe perguntei o que fazia naquele chá.

Ele explicou que o pai era cliente da agência, me perguntou como fui parar lá e expliquei que era amiga de Lucia, que era amiga da anfitriã.

— Lucia — disse ele — é belíssima, mas parece decadente. Não tem a sua óbvia salubridade.

"Salubridade" não era uma palavra usada com muita frequência em conexão comigo ultimamente. Ela me deixou um pouco espantada, na verdade, mas satisfeita.

— Vamos pegar um táxi — disse ele — e dar uma volta pela cidade. Detesto salas quentes e enfumaçadas.

Como ele era um rapaz agradável de aparência limpíssima e como eu também não tinha mais nada para fazer até as oito horas, fui.

Com "volta" pela cidade, ele queria dizer exatamente isso: de West Street junto às docas até o Battery e subindo pelo distante East Side, onde pedacinhos do rio apareciam no fim das ruas.

Achei que ele é que era a pessoa de aparência mais "salubre" que vi nos últimos meses. Tinha cabelo castanho que formaria cachos desordenados se não fosse tão curto, olhos cinzentos, alegres e afastados, uma boca sensível e curiosa, um bom queixo, um terno bonito e vagamente listrado e uma gravata de que não gostei. Parecia um pouco conscientemente nômade. Para compensar, tinha mãos enormes, musculosas e bem formadas.

Era divertido. Falava de formatos, cores e sabores das coisas. Em meia hora, percebi que sua paixão pela beleza era maior do que a de todas as pessoas que eu conhecia — um tipo de paixão impessoal por linhas, formas e tons. Lembro que ele falava do casco curvo dos navios com o carinho que ouvi na voz de outros homens que, com o vinho, recordavam alguma mulher que tinham amado muito.

Eu mal concluíra que esse tal de Nathaniel era completamente cativante quando, de repente, ele tirou o chapéu, curvou-se, beijou o canto da minha boca, me soltou instantaneamente e, sem respirar, anunciou:

— Você beija muito mal. Não a beijarei de novo.

Ri até não poder mais. Ele ficou com vergonha; corou lindamente, e continuei rindo. Quando consegui respirar, disse:

— Você sempre faz esse discurso?

— Em algum momento lhe conto — disse ele. — Há uma exposição maravilhosa de pintores franceses modernos na galeria Dudensing. Pode sair do escritório um pouco mais cedo amanhã para visitá-la?

— Eu adoraria.

Meses depois, ele me falou do discurso no táxi.

No dia antes de me conhecer, o colega de quarto dele na faculdade zombou de sua falta de "linha" com as mulheres e recomendou beijá-las no máximo uma hora depois de conhecê-las, lhes dizer que beijavam de forma atroz e observá-las provar que a declaração estava errada. Nat disse que sentiu que o discurso também serviria para indicar que ele era sofisticadíssimo e que conseguiria conquistar mulheres em galerias de arte e restaurantes russos sem se preocupar com personalidades.

No entanto, como não reagi como esperava, ele cortou a frase do seu repertório.

Quando Nat finalmente explicou o "como você beija mal", eu já sabia muitas outras coisas a seu respeito. Ele era o único filho sobrevivente de um homem que, no decorrer de cerca de vinte e cinco anos, foi das pequenas obras à construção de arranha-céus e de um cortiço na Allen Street a uma residência nos East Sixties.

O irmão mais velho morreu num acidente de automóvel, para o qual a corista que estava com ele contribuiu com um toque de champanhe e escândalo, quando Nat tinha 20 anos.

O pai ficou com a cabeça branca da noite para o dia, culpou-se por ter dado ao garoto dinheiro demais para gastar e, portanto, tirou Nat da faculdade, o pôs na empresa, lhe pagou cinquenta dólares por semana e uma conta no alfaiate e lhe fazia palestras regulares sobre os males da bebida e das mulheres.

Com pouca frequência, o velho tinha suas próprias bebedeiras colossais; trancava-se com meio caixote de uísque na biblioteca adquirida pela esposa falecida e telefonava para que deixassem as suas refeições em bandejas no lado de fora. Em geral, quando Nat e o médico da família forçavam a entrada no segundo ou terceiro dia, ele era descoberto taciturno, calado, segurando com mãos trêmulas e nodosas a taça de prata que o filho morto ganhara no tênis ou alguma carta casual que o filho lhe tinha escrito sobre o futebol e a necessidade de aumentar a mesada.

Quando Nat foi convocado a voltar da faculdade na época do tão divulgado falecimento do irmão, o médico do pai lhe disse que era provável que o pai morresse de repente do coração, a qualquer momento ou, talvez, dali a vinte anos, dependendo principalmente de ocorrerem outros choques. Ele não deveria ser irritado nem contrariado de modo algum.

Assim, Nathaniel sorriu para o salário de cinquenta dólares que nunca aumentava, comprava com indiferença as roupas no alfaiate que lhe foi fornecido e jogou fora as ideias de estudar arquitetura em Paris. Queria viajar, ver pinturas em Florença, ouvir Wagner em Bayreuth, sentir o sol arder sobre as pirâmides. Nunca foi mais longe de Nova York do que a casa de campo do pai em Long Island.

Ele me levava a exposições de arte, concertos, concertos e mais concertos, cervejarias onde o Kapellmeister alternava a hilariedade de "Ei, du Schöne Schnitzelbank" com a pungência de "Nur eine Nacht". Ele me levou ao único restaurante chinês da Pell Street em que o *chef* aprendera a cozinhar para um mandarim. Ele me levou para jantar, mas antes fez um desvio de dez quarteirões no nosso trajeto para me mostrar o desenho das portas de ferro batido de um novo prédio na Madison Avenue. E ao Lido e ao Montmartre para dançar, e ao Pierre's para almoçar, e a bares clandestinos onde ele, que nunca vira a França, umedecia o rótulo das garrafas de conhaque com esperança de ver se a marca d'água de Hennessy apareceria.

Certa vez, ele me falou de mulheres. Assim:

— Patricia, tenho consciência de que possuo uma virtude muito fora de moda.

— Como assim, uma virtude muito fora de moda?

— Sou pouco sexuado ou coisa assim. As mulheres não me incomodam em nada. Prefiro ir para cama sozinho às dez horas na noite de sábado para me levantar às seis no domingo e cavalgar em Wechester do que passar a noite nos braços de qualquer mulher que seja. Você acha que há algo errado comigo? Deveria instalar uma modelo de casacos na Central Park West, com a minha mesada de cinquenta dólares, para provar que sou viril?

— Não, pra quê, a menos que tenha vontade... Mas por que gasta tanto tempo comigo, se não gosta de mulheres?

— Não penso em você como mulher. Você é decorativa, como um filhote de *collie* bem-educado... Além disso, você ri das coisas e gosta de olhar quadros.

— Você é um consolo, Nathaniel.

E era; em geral, com ele eu me sentia em paz. Raramente, ele me irritava com o seu hábito de desviar o olhar das emoções, desejos e lutas dos outros. Sempre ignorava a feiura dos passantes para obter uma vista melhor de alguma torre que se erguia negra contra o fundo de nuvens levadas pelo vento.

Mas era o único cristão praticante que eu conhecia. Descobri por acaso, depois de conhecê-lo por muitíssimo tempo, que, quase toda semana, metade dos cinquenta dólares que formavam quase toda a fortuna do pai que ele tinha permissão de manusear ia para um antigo chofer deles que ficou meio cego por beber álcool de madeira.

Nat achava muito engraçado ser o herdeiro pobre de um ou dois milhões.

Eu disse que cinquenta dólares por semana era quase tudo o que ele tinha. Além disso, de vez em quando o médico da família lhe dava cem dólares e acrescentava a quantia à conta que cobrava do pai de Nat. O médico sugeriu esse método a Nat como preferível a pôr em risco o coração do pai com cenas sobre dinheiro. Assim, quando queria muito uma gravura de Anders Zorn ou coisa parecida, Nat conseguia o dinheiro com o médico.

Nat trabalhava fielmente das nove às cinco na empresa de construção de arranha-céus, descartando aço e alvenaria às toneladas, enquanto sonhava com arranha-céus todos de vidro e azulejos coloridos, com terraços para que Nova York parecesse uma versão mais alta dos jardins suspensos da Babilônia.

Ele nunca perguntava o que eu fazia com as minhas noites quando não estava com ele. Eu desconfiava que ele preferia não saber.

Também havia Kenneth.

Certo dia, quando almoçava com Lucia no Algonquin, fitei a nuca do homem na mesa ao lado e me perguntei por que ela me lembrava de Boston e de meu semiesquecido primo Roger, que foi para a guerra e a morte com a Vigésima Sexta Divisão. O homem da mesa ao lado tinha o cabelo mais completamente dourado que já vi. O cabelo de Roger era muito escuro.

Roger foi o primeiro homem que amei, acho. Estava na Escola de Direito de Harvard quando eu era caloura em Radcliffe. Queria ser advogado a caminho de estadista; porque, dizia, os Estados Unidos precisavam de mais estadistas e menos políticos. Eu tinha certeza de que ele seria estadista ou o que quisesse, porque era muito bonito.

Quando ele foi para o campo de treinamento de Plattsburg, fiz um curso sobre Princípios do Governo para ajudá-lo quando se tornasse estadista. Ele disse alegremente que se casaria comigo depois da guerra, se eu prometesse crescer direitinho para ele enquanto estivesse longe.

A Vigésima Sexta partiu de Framingham, e fui dirigindo sozinha por uma aurora muito úmida de agosto, com meu melhor vestido de organdi cor-de-rosa sob a capa de chuva, para lhe dizer adeus.

Eu tinha 16 anos.

Ele me beijou diante do batalhão inteiro. Eu nunca tinha sido beijada e fiquei muito orgulhosa e com muito medo de que o vestido de organdi se encharcasse completamente (deixei a capa de chuva no carro, é claro) e eu não ficasse bonita. Ele me beijou de novo quando passou com a sua companhia rumo ao trem e, depois, não consegui ver mais nenhum soldado passar marchando, porque a chuva respingou no meu rosto e se misturou às lágrimas.

Ele foi morto em Château-Thierry. Fazia anos que não pensava nele; a não ser por um instante se, de forma inesperada, sentisse a fragrância de rosa-chá. Ela me fazia lembrá-lo porque eu estava abrindo uma caixa de rosas-chá, que me enviaram para usar no baile dos oficiais numa noite de sábado em Ayer, quando veio por telefone a mensagem de que estava morto.

— O que você está recordando? — perguntou Lucia, e voltei ao Algonquin, aos ovos Benedict no meu prato, à vista da Távola Redonda que já tivera os seus melhores dias e ao homem de cabelo dourado sentado entre mim e ela.

Falei de Roger a Lucia e, então, conversamos sobre Boston e Portland, no Maine, onde ela nasceu, e concordamos que não é bom voltar a nenhum desses lugares para morar, pelo menos enquanto se é jovem, embora as duas cidades sejam agradáveis. Lucia disse que Nova York é uma cadeia na qual, depois que se é confinado, a pena é de prisão perpétua; mas é uma cadeia tão bem mobiliada que ninguém se importa.

Intermitentemente, continuei a fitar o homem de cabelo dourado. Quando ele se levantou, me lembrei. Roger o levou para nadar num fim de semana em Cape Cod, numa das suas últimas licenças. Ele se chamava Kenneth e morava em Springfield, no estado de Massachusetts. A minha tia conhecia a madrasta dele e, assim, gostou dele.

Naquele fim de semana, pensei que o seu cabelo dourado era muito maravilhoso quando o sol brilhava sobre ele, mas pensei também que o cabelo escuro no tom de Roger era, na verdade, mais distinto, e que Roger era mais bonito no geral, e desejei que esse homem fosse embora, para Roger ter mais tempo de conversar comigo.

Na mesa ao lado, Kenneth me deu uma olhada e, então, ficou conversando um minuto com alguém.

Ouvi coisas sobre ele desde a guerra. A minha tia contou algo — a história de seu casamento com uma dançarina de vaudevile, depois a ida a Hollywood para ser diretor de arte, para grande desgosto da família, que queria que ele fosse advogado no escritório do pai em Springfield. Foram bastante formais ao deserdá-lo.

Ele se virou para ir embora e me olhou outra vez. Era realmente muito alto e magérrimo. Tinha olhos azuis de amor-perfeito, como os de um menininho, que pareciam estranhos num rosto tão dissipado. É claro que não se lembraria de mim.

Mas lembrou. Ele se aproximou e disse:

— Você era uma menina de maiô escarlate; além disso, Roger levou consigo meia dúzia de instantâneos seus durante a guerra.

Eu não sabia disso.

— Você é Kenneth — disse eu e o apresentei a Lucia. Ele se sentou...

Certa vez, ele me leu três frases de Galsworthy, de *A crônica dos Forsyte*: "Todos estão sob pena de morte: Jolyon, cuja pena era apenas um pouco mais precisa e urgente, se acostumou tanto com ela que, como os outros, pensava habitualmente em outras coisas".

Kenneth viajou com excesso de rapidez para muito longe do tipo de vida tranquila para a qual nasceu. Se o Amor de sua Vida fosse uma debutante de voz bonita e olhos serenos da Nova Inglaterra, como poderia ser, Kenneth estaria praticando advocacia em Boston, com as conexões adequadas para ir bem nos quarenta anos seguintes, e satisfaria o interesse pela arte com a compra ocasional de um Sargent.

Mas o Amor de sua Vida era uma pequena dançarina húngara, composta de paixão, beleza e crueldade em partes iguais. Ela fugiu para ele das surras do parceiro de dança, e Kenneth se casou porque ela achava que estava grávida. Em Paris, ela o trocou por um argentino, e voltou, porque teve pneumonia (e outra doença mais duradoura, como se viu depois). Ela se recuperou da pneumonia. Os dois foram a Argel. Ela teve um relapso e tossiu até morrer no ombro de Kenneth, protestando amargamente até o fim contra a necessidade de morrer — sem pedir desculpas por tê-lo condenado à morte também.

Fosse ela quem fosse, ele a dotou de todas as ilusões de um rapaz romântico. Para ele, ela era o mais puro e elevado romance. Dizia que não a perderia por nada. Quando falava dela, suavemente, como se falasse de um filho morto, coisas jovens e ardentes se remexiam atrás do rosto cansado, e me lembrei de como parecia vivo naquele fim de semana de verão quase dez anos antes.

Ele morreria dali a dois ou três anos, porque à doença somava-se a complicação de um velho problema de pulmão causado pelo gás na batalha de Argonne. Disseram-lhe que, se fosse morar no oeste, se parasse de beber, os dois ou três anos poderiam se prolongar por seis ou sete. "Mas eu ficaria muito solitário e entediado", disse ele. E ficou em Nova York.

Ele não conhecia nenhuma mulher a não ser eu. Só falou comigo naquele dia porque o fiz se lembrar de Roger, que ele também amara ("em outra vida", disse).

Ele me convidou para jantar porque teve o desejo súbito de conversar mais uma vez com alguém sobre Roger e os verões frescos da Nova Inglaterra e as ruas sedadas das cidadezinhas de Massachusetts.

Mas algo no seu rosto infeliz, naquela primeira noite em que jantamos, me levou a falar, não de Roger, figura obscura na margem distante da juventude, mas de Peter. Em geral, eu nunca falava de Peter com nenhum homem que conhecia na época.

Era como se Kenneth entendesse Peter, os homens que se beija para curar a lembrança de Peter e a pequena esperança que se guarda sobre Peter, apesar do juízo, do senso comum e dos conselhos bem-intencionados dos amigos. Era como se ele entendesse que não se ama um homem por ser digno de amor, nem por se sentir digno do amor dele em troca, nem por nenhuma razão que os conhecidos considerariam saudável.

Falei a Kenneth sobre Peter, não numa, mas em muitas noites. Ele não podia me ajudar. Eu não podia ajudá-lo quando ele falava daquela moça que dançava ao luar num jardim de Argel. Mas ficávamos curiosamente felizes juntos.

Ele tinha um pouco de dinheiro; suficiente, disse, para durar até o fim de sua vida, herança de um tio que parecia sentir que as dançarinas húngaras estão entre os destinos inescapáveis do homem.

Ele o gastava em teatros e nas boates mais alegres. Ia a todos os novos filmes da Alemanha e era fascinado pela sua técnica fotográfica. Foi o único interesse a sobreviver aos quatro anos em que, entre os beijos da dançarina e as suas consequências, sonhou em dirigir um filme que desse uma contribuição realmente significativa à arte moderna.

Assim, perto do fim do trato com as coisas significativas, ou não, encerrados a ambição e o desejo, às vezes ele era completamente alegre.

Então, íamos ao Harlem. Não o Harlem dos grandes cabarés negros frequentados por brancos, cabarés notáveis principalmente pelas boas orquestras, pelo *chow mein* indiferente, pelo clima cuidadosamente sinistro e o ar de constrangimento geral de todos, a não ser os que estavam tão bêbados que deveriam ir para casa, mas o Harlem dos pequenos salões de dança despretensiosos.

Lá, as pouquíssimas pessoas brancas que entram são mais ou menos ignoradas; o serviço que recebem não é melhor e, às vezes, é um pouquinho pior do que o oferecido aos negros. Os brancos não são muito desejados. Mas, se não atrapalharem, podem viajar mil milhas para o sul em latitude e outros tantos anos para trás no tempo, enquanto um tocador de bumbo recorda os ancestrais que tocavam tom-tom para chamar as tribos à guerra, e uma dançarina exibe músculos que nenhuma mulher europeia usou desde que Roma era antiga.

Lá, Kenneth despertava para a animação com o absinto e discursava sobre a música de Stravinski, o futuro de Mussolini, o estilo de Marcel Proust, os olhos da sua dançarina perdida ou o significado do amor e da morte.

Ele comprava absinto num barco italiano. Durante muito tempo, não me deixou beber. Então, certa noite, com ele, no outro lado do saguão do teatro, vi Peter e Judith com aparência feliz, absortos um no outro, sem me ver. Kenneth observou meu rosto mudar.

Naquela noite, e em raras noites depois, ele me deu absinto. A princípio, duvidou que eu fosse o tipo que reagiria alegremente. Eu era.

Com o absinto, eu conseguia trazer à vida e aos dias de calor incidentes, momentos de outros anos, quando Peter me amava. Conseguia recuar ainda mais e trazer o olhar, a voz e o riso de Roger. Até reviver a alegre perda de fôlego ao andar de tobogã e o sentimento empolgante de patinar por um rio brilhante quando as estrelas saíam, ainda que a criança que fui soubesse, culpada, que deveria estar em casa uma hora antes.

Ao bebericar bem devagar, observar a cabeça dourada de Kenneth curvada acima do copo, escutar os saxofones, a bateria e os gritos dos dançarinos que pareciam muito distantes, não havia dor, arrependimento nem cansaço. Eu ficava envolta em paz como num xale espanhol.

Kenneth me pediu que prometesse só tomar absinto com ele; muito tempo depois, me pediu que nunca mais tomasse absinto, porque eu não estava tão próxima de me libertar da vida quanto ele.

Não tomei desde então.

Além de Nathaniel e Kenneth, havia Bill. Numa noite logo depois de ir morar com Lucia, uma noite em que nada acontecia, Lucia disse:

— Vamos chamar Bill.

— O que é isso, um contrabandista?

— É um cavalheiro da velha escola, querida, e grande ajuda em pequenas doses. — Ela telefonou para o clube Racquet.

Em dez minutos, Bill apareceu com uísque, soda, cigarros do clube Racquet e três histórias medianas do clube, que contou antes de tirar o paletó.

Quando me olhou, disse:

— Meu Deus, você me lembra uma mulher que conheci em Honolulu em 1906. Era uma mulher incrível, também.

Ele suspirou tempestuosamente, sentou-se e nos contou como fazia gim, onde comprava uísque, até onde e com que velocidade dirigira em Rhode Island no domingo passado, a situação do mercado de ações e como nós duas éramos bonitas.

Era calvo, com bochechas rosadas de bebê. Tinha um sorriso que deveria ser irresistível em 1906 e arredores, e modos tão gentis quanto as mãos de unhas feitas.

Dali a uma hora, Lucia sufocou um bocejo. Ele se levantou, nos beijou objetivamente, nos agradeceu por permitir a sua visita e foi embora.

— Tudo bem, mas não vejo exatamente por que... — comecei.

— Ah, ele é confortável às vezes, como uma cadeira de balanço velha — disse Lucia. — Aí está um homem que nunca se perde entre as nuances, pois não perceberia a nuance nem se a visse. A vida dele é bom vinho, boa comida, uma quota considerável de mulheres bonitas e o código do cavalheiro do seu tempo, definido como pagar as dívidas do cartão, aguentar bem os drinques e nunca permitir que a esposa e a atual amante se encontrem.

— O que ele faria se você começasse a lhe falar do código moral único... ou do imposto único, aliás?

— Ele me daria um tapinha na cabeça e diria que uma garota tão bonita quanto eu não deveria incomodar sua cabeça com bobagens. Se eu continuasse, ele iria dormir. Bill é grandioso, saudável e simples.

— O que ele pensa das mulheres modernas?

— Nunca ouviu falar delas. Acha que há três tipos de mulher: a que se casa e fica casada, a que deveria ter se casado e ficado casada, mas atrapalhou de algum modo essa oportunidade, e a que é boa de levar para a cama e pagar bem.

— Em algum momento ele é interessante?

— É. Ele se mostrou atualizado hoje para impressionar você, por isso estava tão horrível. Faça-o retornar trinta anos e lhe contar como os jovens iam ao Brevoort na manhã de domingo e amarravam o cavalo no lado de fora para tomar o café da manhã com champanhe e um bife para cada um. Nessas coisas ele é bom.

Com o tempo, Bill me contou essa história. Também me contou a história da mulher de Honolulu em 1906; e também a de uma moça chinesa que comprou em Xangai, no decorrer daquela viagem ao Oriente que resumia o seu horizonte distante.

— Sabe — disse sobre ela, — a moça não falava uma palavra de inglês, mas sempre senti que era a mulher mais bem-educada que já conheci na vida.

Alguns homens aos sessenta são o total das experiências vividas e das filosofias consideradas. Bill era o total das refeições e do vinho recordados e das mulheres beijadas. Agora, satisfeito, ele supervisionava a juventude dos outros.

Entre os homens complexos, cansativos e cansados, ele era um alívio para o coração e não pedia a mim, a Lucia ou a nenhuma mulher mais do que ser bonita e falar com voz "de dama".

Nathaniel, Kenneth e Bill eram os meus três amigos. Stepan era o homem que me odiava.

Era bonito para quem gostasse do tipo de maxilar pesado e bigode preto bem aparado, tão robusto que parece um lenhador, mas, de forma desconcertante, anda como um gato. Era russo, obviamente — judeu russo, talvez. O sobrenome não era revelador, nem ele. Soube que tinha muito dinheiro — era visto em teatros, bons restaurantes e nas festas mais abarrotadas.

Eu o conheci numa dessas. Estava bastante bêbado, mas isso não era aparente, pois ele circulava por uma sala cheia de convidados. Foi-me apresentado, dançou comigo de um jeito muito íntimo, mas difícil de protestar, e me levou a uma sala vazia adjacente, fingindo procurar cigarros.

Lá, sem preliminares, me fechou em braços fortes como os de um primata, beijou os meus ombros e disse:

— Você foi feita do meu tamanho. Vai para casa comigo hoje.

— Como convidam você para os lugares? — perguntei. — Suponho que suborne o mordomo para deixá-lo entrar e confie que a anfitriã se lembrará do seu rosto sem se recordar de que o viu em algum bar clandestino de baixa categoria.

— Não me subestime estupidamente — respondeu ele. — Sou cosmopolita. Não tenho ilusões sobre vocês, americanas, com a sua pretensão de superioridade. Como qualquer mulher, vocês têm uma função. Quanto ganha por mês… no seu emprego idiota? Duzentos dólares? Trezentos dólares? Pago o mesmo. Posso pagar pela minha satisfação. Pegue as suas coisas.

— Agora eu sei — comentei — o que querem dizer com arranhar um eslavo e encontrar um tártaro. — Então, desejei não ter dito isso, pois algo estalou nele, que me olhou com tanto ódio que fiquei assustada.

Um homem e uma moça entraram atrás de privacidade. Passei por Stepan e disse baixinho:

— Se nos encontrarmos no saguão de algum teatro, por favor, não se dê ao trabalho de se curvar — e fui procurar Lucia.

Mais tarde, naquela mesma noite, ele veio até mim um instante enquanto eu esperava os homens que nos levariam para casa.

— Você virá comigo, tenho toda a certeza — disse ele, — mas talvez não esta semana.

Depois, ele me observou nas noites ocasionais em que nos encontramos.

Eu o achava absurdamente melodramático; me esquecia dele quando não estava presente; e tentava ignorá-lo quando estava. Mas ele me afetou durante meses com uma sensação de inquietude.

Então, certa noite, um homem chamado Henry decidiu se devotar a mim. Eu o encontrara uma dúzia de vezes. Contavam histórias desagradáveis sobre ele, no sentido de que foi sustentado por uma sucessão de mulheres que se aproximavam da viuvez enquanto ele estava no processo de escrever um romance ainda inacabado. Era um garoto louro de rosto bonito e cabelo cacheado, com algo bastante trágico por trás da fraqueza óbvia da boca e das mãos.

Na noite em que notei que ele me seguia como um tipo indefeso de cachorrinho em busca de um dono, eu estava muito cansada. Tivera uma semana dificílima no escritório. Nat estava em Long Island, e Kenneth sumira numa de suas farras de três dias de absinto.

Henry progrediu para:

— Você é tão quente, limpa e jovem. Jamais imaginaria como me ajuda falar com você.

Era uma vacuidade mediana, mas ele era o tipo de rapaz que inspiraria pena na maioria das mulheres. Essa característica deve ter sido muito útil para ele em muitas ocasiões além dessa.

— Estou sozinho no apartamento de um amigo neste fim de semana — disse ele. — Se você fosse lá por uma hora… só permita que eu converse com você, seria mais gentileza do que imagina.

Eu estava horrivelmente cansada, achei que ele era inócuo e fui. À porta de um apartamento bem elegante na Madison Avenue, ocorreu-me que Henry estava estranhamente nervoso. Eu me perguntei se esperava um telefonema ou a visita pessoal de alguma mulher; concluí que, se isso acontecesse, na pior das hipóteses só poderia resultar numa história divertida para contar a Lucia e tirei o casaco e o chapéu.

Pousei as luvas e a bolsa numa escrivaninha, olhei para baixo e fui confrontada por uma foto instantânea desse tal Henry e Stepan. Senti como se um ventinho frio soprasse de repente em minha nuca.

— Este é o apartamento de Stepan, por acaso?

— É. Ele foi passar dois ou três dias em Chicago.

No mesmo instante, quis voltar para casa. Então pensei que estava sendo boba. Finalmente, fiquei com esse tal de Henry. Porque ele disse: "Se eu pudesse ter alguém limpa, forte e jovem nos meus braços, acredito que me sentiria limpo, forte e jovem outra vez".

Ninguém era bom comigo. Surgia, às vezes, o desejo de ser boa com alguém.

Acordei e vi a cama vazia ao meu lado; achei que Henry tinha ido buscar uma bebida; e dormi de novo. Acordei com braços fortes em torno de mim, uma boca beijando a minha, uma voz dura e horrível dizendo:

— É só Stepan, não tenha medo, fique parada. — Ele pôs a mão pesada sobre a minha boca.

Achei que morreria de terror no escuro. Mordi a mão dele e lutei. No fim, fiquei parada.

Ele me trouxe *brandy*. Pisquei para ele com a luz. Stepan usava um roupão de veludo vermelho com arminho, e pensei que o tinha comprado no saque sangrento de algum palácio russo do antigo regime, o que o tornava ainda mais assustador.

— Agora podemos conversar — disse ele. Ele saiu falando. — Vocês, jovens, pensam que, na expressão americana, podem ser "duronas". Não sabem o que significa "durão". Eu sei.

Não respondi.

Ele esfregou o dedo na minha bochecha e percebi que, se fizesse careta ou gritasse, ele gostaria. Então não fiz careta nem gritei.

— Você é muito bonita — disse ele. — Gosto do seu tipo. É bastante próximo do tipo das mulheres russas superiores que eu costumava observar de longe quando menino... e com quem, nos últimos anos, é possível fazer negócios.

Ele se sentou em devaneio exultante e pensei se o ascensorista me ouviria caso eu *gritasse*. Mas provavelmente Stepan pagou bem o ascensorista. Ele voltou a falar.

— Uma mulher bonita, mas uma tola por se colocar contra a força de um homem que sabe o que quer. Vou lhe contar uma história para que você saiba que é tola, e nos entenderemos melhor.

Eu não disse nada.

— Na Rússia, na aldeia onde nasci, houve um pogrom quando eu tinha seis anos. O meu pai levou a mim e à minha mãe para uma cabana na floresta, por segurança, e voltou para cuidar dos negócios. À noite, ele nos trazia comida, até que nevou três dias e ele não pôde vir.

Ele fez uma pausa e sorriu para mim com lábios vermelhos e úmidos.

Pensei: *Ele está me contando essa história para me assustar. Está inventando. Vai ser assustadora, mas devo me lembrar de que ele só está inventando.*

— Durante três dias, não tivemos comida, e fazia silêncio na floresta, e chorei de medo e fome. Na terceira noite, ouvimos um arranhão na porta...

Os olhos dele tinham uma estranha luz verde. Ele se sentou, pesado, selvagem e divertido...

— A minha mãe perguntou: quem está aí? Não houve resposta, mas ouvimos algo suspirar.

“Pode ser um mensageiro do seu pai, Stepan, disse a minha mãe. Mas ela pegou o revólver que ele deixara com ela.

"Houve outro arranhão na porta. Ela a abriu… e um lobo negro pulou nela. Fiquei no chão. A minha mãe disparou o revólver nas mandíbulas abertas do lobo, que caiu, se contorceu por um momento e morreu. Ela barricou a porta enquanto eu gritava.

"'Nunca chore de novo, nunca grite, Stepan, meu filho', disse ela. 'O lobo é só comida da floresta'. Ela pegou uma faca de trinchar no aparador, cortou a garganta do lobo morto e me mandou beber; o sangue dele me deixaria forte."

Ele jogou a cabeça para trás e soltou uma profunda gargalhada.

— Eu me lembro de como o sangue era quente e gostoso… A história a divertiu, menininha que se acha "durona"? — Ele passou a mão imensa no meu cabelo.

Pensei: *Ele é insano, e estou ficando insana… Os olhos verdes dele parecem os de um lobo*, e cedi.

— Posso ir para casa agora? — perguntei. — Por favor, me deixe voltar para casa, e voltarei, se quiser… Mas me deixe ir agora.

Ele riu de novo.

— Tão educada ficou a menininha independente… Mas você ainda não pode ir para casa… Vou lhe contar mais histórias.

Escondi o rosto da visão daqueles olhos brilhantes. Ele rosnou e abriu as minhas mãos.

Ele adormeceu, ofegando um pouco, ofegando como um lobo. Devagar, centímetro a centímetro, me afastei dele; levantei-me e descobri que não conseguia ficar em pé. Fazia frio. Enrolei-me no roupão de veludo vermelho, sentei-me numa cadeira junto a uma mesa; recordei que ele deixara o *brandy* na mesa e o procurei tateando. Não havia som no quarto, a não ser o leve ruído ofegante. O *brandy* me firmou, e me vesti, pensando: *Se eu tivesse uma faca... para passar pela garganta dele enquanto dorme tão profundamente...*

Vestida, me esgueirei até a porta no escuro, fechei-a o mais suavemente possível e chamei o ascensorista sonolento e com um sorriso insolente. Eu estava a apenas dois quarteirões de casa. Quis caminhar; o ar frio me deixou sã. Na primeira esquina, um policial bocejava.

— Não está tarde para uma moça como a senhorita ficar andando por aí? — perguntou ele.

— Fui visitar uma amiga doente, policial... e estou a apenas dois quarteirões de casa.

— Vou levá-la até lá, então, se a senhorita permitir — disse ele, e falou alegremente do frio e da esposa que não gostava do seu novo horário de trabalho. E fiquei agradecida pelo som de sua confortável voz irlandesa.

Na manhã seguinte, maquiando o rosto, pensei: *Foi um pesadelo. Não pode ter acontecido. Devo ter sonhado.* Mas lá estava um hematoma azul na garganta, onde Stepan a segurou, e minhas mãos ainda tremiam.

Lucia entrou, com muito frescor.

— Pat, minha filha, se eu tirar um dia extra de folga para ir a Portland visitar a família no fim de semana, você iria a Boston comigo? Faz meses que não vê os seus pais idosos, não é?

— Vamos pegar o trem das cinco hoje à tarde — respondi.

X

Entre filas de arbustos de lilás que, apesar do peso da neve recente e da austeridade dos ramos nus, estavam levemente impregnados do aroma das flores de todas as primaveras da minha infância, um caminho de pedra levava à porta.

Para mim, eu era menos real do que a recordação da menininha gorducha que correu por aquele caminho; menos real do que a lembrança da menina que caminhava com muita serenidade para esconder as batidas rápidas do coração ao lado de um homem chamado Roger.

Papai abriu a porta em pessoa — sim, é claro, eram onze horas e a governanta e a criada estariam na cama. Beijei-o, prendendo a respiração para esconder o aroma do último cigarro no táxi.

— Você está ótima, querida.

— Você também, pai. Como vai?

Ele parecia terrivelmente frágil e cansado. Conversamos um pouco, com cortesia, sobre os "vitorianos eminentes" de Lytton-Strachey e as biografias modernas escritas com o ritmo dramático dos romances de primeira linha. Então ele me contou que Nellie, a governanta, disse que se levantaria para me ver, e subi a escada curva. Tinha uma balaustrada pela qual era divertido escorregar antes que eu tivesse 15 anos e me sentisse dignificada ao ouvir alguém dizer que eu seria bonita.

Deixei papai sentado, lendo *Alice-for-Short*, de William de Morgan, que lhe despertou o interesse por ser um romance escrito por um homem de quase setenta anos — e ele sempre planejou escrever um romance quando a profissão de médico lhe trouxesse lazer. Agora papai tinha mais de setenta.

Enquanto me lavava e refrescava antes de ver a governanta, me lembrei de ter ouvido que, por causa do meu sexo, fui a maior decepção da vida do meu pai. E, desapaixonada, considerei o fato de que ele não tinha tanta consciência de mim como pessoa quanto das mulheres que foram suas esposas, das mulheres cujos retratos pendiam na comprida sala de estar. Para ele, eu não podia ser tão real quanto nenhuma daquelas mulheres.

Ele cresceu e terminou a faculdade de medicina num ano em que o homem que fez o discurso de formatura para os jovens médicos (sobre "A necessidade de manter a noção de proporção") usou para ilustrar o exemplo horrível de determinados médicos que enlouqueciam contemporaneamente com coisas chamadas "germes".

Dois ou três anos depois, papai e outros jovens médicos sem dinheiro reuniram seus parcos recursos para importar de Filadélfia um desses "loucos" que acreditavam em germes para lhes dar aulas.

O homem passa pelo que é possível e nada mais. Papai viveu nos anos em que Darwin e Huxley eram deuses da jovem geração; passou por uma grande paixão pela esposa que morreu jovem; por um segundo casamento feliz com a minha mãe, que, provavelmente, era para ele uma filha jovem e deliciosa. Viveu para ser um médico bem-sucedido. Viveu para ficar velho e cansado — cansado demais para manter o consultório, a não ser por alguns pacientes que atendia por generosidade que teriam muita dificuldade de encontrar um sucessor. Era insensato esperar que tivesse interesse ou compreensão por uma filha crescida numa geração que descartou o ideal de "servir à humanidade" em troca da filosofia laboral de "vamos nos divertir, aliás, porque o fim pode ser desapontador".

Ele foi bem-educado comigo; teve pena da catástrofe do meu casamento, com o desapego de um homem cujos setenta anos bem vividos não lhe deixaram nenhuma noção da importância de nada, a não ser o problema, que se tornava imediato, do "após a morte". Esse era o problema que mais o absorvia agora, porque tivera uma vida ocupada demais para pensar nisso.

Na minha infância, o homem mais jovem e vigoroso que ele foi costumava dizer a mamãe, aquela figura jovem, alegre e elegantemente vestida que sumiu antes dos meus doze anos: "Leve a menina à igreja; a religião é um grande consolo para as mulheres, e elas precisam disso neste mundo".

Era uma frase vagamente recordada, com o som do riso desdenhoso de mamãe, o odor de Eau de Violette e a luz que entrava tão linda pelo vitral das janelas que compensava o peso da voz do pregador.

Hoje, papai insistia cortesmente que eu fosse morar com ele; e eu sabia que a minha presença na casa, lenta como os seus velhos passos, seria perturbadora. Sabia que ele sabia, mas considerava seu dever insistir comigo. Eu não poderia mais morar em casa; afinal, ainda não estava suficientemente velha ou cansada para viver somente de lembranças.

*

Bati à porta da governanta.

Ela se chamava Nellie. Veio trabalhar conosco como cozinheira trinta e oito anos atrás, no ano em que papai e mamãe se casaram. Saiu do interior do Canadá e passou três anos com uma família alemã e quatro com uma francesa, nos quais acumulou a técnica de fazer molhos complicados e a impaciência com os pontos de vista estrangeiros (ou seja, não irlando-canadenses).

Dizem que era uma moça bonita, magra e de faces rosadas, mas, desde que eu me lembrava, pesava mais de setenta quilos. Quatro ou cinco anos depois da sua chegada, uma criada, também chamada Nellie, foi trazida para ajudar. As duas passaram a ser Grande Nellie e Pequena Nellie. Nunca se entenderam. Mamãe dizia que se acostumariam uma com a outra, mas não — não em trinta e quatro anos.

A Pequena Nellie decidiu se aposentar (como papai me escreveu alguns meses antes) e morar com uma prima em Braintree. Quatro dias depois da aposentadoria, começou a vir tomar chá com Grande Nellie, embora nenhuma hora de civilidade fosse desperdiçada entre elas. Ela confidenciou que Braintree, cidade campestre perto de Boston, era chata e que o pastor da igreja não era como "nosso padre em casa". Dali a uma semana, Grande Nellie falou com meu pai.

— Doutor — disse ela, — acho que o senhor deveria chamar a coitada de volta. Parece que está muito mal, e tenho certeza de que não está comendo o suficiente.

Ele a chamou de volta. Ela veio imediatamente; seis horas depois de voltar, estava brigando com Grande Nellie sobre se tinha lavado a louça direito ou não.

O vocabulário público de Grande Nellie, que ela usava com papai e convidados, era muito apropriado. Sua fala particular, usada às vezes comigo, pois surgi na família vários anos depois dela, era mais pitoresca.

Bati à porta. Depois de um instante de prazer comovido por me ver, ela resumiu a partida e o retorno de Pequena Nellie.

— Sabe — disse ela, — aquela diaba com quem me amaldiçoaram foi embora, mas voltou.

Ela estava na cama, uma imensa cama de latão que implorou a mamãe cerca de trinta anos atrás, quando as camas de latão saíram de moda. Tinha pedido a ceia, só "algo leve e gostoso", levada a ela por Pequena Nellie. No grande colo havia uma bandeja com meio pato, um quarto de litro de seu próprio purê de maçã (feito com canela e casca de limão), uma quantidade generosa de recheio de ostras (uma das suas obras-primas, rechear pato com ostras e tornar o resultado delicioso). Além disso, havia na bandeja um quarto de pão de nozes, duas garrafas de sua cerveja feita em casa e uma grande fatia de torta de maçã.

Ela começou dizendo que o reumatismo estava ruim e que "o doutor" achava que ela deveria fazer regime; mas, afinal de contas, ela precisava manter as forças para cuidar dele. Então me disse que eu estava magra e que deveria voltar para casa e comer direito por algum tempo. Depois, timidamente, perguntou sobre Peter e "se ele superou a tolice e demonstrou algum sinal de voltar à sua linda esposa, como um bom cristão".

E fui levada de volta aos anos da adolescência em que ela sondava para descobrir os fatos por trás de qualquer má conduta minha na escola, em que ela ficava lealmente entre mim e a raiva de uma tia solteirona decidida a não permitir que eu fosse "mimada".

Ela achou que talvez me angustiasse falar de Peter; então, mudou de assunto.

— Você pode fumar aqui, se quiser — disse ela. — Sei que fumar não significa que você seja má, é só uma tolice que você pegou daquele seu marido. — Ela pôs de lado a bandeja vazia da ceia.

Acendi um cigarro, dei uma volta e examinei as fotografias que eram a única decoração das paredes. Fotografias e daguerreótipos. Um era do irmão e do amante dela que "sentaram praça" juntos uns cinquenta anos antes, quando a vida era difícil no Canadá. Morreram em alguma esquecida guerra de fronteira britânica nas colônias de Sua Majestade. O daguerreótipo era uma imagem desbotada de dois rapazolas de aparência solene e desconfortável na farda antiquada.

Aparentemente, Nellie se manteve "fiel à memória". Papai costumava me dizer que, quando ela era jovem, ele tinha esperança de que se casasse, porque adorava crianças. Mas, toda "primeira sexta-feira" durante quarenta anos, ela foi comungar pelo repouso da alma do irmão e do seu "rapaz". Quando eu era menina, ela me contou muitas vezes que ficava feliz com a esperança de revê-los no Paraíso.

Além da foto deles, ela possuía fotografias da mãe, de bebês que morreram e pelo menos oito minhas, porque fui a filha caçula e era o "seu" bebê.

Andei pelo quarto observando as fotografias; parei de repente diante de uma que ainda não vira.

Era uma foto de mãe e filho: eu, parecendo muito sobrecarregada, e aquele bebê Patrick. Eu tinha me esquecido.

Quando ele tinha dois meses, Nellie me convenceu a tirar uma foto. As provas das fotografias chegaram depois que ele morreu. Nunca as olhei. Não quis.

A velha voz dela foi gentil.

— Não se importa que eu a tenha, não é, cordeirinho? Achei as provas e mandei fazer a cópia; ele era um menininho lindo.

Joguei fora o cigarro e procurei a minha voz.

— Tudo bem _ respondi. _ Ele estava com um lindo vestido.

— Hoje, teria dois anos e dois meses _ comentou ela.

Ele era o retrato de um bebê com penugem na cabeça, boca sorridente e desdentada e mãozinhas quadradas inacreditavelmente pequenas. Os olhos enormes e o comprimento dos cílios apareciam na fotografia.

Eu a olhei. Houve um ano em que eu olhava bebês nos carrinhos na rua — a maioria deles, gorda e saudável, mas nenhum tinha cílios que se curvassem como os dele. Parei de olhá-los faz muito tempo.

— Nellie _ disse eu, — os bebês de dois anos e meio sabem andar e falar, não é? Sobre o que falam?

— Eles realmente sabem falar _ respondeu ela. — Eu me lembro que lhe ensinei versos de um livro para você recitar à sua mãe quando ela voltasse de viagem. Você não tinha muito mais de dois anos. Fazia parte do poema "The Wreck of the Hesperus", e você não sabia o que nenhuma palavra significava, mas as recitava tão bonitinha...

Fitei a fotografia. A moça que fui — não precisava estar tão desnorteada, o bebê não seria um problema por muito tempo. O bebê com um absurdo vestido franzido — com os dedos do pé aparecendo embaixo, caso se olhasse com atenção. Seu nome era Patrick. Ele era quentinho de segurar.

Eu tinha superado todo o pesar por ele.

Então, como superara a perda e não conseguia me lembrar muito bem de como ele era, fui me sentar na beira da cama larga de Nellie, e chorei contra a limpeza da sua camisola de algodão.

Ela me deu tapinhas na cabeça, com mãos velhas e ásperas.

— Pronto, filha — disse. — Não deve chorar por ele. Ele é um anjinho no céu, e costumo pensar que a sua mãe deve estar contente de tê-lo como companhia. Ele talvez crescesse e se tornasse uma decepção para você — e agora está seguro com Deus. Em Seu próprio tempo, você voltará a vê-lo no céu...

A voz gentil era totalmente alegre. Para ela, o céu era um lugar tão real quanto, para mim, o departamento de publicidade onde passava os dias.

Eu me acalmei sob o toque inefável e gentil das suas mãos.

Gostaria que o céu fosse real para mim e me perguntei por que não era, para mim nem para nenhum contemporâneo que conhecia. Os vitorianos conseguiram entregar tudo a Deus — ou à geração seguinte. Mas o som dos canhões, o conhecimento do imediatismo da morte e o desejo de viver da forma mais veloz possível, no pouco tempo que a juventude e a capacidade de viver velozmente durasse, ficou entre essa próxima geração e qualquer sussurro dos anjos. Talvez a questão — não importava por quê, na verdade — fosse que teríamos de prosseguir sem Céu da melhor maneira possível.

Nellie deu um jeito de mudar de assunto outra vez.

— Patricia, gostaria que você me aconselhasse. Fiz algo que acho muito perverso.

Ela nunca fizera nada mais perverso na vida do que pedir ao meu pai que lhe receitasse vinho para fazer molho Madeira.

— O que é, Nellie?

— Tirei os documentos da naturalização.

Não entendi por que isso seria perverso, mas achei surpreendente; porque papai tentou durante anos torná-la cidadã americana, já que morou nos Estados Unidos quase a vida inteira e comprou um imóvel aqui com as suas economias. Ela sempre se recusou. "Renegar a aliança com a Coroa pela qual o meu irmão morreu?" (Era exatamente essa a sua frase.) "Jamais!"

— Como isso aconteceu, Nellie?

Ela pegou uma caixa que continha dinheiro, um rosário, um livro de orações e instantâneos das sobrinhas no Canadá. Depois de alguma procura, tirou uma foto de jornal de Al Smith saindo de uma catedral depois do casamento da filha e me mostrou.

— Olhe — disse. — Ele não parece um pai e marido bom e piedoso? O doutor diz que vai concorrer à presidência no ano que vem, e me naturalizei para votar nele! Parece um cristão honesto, e achei que era o que deveria fazer.

Ela soltou um suspiro.

— Mas sinto medo, porque é como se eu lançasse a minha lealdade na cara do meu irmão e daquele amigo dele na foto ali. De certo modo, deixou-os mais distantes. Nunca pensei que viveria o suficiente para abrir mão da minha lealdade à Coroa... Sabe, Patricia, se fosse na época da Velha Rainha, eu jamais faria isso.

— Nellie, Nellie — disse eu, — a história poderia ter o subtítulo "A morte da rainha Vitória dá um voto a Al Smith".

Ela não me entendeu, mas sorriu.

— Agora, não vá rir de mim, filha; tive grande dificuldade para me decidir. Vá se deitar e descanse; mandarei aquela Pequena Nellie subir com o seu café pela manhã.

Tive um fim de semana de conversa com papai sobre a política de Massachusetts e as dificuldades dele com o imóvel do qual dependia para viver, agora que estava velho e aposentado da prática ativa; um fim de semana de refeições demais e excessivamente elaboradas jogadas em cima de mim por Nellie, que produziu em rápida sucessão todos os pratos de que eu gostava quando menina.

Na tarde de domingo (era o "dia de folga" de Nellie, e papai estava descansando), sentei-me junto de uma janela da comprida sala de estar e li *Vanity Fair* (o romance de Thackeray, não a revista de Condé Nast) e tomei chá; e observei a escuridão crescer. Daquela janela, eu via a encosta do monte Milton e o reflexo do pôr do sol escurecer no rio gelado.

Roger tinha me ensinado a patinar naquele rio, uma vida inteira atrás, ou anteontem; algum momento indeterminado do passado. Pensei no céu de que Nellie tinha tanta certeza; e tentei imaginar Roger se tornando um estadista em algum outro país além daquele céu de inverno lá fora. Parecia concebível. Talvez algum dia parecesse mais real, se eu ficasse muito velha.

Ao mesmo tempo, havia Nova York e o setor de publicidade.

Enquanto o táxi esperava à porta e eu dizia "até logo" a papai, que não estava bem a ponto de ir à estação, e a Nellie de olhos úmidos, que insistiu que eu escrevesse a ele com mais frequência, desejei não ter de deixá-lo.

Famílias... desconhecidos que se conheciam bem quando éramos crianças.

No táxi, acendi um cigarro e me perguntei se o trem de Lucia vindo de Portland faria conexão com o trem das cinco para Nova York.

XI

Eu era subgerente de publicidade, a um passo de ter minha própria secretária. Já dispunha de uma sala particular com escrivaninha, tapete, máquina de escrever, janela e telefone que tocava vinte vezes por hora.

Era o quinto aniversário do meu casamento. Fiquei dez minutos triste com isso no táxi a caminho do trabalho; e posso ficar triste de novo no caminho do trabalho para casa. No intervalo, estive ocupadíssima atendendo o telefone e torcendo para me tornar gerente de publicidade logo e ter uma secretária para atender às chamadas.

O telefone tocou. A compradora de chapéus queria espaço extra na página de sexta-feira. Eu disse que a avisaria mais tarde, com certeza.

O telefone tocou. O tipógrafo queria saber onde estavam as chapas da página de rotogravura, porque o *Times* tinha ligado para saber quando ela ficaria pronta. Eu lhe disse que ligasse para o gravador. Pedi a alguém do departamento que telefonasse para o gravador e o apressasse.

Comecei o anúncio "Somos jovens de setenta e quatro anos". Era um anúncio de "prestígio". O anúncio de "prestígio" é uma coisa com a qual donos de loja pesarosos gastam dinheiro porque outros donos de loja pesarosos gastam dinheiro com anúncios de "prestígio".

O telefone tocou. A compradora de *lingerie* queria espaço extra na página de sexta-feira. Fui evasiva sobre se ela conseguiria ou não. O telefone tocou. Um gráfico queria me dizer que não conseguia igualar o papel do panfleto do qual mais quinhentos exemplares eram necessários para serem enviados pelo correio até o meio-dia. Incentivei uma jovem redatora que ambicionava ser subgerente de publicidade a se esforçar para resolver o problema.

O telefone tocou. O comprador de calçados queria mais espaço na página de sexta-feira.

Escrevi um pouco mais de texto sobre "Esperamos ser jovens por mais setenta e quatro anos". (Logo faríamos uma liquidação de aniversário.)

O telefone tocou. O *Times* anunciou irritado que a rotogravura já estava três horas atrasada e que não poderiam segurar o espaço por muito tempo. Me mostrei consternada. Mandei alguém brigar com o gravador sobre os clichês que faltavam na página. O gravador me telefonou e disse que havia tanta gravação naqueles clichês que ele só conseguiria enviá-los ao tipógrafo para a prova e mandar para o *Times* dali a três horas. Me mostrei consternada, com um subtom de raiva.

Escrevi mais um pouco. A jovem redatora ambiciosa veio exigir elogios por ter resolvido a dificuldade do gráfico. Elogiei. O telefone tocou. O comprador de luvas queria mais espaço na página de sexta-feira. Fui pessimista com ele. O gerente de publicidade (em conferência com a FIRMA) me mandou reduzir a página de sexta-feira para seis colunas e cortar proporcionalmente o espaço de cada departamento. O telefone tocou. Lucia queria saber "e o almoço?" Eu disse que mandaria buscar um sanduíche.

O telefone tocou. O comprador de joias queria mais espaço na página de sexta-feira. Demonstrei empatia. Mandei o diagramador cortar o espaço de todo mundo na página de sexta-feira. Escrevi um pouco mais. O *Times* telefonou. Eu disse: "Só desta vez… um pouco mais de tempo... nunca mais acontecerá" (eu dizia isso semana sim, semana não.) O salão de beleza telefonou para avisar que eu estava dez minutos atrasada para lavar o cabelo. Pedi que cancelassem.

O gerente de publicidade telefonou para dizer que queriam o texto de "Somos jovens há setenta e quatro anos" lá em cima em uma hora. Entreguei-o à jovem redatora ambiciosa, que ficou encantada. Eu sabia que teria de reescrever a versão dela, mas seria mais rápido do que eu mesma redigir.

O telefone tocou. A compradora de chapéus queria saber definitivamente quanto espaço a mais receberia na sexta-feira. Mandei a redatora de moda descer para convencê-la a publicar o anúncio no domingo. O tipógrafo telefonou para me dizer que ainda não recebera as chapas do *Times*. O gráfico telefonou para me dizer que o papel que a redatora ambiciosa lhe mandou da outra gráfica era do tipo errado.

O telefone tocou. O comprador de calçados queria saber sobre o espaço extra na sexta-feira. Liguei para o diagramador e lhe disse que combinasse os espaços planejados para chapéus e calçados e desse tudo para os calçados. A secretária do gerente de publicidade entrou para me dizer que a compradora de chapéus estava enraivecida lá fora porque não teria mais espaço na sexta-feira. O gerente de publicidade telefonou para dizer que ia almoçar, que voltaria às quatro e que eu mesma resolvesse tudo até lá. O telefone tocou. O *Times* estava irado comigo. A compradora de chapéus entrou, chorando.

O telefone tocou.

— Alô, Pat?

Não reconheci a voz. A minha estava fria. Eu não gostava que homens me ligassem no escritório. O telefone tocava demais, de qualquer modo.

— Sim, é ela.

— Muitas felicidades.

(Pelo quê? Ah, sim, era aniversário de casamento. Mas quem sabia disso?)

A compradora de chapéus fungou.

— Quem é, por favor?

Uma risadinha no outro lado da linha.

— É Peter.

— Bom Deus — disse eu. — Quero dizer, que maravilhoso.

A compradora de chapéus deu um suspiro de impaciência.

— Está ocupada sendo uma jovem executiva importante, Pat?

— Estou... Pode falar.

A compradora de chapéus começou a tamborilar os dedos na escrivaninha. Ora, que vá para o inferno. Senti que estava extasiadamente corada.

— Algo me fez lembrar de você hoje, Pat. Jantaria comigo esta noite?

— Claro. Que horas?

— Às sete?

— Vou trabalhar até tarde, Peter, querido. Pode me encontrar aqui? Deixarão você entrar pela porta lateral, se perguntar por mim.

A compradora de chapéus saiu. Algo teria de ser feito a respeito dela com rapidez, mas não instantaneamente.

— Tudo bem, faço isso, Pat. Sete horas.

A escrivaninha, a janela, o tapete e a máquina de escrever giraram alegremente. Assumi uma expressão formal e chamei a redatora ambiciosa.

— Cuide de tudo aqui uns dez minutinhos, por favor. Vou descer até o departamento de chapéus. E telefone para o comprador de calçados. Seja muito doce com ele e lhe peça que, por favor, venha falar comigo assim que possível. Diga-lhe que quero consultá-lo sobre a representação adequada para ele no domingo, em vez de uma representação inadequada na sexta-feira.

A menina deu um grande sorriso. Ainda seria subgerente de publicidade. Que Deus a ajude. Na porta da minha sala, esbarrei no diagramador que chegava com o *layout* de sexta-feira.

— Escute, Milt — disse eu. — Tire os calçados e dê todo espaço aos chapéus.

— Diabos — respondeu ele. — Já fiz essa página quatro vezes. Os chapéus têm de ficar no *topo*.

— Calma, calma — disse eu ao passar por ele.

Ouvi o meu telefone tocar. A jovem redatora me chamou de volta.

— É o Times, estão *muito* irritados com a rotogravura do anúncio. O que digo a eles?

— Mande-lhes todo o meu amor e diga que no fim tudo dará certo.

Fui aplacar a compradora de chapéus.

Naquela tarde, comprei um vestido Chanel de veludo vermelho e um chapéu em formato de touca holandesa que combinava com ele. Mandei a jovem redatora buscar sapatos de camurça (os pés dela eram do mesmo tamanho que os meus), luvas, meias e uma bolsa. (Ela tinha uma excelente "noção de estilo"; teria o meu emprego algum dia, sem dúvida). A garota ficou muito contente, porque precisaria ir a outra loja comprar os sapatos e teria oportunidade de tomar chá com bolo no caminho. Subornei duas garotas do salão de beleza para ficarem depois que o estabelecimento fechasse e me fazerem um tratamento de pele, manicure e xampu.

Às cinco e meia, tomei um banho na "sala de recreação" dos funcionários e fiz xampu, manicure e tal. Às dez para as sete, estava de volta à minha ridícula sala particular, revisando o texto da garota sobre "juventude perene". (Ficou muito melhor do que eu temia. A FIRMA ficou muito contente. Só precisei incorporar as sugestões que eles se lembrariam de ter feito.)

Terminei o anúncio e telefonei ao tipógrafo para que mandasse o contínuo buscá-lo. Então, fui para o longo departamento de publicidade vazio e pus o chapéu diante de um espelhinho rachado. Eram sete horas. Lembrei que Pete em geral se atrasava. Acendi um cigarro e voltei fumando à minha sala.

Eu não estava especialmente empolgada. Se Peter me quisesse de volta e dissesse isso, algo em mim que estava bem confortavelmente morto ressuscitaria e começaria a cantar hinos. Se Peter não me quisesse de volta e só tivesse ligado por impulso, eu jantaria com ele; acordaria na manhã seguinte, tomaria o café da manhã e iria para o trabalho e para o que acontecesse à noite, exatamente como num dia qualquer... Se Peter quisesse o divórcio, eu procuraria o advogado de Lucia... Se não quisesse, eu deixaria a situação se desenrolar e continuaria vivendo na esperança de um milagre. Por que não? O que eu mais queria era esse milagre. Talvez isso prove que eu era idiota. Não me importava que fosse. Tinha repassado tudo isso comigo tantas vezes... Não havia nada que me empolgasse então.

Eram sete e cinco. Fui novamente ao departamento e trouxe comigo os arquivos do mês passado do jornal de Peter. Durante o jantar, eu poderia lhe falar de algumas reportagens recentes dele. Até aquele instante, não tinha lido nenhuma reportagem de Pete desde que ele me deixou. Eu sabia que ficaria perturbada se encontrasse nelas frases que o tinha ouvido usar. Mas sabia que fizera a cobertura da eletrocussão de Doane (a Sra. Doane era a moça que matou o marido adormecido com deliberação tão fria que o júri a condenou, mesmo com o seu rosto ingênuo.)

Folheei o arquivo, em busca da assinatura dele. Havia muitas. Pete estava se transformando num bom jornalista. Antigamente, eu recortava tudo o que ele escrevia, nos dias em que seus textos eram três parágrafos enterrados numa página interna. A recordação desse fato me angustiou e me deu a sensação chata de que já fui muito mais jovem do que sou.

Comecei a ler a descrição da eletrocussão e não soube dizer se era boa ou ruim. As lembranças de Pete não paravam de se intrometer entre mim e a percepção do texto.

Mas, perto do fim, uma frase me pegou e me fez rir. Ele disse, ao descrever a entrada da Sra. Doane na câmara de eletrocussão, que "ela parecia muito pequena". Ri porque sempre dizia isso, ou algo parecido, sobre toda mulher que mexia com ele por um instante.

Ouvi a porta no outro lado do departamento se abrir e fechar suavemente.

De repente, tive a sensação de que algo pavoroso estava prestes a acontecer. Ouvi passos, o caminhar conhecido de um bêbado, andando com firmeza por esforço, se aproximando por aquela longa sala escura lá fora. O som de passos parou.

Ergui os olhos e sorri.

Peter se apoiava na porta da minha sala, sorrindo com os olhos. Estava muito bêbado.

— Oi, Pat, ainda trabalhando? Olhei o jornal hoje de manhã e, pela data, vi que era o nosso aniversário de casamento. Eu lhe trouxe um presente. Faz anos que eu e você não passamos uma longa noite de bebedeira, e chegou a hora. Eu lhe trouxe um quarto de garrafa de uísque.

(Enquanto me lembrar dos seis últimos meses em que moramos juntos, terei medo de Peter bêbado... Pense rápido, pense rápido... Inferno! Essa não é uma fala de *Sangue por glória*?)

— Obrigada pelo uísque, Pete. Aposto que você já tomou sua parte lá onde comprou. — (Pense... onde está Judith? Ah, lide sozinha com ele; você já fez isso.)

— Pat, você está encantadora. Mas parece que está com medo. Não tenha medo. Estou bêbado, mas vou me comportar. Só achei que seria bom festejarmos... como amigos.

— Grande ideia, querido. Há dois copos naquela gaveta de baixo. Vamos tomar um uísque puro.

(E se o vigia noturno aparecer e me encontrar bebendo aqui, perderei o emprego. Não me importo. Arranjo outro.)

— Beije-me, Pat... porque você já se casou comigo... e porque você está adorável... Isso não faz sentido, não é? Beije-me porque eu gostaria.

Nós nos beijamos. Beijei muita gente depois de Peter. E, sem dúvida, ele também, depois de mim. O que não significava nada. Este agora também não, talvez.

— Peter, me sirva um drinque enquanto visto o casaco.

Tomamos três drinques com rapidez.

— Goela abaixo, Pat. Eu a ensinei a beber. Me dê orgulho. Beba direito, filha.

(Esse uísque não foi envelhecido. Ficarei horrivelmente bêbada se não comer logo. Preciso manter a cabeça. Ah, que importa se mantiver a cabeça ou não.)

Ele falou da morte da Sra. Doane.

— Ela parecia tão pequena, Pat, tão loura. Depois, quando a levaram e passaram por nós, uma das mãozinhas dela pendia sob o cobertor, como se ela quisesse agarrar mais um homem antes que a enterrassem. Meu Deus, Patty, foi brutal.

(Os amigos não paravam de lhe perguntar sobre a eletrocussão, e, sem dúvida, ele posou de durão e ficou cada vez mais assustado. Pete não tem nada de durão, na verdade. Ou pelo menos não tinha quando o conheci.)

— Criei você direito, Pat. Já matamos meio litro, até. Vamos comer.

Algum restaurante indefinido nas ruas Quarenta. *Highballs*. Ele falou de jornais, Judith, Hilda, Londres, de mim e dele, de como fomos pobres.

Não me importei com o que ele falava. Ele me perturbava. Nenhum outro homem me perturbava muito nem por muito tempo. Pete me fazia pensar em coisas nas quais não adiantava pensar. Mesmo assim, foi melhor jantar com ele do que com qualquer outra pessoa.

Tomei três *highballs*. (Graças a Deus pelo uísque. Tudo flutua lindamente, não mais real. Paisagens do inferno, mas um inferno bem anestesiado.)

— Lembra, Pat, que você comprou um vidro de champignons para o jantar do meu aniversário. Custou um dólar e 25, e você deixou o vidro cair no caminho de casa...

— E quando você chegou eu estava chorando, Peter, e você insistiu em saber por quê. Eu chorava porque não tinha outro dólar e 25, e nada mais para comer em casa além de feijão em lata e um bolo de aniversário.

— Sempre jantávamos feijão em lata na noite anterior ao pagamento, não é, Pat? Mas, naquela noite, lavamos os champignons para tirar o vidro e comemos. Estavam gostosos.

(Suponho que hoje, somados, ganhamos doze mil por ano, e vivemos dois anos com cerca de quarenta dólares por semana.)

Ele falou de ir para o inferno com espalhafato, na tradição tropical, por meio de alguma revolução centro-americana.

— Daqui a mais uns cinco ou seis anos de bebedeira, vou pular fora. Comprem-me um sombrero com moedas de prata tilintando, uma faixa de cintura e duas pistolas e me acabarei alegremente com mezcal. Você é a única mulher que eu chamaria para ir comigo, Patty. Mas você não iria. Nem tem coragem de ser realmente mal-afamada. Mas tem carinha de flor, maldita seja. Carinha e mãos de flor e alma de duas por um tostão.

Ele continuou falando.

Certa vez, melodramática, eu lhe disse: "Estarei sentada bem ao seu lado, na sarjeta onde você quiser morrer. Planejo viver assim para nos reunirmos para sempre no inferno." (Que disparate! Viva a sós e morra a sós, querendo ou não. E com indiferença, também. Ele me ensinou a ser indiferente. Talvez algum dia eu lhe seja grata.)

Ele está ficando bastante profano — será obsceno daqui a um minuto. Influência de Judith. Ah, isso é muito injusto. Na época de Hilda, ele fazia isso para me chocar. Tente me chocar agora. Ele está tão infeliz quanto eu. Curioso.

Se eu conseguir que ele fale de poesia… experimente *Shropshire Lad*… é tiro e queda.

— Pete, como são os versos que começam com "Quando eu tinha um mais vinte…"

— "Quando eu tinha um mais vinte… ouvi um sábio dizer então… dê coroas, libras e guinéus, mas não seu coração…

Pronto, ele vai continuar direto. Como estou bêbada.

— Pete, vamos passear de táxi.

— Tudo bem. Cadê a conta?

— Táxi, suba o Drive até o túmulo de Grant e volte.

Ele pôs o braço em torno de mim. Grudei nele. Não significava nada, mas era amistoso. O táxi estava frio... Animais aconchegados para se aquecer.

— Está nevando, Pat.

— Que bom. Escute, Peter. Quer se casar com Judith?

— Céus, não. Não quero me casar com ninguém. Você me curou disso. Como se sente? Muito tonta?

— Não, agora estou ficando mais sóbria. O ar fresco é ótimo.

— Você bebe bem, Pat, para uma garota... Eu bebo muito bem. — Ele riu. — Foi bom que aquele nosso filho morresse. Ele provavelmente se transformaria no maior bêbado da sua geração.

— Vá para o inferno, Peter.

— Desculpe... Vou falar de outra coisa. Francamente, você ainda liga para aquele bebê?

— E ainda ligo para você... Sou uma dessas idiotas. Você me acende um cigarro?

O rosto dele quando riscou o fósforo parecia duro. Não era muito parecido com o rosto de um certo menino que conheci...

— Suponho que você me considere "o homem que estragou sua vida", Patricia.

Pensei nisso.

— Provavelmente, todo mundo estraga a própria vida, se tiver tempo.

— Bom, o que você fez com a minha já bastou. Mas você me ensinou muito.

— Sem dúvida. Não tem ouvido nenhuma história boa ultimamente, Peter? Você não está muito divertido.

— Você é uma moça muito bonita, Patricia. Está melhor? Ganho um beijo por isso?

— Por que não?

Não significa nada; mas, pela duração, posso fingir que significa o que eu quiser.

— Pat, Judith viajou. Ela mora no apartamento ao lado do meu, sabe. Gostaria de conhecer minha casa?

— Muito.

Ele me escreveu um bilhete quando alugou o apartamento e mandei uma carta ao pessoal do depósito para permitir que ele pegasse os móveis que quisesse.

Ele me beijou de novo. Bom, era meu marido, e beijar o próprio marido é muito respeitável. Ri e lhe disse isso. Ele também achou graça.

O apartamento dele tinha gravuras que compramos juntos na França, cortinas e um tapete novo que representavam o gosto de Judith, não o meu.

Falamos sobre as gravuras. Tirei o chapéu e o casaco, e ele disse que o meu vestido vermelho era de uma tonalidade lindíssima. Trouxe-me um conhaque. Era bom, muito melhor do que o uísque.

— Você nunca existiu, Pat — disse ele. — Eu a inventei.

— Como assim? — perguntei.

— Eu não devia amaldiçoar você tanto quanto amaldiçoo.

— Suponho que sou tão responsável pelo tipo de pessoa que você é hoje quanto você é responsável pelo tipo que sou — comentei. — Nunca pensei nisso. Simplesmente não há vilões nesta peça.

— Patty ficando filosófica. Não faça isso. Prefiro que você me beije do que fale.

— Como quiser.

Ele tinha razão. Era melhor beijá-lo do que falar com ele. Beijá-lo podia ter algum significado. Como saber?

Também era agradável dormir com o meu braço enfiado no dele. Significava tanto quanto o resto todo, com certeza.

A voz dele me despertou.

— Pat, você planeja ficar a noite toda? Na verdade, não é muito confortável para dois.

Desejei nunca ter me casado com ele, nunca tê-lo beijado, nunca tê-lo conhecido, nunca ter ouvido falar dele. Também desejei que eu tivesse um revólver e pudesse atirar nele.

— Se quiser — disse ele, — eu me visto e levo você para casa.

— Obrigada — respondi. — Eu detestaria fazer você passar por uma inconveniência tão grande.

Peguei as minhas roupas e fui ao banheiro dele me vestir. Parei para tomar um banho.

No chuveiro, me ocorreu que eu deveria escrever anúncios para encanadores, porque parecia que eu tomava uma chuveirada a cada crise da minha vida. Ou um banho de banheira.

Vestida, voltei para pegar o casaco. Ele fumava sentado na cama.

— Peter, me diga, só para apaziguar a minha curiosidade: por que você faz essas coisas comigo? Não acredito que lide com as outras mulheres com o mesmo sistema... Ouço frequentemente que você é bem-sucedido.

— Ah, inferno, temos de falar disso, Pat?

— Vou simplificar a pergunta. Você me ama ou me odeia?

— Isso não é nenhuma simplificação, você sabe muito bem.

As nossas vozes eram indiferentes.

— Bom, Patricia, se é que é bom você saber... Antes de beijá-la, penso em você como era, e depois me pergunto com quantos homens você dormiu até agora.

— As outras mulheres que você conhece não são exatamente sem passado.

— Com elas, não importa. Você é prejudicada por datar da época em que eu era tão cheio de ideais sobre a fé e a constância das mulheres que não tinha espaço para entendê-las. Ainda assim, Patricia, você continua... um pouco diferente das outras... É melhor você ir embora. Ainda devo estar bêbado, senão falaria menos.

Vesti o casaco e peguei as luvas. Senti que era realmente o fim para mim e Peter. Mas sabia que já tinha sentido isso. Passei o batom com cuidado.

— Peter, você me dá um beijo de despedida, como se estivéssemos em 1922?

(Droga, por que pedi isso? Ele vai me cobrar esse medonho sentimentalismo. E é mesmo... mas tenho bastante certeza de que *é* o fim para mim e Peter e queria terminar com um gesto de amizade.)

Ele apagou o cigarro e acendeu outro.

— Você não é uma moça fácil de satisfazer, Patricia.

Eu o detestei. Bom, também o obrigaria a se sobressaltar.

— Ora, Peter, os meus amantes sempre se queixam de que sou frígida.

— Saia daqui, por favor! — disse ele.

Saí sem me virar na porta para olhá-lo. Nevava muito. Disse a mim mesma:

— Aqui estou cu, mandada embora durante uma tradicional nevasca. Não é ridículo? — E comecei a rir.

Cheguei à Sexta Avenida. Devo ter virado para o sul, não para o norte, porque cheguei à porta do "Dave's Blue Room", um grande restaurante que ficava aberto a noite toda. Já fora lá várias vezes comprar sanduíches e sabia que ficava ao sul da rua onde Peter morava. Quando cheguei à porta, senti que não conseguia mais andar. Pensei que um café preto me faria bem. Por isso, entrei.

Bill estava sentado com mais três homens da idade dele, comendo ovos mexidos com *bacon*. Supus que deviam ter jogado *bridge* em algum lugar. Ele se levantou quando entrei.

— Sente-se aqui, Patricia. O que *está* fazendo, perambulando sozinha às três da manhã?

Ele me apresentou os três homens, que me olharam de um jeito meio estranho. Percebi que provavelmente estava péssima. Não tinha notado no espelho de Pete.

Melhor inventar alguma explicação. Daqui um minuto, quando conseguisse controlar a voz.

— Estou *tão* contente de você estar aqui, Bill. Senti uma vergonha desagradável de entrar aqui sozinha, mas queria *muito* um café. Minha noite foi bem angustiante, na verdade.

Bill pediu café e recomendou os ovos mexidos. Deixei que os pedisse também.

— Sabe, estou combinando com meu marido os detalhes do divórcio, e acho que essas coisas sempre são penosas.

Os quatro velhos se mostraram imediatamente solidários, tanto que mudaram de assunto. Disseram coisas gentis e joviais, deixando claro que era uma delícia ter uma mulher jovem e bonita surgindo assim no meio do tédio deles.

Dali a um minuto e um gole de café, percebi que não desmaiaria. Mas não consegui tocar nos ovos mexidos. Bill segurou minha mão com força sob a toalha. Bom, ele aprendeu muito sobre as mulheres no seu tempo.

Bill me levou para casa e me deixou à porta, depois de sugerir que assistíssemos a três espetáculos musicais na semana que vem.

Subi a escada pensando que Bill era um homem muito bom.

Diante da porta de Lucia, decidi acordá-la para lhe dizer que ia me divorciar. Ela ficaria tão interessada que não se importaria de ser despertada.

— Lucia, vou me divorciar de Peter.

— Fico contente, Pat. Amanhã, na hora do almoço, levo você ao meu advogado.

Eu me sentei no sofazinho dela. Estava cansada demais para subir.

— Fale, se quiser, Pat.

— Tudo bem. Eu me agarrava porque não conseguia me soltar. Agora vou me soltar porque não consigo mais me agarrar.

— É melhor dormir aqui embaixo, Pat. Sente-se na poltrona enquanto ajeito o sofá.

— Como é se divorciar, Lucia?

— É como arrancar um dente. Um puxão e você se sente melhor no dia seguinte.

— O Meu Grande Romance me pôs para fora numa nevasca, Lucia, e concluí que já se cansou de mim.

— Patricia, meu bem, recomponha-se. Pense que amanhã será outro dia; ou, se não adiantar, lembre-se de que, depois, nada em toda a sua vida doerá tanto.

— Isso é verdade, Lucia, ou você só está sendo gentil?

Ela riu, pôs uma almofada atrás da minha cabeça e me disse que tirasse os sapatos, porque estavam encharcados depois de andar na neve.

— É verdade, Pat. É improvável que qualquer outro homem a "abandone"... qualquer homem a quem você queira se agarrar. Porque, assim que desconfiar que ele está pronto para partir, você fará as malas dele e lhe comprará uma passagem só de ida para onde ele quiser, com tanta rapidez que ele partirá com relutância. Você nunca mais se agarrará. Agarrar-se é que dói. É a diferença entre a morte súbita e a muito prolongada. Acha que consegue dormir agora, caso se deite? São quatro da manhã.

— Acho que sim.

Na manhã seguinte, Lucia me trouxe o café da manhã na cama e foi muito divertida sobre as virtudes de Sam. Ao meio-dia, fomos consultar o advogado dela.

XII

Sam deu a Lucia um fonógrafo Orthophonic como presente de aniversário. "Rhapsody in Blue", de Gershwin, era praticamente o único disco que tocávamos nele. Púnhamos para tocar pelo menos uma vez por hora quando estávamos em casa.

— A música combina com Nova York — disse Lucia. — A Nova York que conhecemos. Tem alegria, vida, irrelevância, futilidade e glamour tão lindamente mesclados quanto os ingredientes do *crêpe suzette*.

— Ela me faz pensar em arranha-céus, Harlem, transatlânticos navegando e jornaleiros gritando "extra!" — disse eu.

— Ela me faz pensar que tenho vinte anos e estou a caminho de tomar posse da cidade — disse Lucia. — Recomeçar, que tal?

Sete da manhã.

Lucia chamava lá embaixo.

— Pat, você se divertiu ontem à noite? Eu trouxe comida; venha comer ovos e *grapefruit* comigo; tenho algo empolgante para lhe contar.

— Tudo bem, mas é muito cedo, Lucia.

Eu me levantei. A boca tinha o gosto do excesso de cigarros da noite anterior. Mas, depois de alguns minutos (e da calistenia e de uma chuveirada), eu me senti sedosa, macia e fresca. Havia um alegre nascer do sol de fevereiro lá fora.

Pus um vestido de malha verde-fosco, meias bege e sapatos marrons de jacaré; guardei o dinheiro e a maquiagem num lenço verde na bolsa de jacaré; e encaixei um chapéu bege sobre o olho direito, mais alto sobre o esquerdo. Amarrei no pescoço uma echarpe bege e verde, peguei luvas novas de *chamois* e as levei lá para baixo com o casaco verde e a bolsa.

Lucia estava muito bonita em roupas do mesmo tipo.

— O seu *grapefruit* está no aparador da lareira — disse ela. — Não havia espaço na mesinha de café. Coma enquanto termino os ovos.

— Por que me acordou uma hora mais cedo, querida? — perguntei.

— Acordei cedo e tive vontade de conversar.

— Isso não é razão — comentei, bocejando.

— Tudo bem. Olhe isso — disse ela, que estava com um anel de esmeralda novo e deslumbrante.

— Senhor! — exclamei. — Você *vai* se casar com Sam!

Nós duas rimos.

— Eu esperava parabéns, Pat.

Fiquei um pouco arrependida e disse que Sam era uma ótima pessoa.

— Você quer dizer — disse Lucia — que ele tem 45 anos e, com vinte quilos a mais, não tem nada de esbelto. Fico contente pelos dois fatos. Com um pouco de sorte, serei a Última Mulher da vida dele. Se eu fosse pugilista, gostaria, em algum momento, de ter uma chance na luta principal da noite e não passar a carreira toda sendo nocauteada nas preliminares. Além disso, já ouviu falar das quinze peças de ouro? É uma filosofia.

— Conte.

— Toda mulher atraente tem quinze peças de ouro para gastar, uma para cada ano entre os 20 e os 35. Pode desperdiçar as dez ou doze primeiras, se quiser, mas com toda a certeza deveria investir o restante em algo seguro para a meia-idade.

— Quem lhe falou das peças de ouro?

— A mulher que lava meu cabelo. Ela foi modelo de capa de revista.

— Você poderia se casar com muita gente mais nova e mais alegre do que Sam — comentei.

— Não quero. Estou lhe dizendo, quero ser a Última Mulher da vida de alguém.

— Você gosta de ouvir discursos sobre os novos mercados de ações do mundo e quanto petróleo esperam encontrar na China nos próximos dez anos?

Lucia deu um grande sorriso.

— Adoro. Tenho trinta anos e passei cinco deles escutando discursos sobre livros novos, peças novas, roupas novas... e comentários sarcásticos... Não quero ouvir mais nenhum comentário sarcástico até morrer. Adoro ouvir sobre o futuro glamoroso da América do Sul e que a taxa de câmbio afeta... Não tenho certeza do que ela afeta, mas descobrirei...

— Meu Deus, Lucia, você espera ser feliz.

— É claro, feliz, bem instalada e tão protegida quanto a minha avó. Planejo tornar Sam feliz também. Eu me casaria com ele mesmo que fosse relativamente pobre.

— Como se sente ao dormir com ele?

— Prefiro dormir com ele pelo resto da vida com a finalidade de ter por perto a sua bondade, o seu bom humor e a sua sinceridade do que aguentar o egoísmo, a vaidade e as infidelidades despreocupadas e desoladoras de qualquer homem "atraente" que conheço com a finalidade de ter os ocasionais momentos de ouro na cama.

— Quer filhos, Lucia?

— Eu os terei se ele quiser. Parece que algumas mulheres que se sustentam adquirem a sensação permanente de que devemos conquistar nosso caminho. Tome mais um café, Pat.

— Ah, querida — disse eu. — Sentirei muitíssimas saudades suas, e acho que você deveria se casar com alguém por quem estivesse apaixonada.

— Você pode me visitar em Long Island todo fim de semana, querida… e já me casei com alguém por quem estava apaixonada… Vou procurar para você um bom banqueiro, mais jovem e mais magro do que Sam, se você quiser.

— Eu não quero… Não desejo me casar de novo.

— Você se sentirá de outra forma quando o divórcio sair no mês que vem — disse Lucia. — Vá trabalhar. Tenho um compromisso fora do escritório e não preciso ir agora.

Vesti o casaco.

— Lucia, Sam é realmente o que você quer?

— Não tanto quanto eu queria. E agora, muito mais do que já esperava ter.

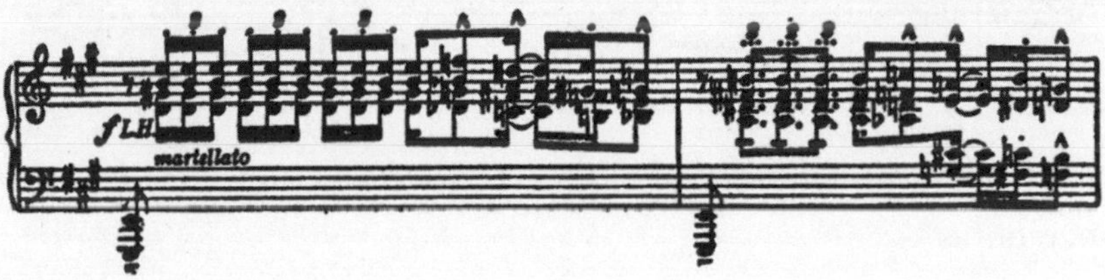

Oito e meia.

O táxi estava preso no trânsito. Acendi um cigarro. Agora, todo mundo me dizia: "você vai se sentir diferente depois do divórcio" ou "você vai se sentir melhor depois do divórcio". Do mesmo jeito que dizem "você vai se sentir melhor depois de tirar as amígdalas", "depois que o bebê nascer" ou "depois de comer".

Eu me perguntei se os médicos diziam aos muito velhos que "você vai se sentir melhor depois de morrer".

Decidida a me divorciar de Peter, com o processo iniciado e os honorários do advogado pagos, eu não sabia mais se queria me divorciar de Peter, assim como não sabia de que tipo de casaco gostaria na primavera de 1940.

Se eu me agarrasse por mais seis meses ou seis anos, Peter acabaria voltando? E eu ficaria com ele ou não?

O semáforo mudou. Disse ao chofer que se apressasse.

Onze horas.

A jovem redatora ambiciosa, que algum dia provavelmente ficaria com meu emprego, bateu à porta da minha sala.

— Está tudo tão calmo hoje, não é? — disse ela.

— É, graças a Deus.

— Eu queria convidar você para almoçar — disse ela com timidez. — Sabe... Você é mais velha do que eu, casada e bem-sucedida nos negócios; eu queria alguns conselhos.

Bom, eu tinha 25; ela, provavelmente 21. Eu mesma achava que 25 era uma idade bem avançada quatro anos antes de alcançá-la.

— Sinto muito, não posso almoçar com você. Tenho uma reunião com a compradora de vestidos infantis. Mas por que não se senta agora e me conta tudo?

Ela titubeou um pouco para começar.

— O seu trabalho está indo muito bem ultimamente. Faz tempo que eu queria lhe dizer isso — disse eu.

— Não é isso. Mas muitíssimo obrigada... Eu queria me casar.

— Isso é muito bom. Posso lhe conseguir uma licença assim que você quiser.

— Não. A questão é... O homem com quem estou pensando em me casar insiste que eu largue o emprego. Não quer que a esposa trabalhe. Ele não tem muito dinheiro, mas vai ganhar mais com o tempo... — Ela parou.

— O velho problema de casamento *versus* carreira?

— É.

— Que idade tem esse homem?

— É seis meses mais velho do que eu. Está com 22 anos.

— Você gosta muito dele?

As lágrimas encheram os seus grandes e inocentes olhos azuis.

— Eu o amo *terrivelmente* — respondeu ela.

Fiquei surpresa com o meu próprio entusiasmo.

— Minha querida, case-se com ele. Se precisar arranjar emprego algum dia, eu lhe consigo. Se houver qualquer coisa que eu possa fazer para ajudar... Quer dizer, posso lhe indicar pessoas que lhe venderão móveis no atacado... É só falar... Conte mais sobre o seu noivo.

Ela falou e falou. Disse que sairia em quinze dias.

Ela não precisava do meu conselho; provavelmente, se casaria com ele de qualquer modo. Ela se daria bem na publicidade.

Em vez disso, comeria feijão em lata na noite anterior ao pagamento ou algo assim, suponho. E eu teria de ensinar o serviço dela a alguém.

Gostaria de saber se falei sério nas rapsódias em que finalmente lhe disse que não deveria deixar o amor passar, ou algo assim... e decidi que sim, em certo estado de espírito.

Cinco horas — telefone tocando.

— Pat, é Nathaniel… Estou comemorando… Tem compromisso para jantar?

— Tenho compromisso para jantar, mas gostaria de comemorar rapidamente.

— Encontro você na porta lateral às cinco e meia.

Fim do dia. Mãos e pescoço lavados. Rosto hidratado, batom, ruge, pó.

Nat à espera na porta lateral.

— Olá, garotinha. Você está encantadora. Meu idoso pai se animou e me deu um aumento. Ganhou duzentos mil no mercado semana passada e passou meu salário de cinquenta para sessenta dólares. Vamos tomar coquetéis.

Giacomo's bar. Clover Clubs frios como sorvete e rosados como pomada para as unhas.

— Nat, onde você esteve esses dois últimos dias?

— Esqueci de lhe contar… estava tão empolgado com o aumento… fiz uma viagem… a mais longa que já fiz desde que o meu irmão morreu de repente… estive na Filadélfia… papai está construindo um banco lá.

Ele parecia exausto e desanimado.

— O aumento é ótimo, Nat… E algum dia, algum dia você vai viajar… E ver todas as coisas lindas do mundo.

— É... um dia, quando eu tiver cinquenta anos e minha vista for tão ruim que não conseguirei enxergar nada menor do que um mural de quatro por seis metros.

Fiquei com pena dele. Nat passara sete anos pagando pelo irmão que morreu alegremente na rota das misturas tóxicas do álcool. Mas todos pagam por todos, afinal de contas. E, algum dia, o pai lhe deixaria dinheiro para viajar e ver coisas.

— Querido... se quiser que eu cancele o meu jantar, posso tentar, e podemos sair por aí até você se sentir melhor.

— Não, Pat. Mas você é uma querida. Está sempre alegre. Teve um dia difícil?

— Não. Aconselhei uma moça a escolher o amor em vez do setor de publicidade... e a se casar com um homem que ganha cinquenta dólares por semana.

— Você é uma garota imprudente. Deveria estar casada, mas não com quem ganha menos de cinquenta por hora. Seu gosto para roupas é sutil demais.

— Como você é perspicaz, Nathaniel.

— Bom, gosto de ver quadros, por isso reparo em você.

As tentativas de Nathaniel para me elogiar sempre me deixavam sem graça. Eram muito solenes.

Eu lhe contei a história da filha do fazendeiro que tinha uma avó, lhe contei que Lucia realmente se casaria com Sam e lhe contei que ele (Nathaniel) era uma hora brilhante no dia de qualquer moça — então disse que precisava ir para casa me vestir com esmero, porque jantaria com Horace.

Nathaniel ficou impressionado.

— O maior retratista dos Estados Unidos... Pat, ele vai pintar um retrato seu? Vou fazer um empréstimo com o doutor para pagar uma opção sobre ele.

— Duvido que ele me pinte. Ainda não terminou definitivamente com aquela garota espanhola. — Então desejei não ter tomado quatro Clover Clubs tão depressa, porque Nathaniel detestava ouvir coisas assim sobre pessoas cuja obra admirava.

— A noção de cor dele é maravilhosa, Patricia.

Conversei com ele sobre cor — de quadros, do céu, de prédios — e o vi alegremente agitado com a possibilidade de transformar Nova York na cidade mais colorida do mundo na hora em que fui embora e ele voltou para casa, para um jantar sombrio e silencioso com o pai.

Encontrei Lucia descendo a escada enquanto eu subia. Ela usava um vestido branco e dourado, uma capa e uma echarpe de raposa branca.

— Lucia, você está divina. Tudo isso em homenagem ao seu noivo?

— Sim, querida, em homenagem a ele, ao irmão dele de Chicago e ao jantar no Ritz.

— Eu não sabia que Sam tinha um irmão em Chicago.

— O irmão tem quatro filhos, querida, e uma esposa saudável. Não serve para você nos dias próximos da sua liberdade.

— Não terei nenhuma, já lhe disse.

— Veremos, Pat. Por falar em homens com quem você não vai se casar, Kenneth tem as chaves do seu apartamento?

— Tem. Esqueci de lhe dizer. Eu lhe dei as chaves faz algum tempo, para que ele entrasse e me esperasse para me levar ao Harlem, caso eu chegasse tarde.

— Pois bem, ele está enfiando aquela cabeça que já foi bonita na minha porta há uma hora, exigindo ver você. Está muito bêbado. Pobre Ken, parece o judeu errante, só que nórdico. Mas ele foi embora faz algum tempo. Eu o ouvi caindo no pé da escada. Você ia jantar com ele?

— Não, com Horace.

— O que está fazendo? Experimentando todos os Grandes Amantes autodeclarados de Nova York, um depois do outro? Ou quer um retrato? Ele só os faz depois. Diz que não é anatomicamente possível... Mas suponho que, para você, tudo bem se divertir — e recentemente você tem reduzido as aventuras, não é?

Ela se sentou no nicho do patamar, onde suponho que antes da reforma da casa houvesse um santo, o busto de um estadista ou mesmo uma virgem.

— Pat, tenho um minuto para conversar. Você está muito infeliz por se divorciar de Peter?

— Não penso nisso. *Reduzi* o que você chama de aventuras; elas não me servem. A princípio, pensei que seriam o caminho mais fácil para esquecer Peter, mas não é assim que acontece. Talvez eu não tenha sido projetada como mulher só para a diversão.

— Não importa. Também não consegui chegar a esse ponto. Vou lhe procurar um marido. Terei muito tempo livre depois de me casar. Enquanto isso, divirta-se com os Grandes Amantes.

— Horace não é nenhum Grande Amante, até onde sei... e tem séculos de idade, Lucia.

Mas Lucia se levantou e começou a descer. Sua voz flutuou de volta junto do perfume.

— Grandes Amantes… homens que "conheceram cem mulheres" e se gabam disso. Eles me lembram o homem que queria ser músico e fez uma aula de cada instrumento da orquestra.

Gritei lá para baixo:

— O que aconteceu com ele, Lucia?

Ela encostou o rosto na balaustrada:

— No fim, não conseguia tocar nada em nenhum deles, Pat.

Oito da noite.

Horace era quase tão largo quanto comprido, fisicamente. Fui encontrá-lo no estúdio, como ele pediu. Queria ver as peças em que estava trabalhando, porque valeria a pena ver e porque Nathaniel adoraria saber delas.

Horace tomara meia coqueteleira de martíni antes que eu aparecesse. Beijou minha mão, me serviu um martíni num copo e começou a falar. Admirou o meu vestido — eu usava o de tafetá azul-safira, porque era um vestido de "quadro", e, embora não planejasse me esforçar muito para Horace me pintar, nunca se sabe.

Se ele quisesse, o quadro penderia em alguma galeria onde Pete poderia vê-lo quando velho, e isso o ajudaria a se lembrar de como eu era. (Não consegui me "vender" essa linda ideia com convicção. Tinha certeza de que Pete se lembraria de mim, no mínimo como um dos erros da juventude.)

Horace era divertido. Com beijos e pinturas, abriu caminho do Soho a Manila, e as reminiscências dos quadros e das damas que executou no seu tempo eram quase tão boas quanto os quadros e, provavelmente, muito melhores do que as damas.

Ele me contou a história de uma mulher que mandou chamá-lo (de St. Louis a Honolulu) para ser pai do seu filho. No entanto, a criança foi uma filha; além disso, o nascimento ocorreu apenas seis meses depois de Horace chegar a Honolulu. Mas o resto da história era romântico.

Quando ele passou disso para um monólogo sobre a quantidade de *savoir faire* que as moças obteriam pela associação com os homens mais velhos e experientes, suspirei e reconheci que ele me via como um adorno de quarto, não de galerias. Pete teria de se virar com uma fotografia, se tivesse guardado alguma.

Por enquanto, o recuo era fácil. Sempre é com homens realmente loucos pela beleza, caso a mulher tenha humildade suficiente para perceber que eles a classificam como um pouco menos excitante do que um pôr do sol e, na verdade, nada que se compare com uma boa peça de cerâmica.

No estúdio, Horace tinha uma mesinha de cabeceira de plátano, a mais requintada que já vi. As proporções eram divinas, e a pátina era aquele cruzamento entre a suavidade do veludo e o brilho do cetim que, na verdade, nunca se consegue nos tecidos.

Comecei a admirar a mesinha de cabeceira. Fui o mais inteligente possível a respeito dela. Logo, Horace a olhava com amor e absorção e acariciava a sua superfície com o olhar que, dez minutos antes, concedera aos meus ombros.

Quando a sua concentração na mesinha de cabeceira se chegou ao fim, eu disse que estava com uma fome dolorosa. O homem tinha boas maneiras; me levou para comer e, quando saímos, parou para praguejar contra o retrato inacabado da garota espanhola.

Uma da manhã.

Eu tinha me divertido bastante até então. Horace era um gênio, e conheci pouquíssimos assim entre as semicelebridades. Ele falou cinco horas sem parar, com tempo para consumir um jantar colossal e bebidas intermináveis — sobre pintura e mulheres, arte e mulheres, vida e mulheres criadas para o consolo dos homens.

Por Nat, tentei me lembrar de tudo o que ele dizia sobre pintura, mas mal conseguia manter a cabeça erguida. Ele era trinta anos mais velho do que eu, mas tinha quatro vezes mais energia.

Ainda assim, senti que comer um pouquinho mais certamente o faria dormir a noite toda, e o arrastei até o Childs no caminho de casa, dizendo que queria muito um café do Childs. Se Horace chegasse ao meu apartamento ainda capaz de se controlar, eu não poderia depender da ajuda de Lucia. Ela talvez só chegasse ao amanhecer. Assim, tentei pedir uma omelete, bolo amanteigado e torta de abóbora para ele, que pôs tudo para dentro sem dificuldade aparente.

Dez pessoas me cumprimentaram, mas nenhuma veio se unir a nós. E Horace descobriu que eu era absolutamente voluptuosa. (Ninguém *jamais* me disse isso, e duvidei da avaliação dele. Na época, eu só pesava quarenta quilos, nada voluptuosos pela maioria dos padrões.)

Olhei em volta, mas não havia nenhuma mesinha de cabeceira de plátano no Childs para Horace examinar em meu lugar. Assim, deixei que chamasse um táxi, sugeri um passeio, descobri em cinco minutos que daria na mesma deixar que me levasse em casa e disse: "Vamos para casa".

Duas da manhã.

Enquanto eu esperava, enquanto Horace pagava o táxi, o ar noturno soprava limpo, frio e fresco contra o meu rosto, e a lua de inverno, que parecia muito remota e isolada, brilhava sobre os altos prédios escuros, a rua cinzenta e silenciosa, Horace, o taxista e mim. Por um instante, tive a sensação de que Nova York era um lugar absolutamente belo para morar — uma sensação confortadora que, ultimamente, me vinha às vezes quando eu parava de procurar consolo nas pessoas.

Horace subiu a escada com energia atrás de mim. Eu me sentia pior a cada degrau; não queria que ele ficasse, não conseguia pensar em nenhuma boa razão para lhe pedir que fosse embora e destranquei a porta.

Sentei-me numa cadeirinha para que Horace tivesse de se sentar no sofá em frente; acendi um cigarro e desejei que pudesse ir a algum lugar para dormir um mês.

Horace se sentou pesadamente.

Esperei que ele começasse o que planejava começar.

— Minha jovem — disse ele. (Era provável que estivesse quase suficientemente bêbado para não recordar o meu nome.) — Quando a conheci, achei que você fosse inteligente, pois a sua cabeça tem o formato correto.

Sorri. Ele seria original — bom, nisso eu poderia confiar nele.

— Mas você não é inteligente, senão daria um valor mais alto do que parece à admiração de um homem como eu, um conhecedor das mulheres. Talvez você prefira garotos bonitos e imaturos...

(Ah, ele se importava de ser velho, não é? Agora eu não poderia mandá-lo para casa. Ele se sentiria tão... acabado. Não era justo uma subgerente de publicidade fazer um grande pintor se sentir... acabado.)

— Fico extremamente lisonjeada por você dedicar uma noite a mim, Horace.

— Não diga palavras que nada significam, minha jovem. Escute, por favor. Tenho algo a dizer que talvez lhe interesse.

Ele era um pouco arbitrário, mas, se era o que queria, eu não me importava. Estava cansada demais. A cabeça imensa estava emoldurada pela brancura da porta almofadada atrás do sofá. Quis saber se ele já fizera um autorretrato — aquela cabeça grisalha era maravilhosa. Desejei que a porta levasse a algum lugar aonde eu pudesse ir, em vez de apenas ao banheiro. Eu não conseguiria passar a noite na banheira.

— Minha jovem. — (Achei que, se me chamasse assim de novo, eu jogaria uma almofada nele. Não havia razão para permitir que alguém se sentasse no meu próprio apartamento e me dissesse "minha jovem", pintasse ou não belos retratos.)

Ele continuou.

— Você tem um corpo delicioso, embora lhe falte inteligência. E, como parece não me dar valor pessoalmente, lhe darei a mesinha de cabeceira de plátano que teve bom gosto suficiente para admirar, caso me deixe ficar aqui esta noite.

Isso significa que a garota espanhola não voltará para concluir o retrato, e o homem me oferece a sucessão. Ele pode ficar, a não ser que eu pense num método de mandá-lo embora que seja mais sutil do que dizer "você é um velho nojento; vá embora". Porque ele não é nojento, só é sincero. Quer o que quer e paga o preço.

Ah, suponho que terei de deixá-lo ficar, mas ele pode manter a mesinha de cabeceira de plátano. A única coisa que me resta valorizar é a postura de amadora. (A porta atrás dele se mexeu? Estou tão cansada que vejo coisas. É claro que não.)

Horace ainda não tinha terminado de falar.

— Permita-me lhe acender outro cigarro e terá cinco minutos para pensar na mesinha de cabeceira. Não há outra como ela nos Estados Unidos.

Ele acendeu meu cigarro. Depois, puxou o relógio.

— São duas e vinte. Pedirei a sua resposta às duas e vinte e cinco. — E ficou olhando o relógio.

Ri. Ele me ignorou. Olhei o meu próprio relógio. Sabia que devia dizer alguma coisa para interromper aquele absurdo, mas não conseguia falar. Só rir.

— São duas e vinte e cinco — disse ele. — Quer mais cinco minutos para se decidir?

Houve um som de vidro quebrado no banheiro. Horace se virou. A porta do banheiro se entreabriu. Uma voz disse:

— Pelo amor de Deus, Pat, pegue-o ou deixe-o *agora*. Não consigo viver mais cinco minutos sem beber.

— Kenneth! — exclamei.

A porta do banheiro se escancarou. Kenneth saiu cambaleando e se apoiou nela. A cartola dobrável estava caída no lado da cabeça; a casaca, amassada. Alto, de cabelos dourados e assustadoramente magro, ele sorria para nós dois, parecendo o cartum de um jovem urbano.

Atrás dele, vi uma garrafa estilhaçada em pedacinhos no chão.

Horace recuperou a respiração e rugiu… para mim.

— Que diabos é isso?

Ele perdeu o fôlego novamente depois do rugido.

Kenneth respondeu.

— Senhor — disse, com a mais severa voz de Harvard. — Se indaga a meu respeito, sou o empresário de Minha Jovem. Concordo com o senhor que ela é encantadora, mas tem o hábito incômodo de sair ocasionalmente para fazer negócios por conta própria, apesar da nossa combinação. Agora, se quiser discutir o assunto comigo… O senhor dizia algo sobre uma mesinha de cabeceira. Normalmente, não aceitamos móveis, mas se for acessível para avaliação…

Horace recuperou permanentemente o fôlego, até onde percebi. Recuperou o fôlego, o chapéu, o paletó, as luvas e a bengala. Começou a rugir.

Ele rugiu todas as palavras anglo-saxãs curtas que já ouvi e mais algumas cujo significado percebi pelo tom de voz. Saiu. Os rugidos puderam ser ouvidos diminuindo aos poucos, enquanto ele descia a escada pisando forte.

Eu me torci na cadeira.

— Kenneth, seu idiota — disse eu. — Você já ouviu tantos sinônimos de vadia quanto aquele homem usou?

Mas Kenneth não achou engraçado.

— Que droga, Patricia — disse ele. — Você o deixaria ficar... aquele velho horrível. "Deixe-me ficar e lhe darei uma mesinha de cabeceira". Por Cristo, deixe-*me* ficar e lhe darei...

— Kenneth, pare, por favor. Tive uma hora abominável e não aguento mais. É melhor você ir embora.

Então, aquele jovem trágico, cuja alegria era tão perene quanto o azul dos seus olhos, começou a chorar, chorar e chorar. Sentou-se no chão e pegou nas mãos um babado do meu vestido azul, sacudido pelos soluços.

Acariciei um pouco o seu cabelo. Não conseguia pensar em mais nada para fazer por ele.

— Kenneth, querido, pare, por favor. Não sou importante a ponto de ninguém chorar por mim.

Dali a pouco ele se firmou, mas continuou torcendo o babado azul nas mãos.

— Patricia — disse ele bem baixinho, — tão pequena e tão boa... boa demais para ser dilacerada por todos os idiotas de Nova York.

— Por favor, Kenneth, não — disse eu.

— Você me excita também — respondeu ele, — sabia? Não sou diferente dos outros.

— Não, não sabia.

— Malditos sejam — disse ele, — e nem posso tocar em você.

— Kenneth, meu querido, meu querido.

— Patricia, se eu nunca tocar em você, se casaria comigo e iria embora para algum lugar? Ainda me resta dinheiro suficiente para você viver um ano. Não viverei um ano. Poderíamos ir para a Califórnia, e você poderia nadar no Pacífico.

Soava agradável.

— Mas de que adianta, Kenneth? Seu aforismo favorito não é que não faz sentido ir a nenhum lugar se você tiver de se levar consigo? Mas obrigada.

Ficamos em silêncio por algum tempo.

Ele ergueu os olhos e sorriu, e eu soube que estava tudo bem outra vez.

— O carro está na esquina, Pat — disse ele. — Quer vestir algo quente e sair para um passeio ao ar livre?

— Vamos — respondi.

— Traga um livro de Swinburne, como uma boa menina — disse ele. — Farei você ler em voz alta para mim no café da manhã, se ficarmos fora até lá.

Kenneth gostava que eu lesse poesia para ele — coisas bem românticas e antiquadas. Talvez fossem versos que lhe agradavam quando estava na escola, ou talvez a dançarina húngara gostasse. Nunca perguntei.

Sete da manhã.

O sol nascia acima do East River. Nós nos sentamos, Kenneth com as suas roupas de noite amassadas, eu no vestido azul que nunca mais voltaria a ser novo sob um velho casaco de peles, no carro dele na entrada de Beekman Place, junto ao rio. Estávamos bem aquecidos, felizes e sonolentos. Eu lia em voz alta para ele "O jardim de Prosérpina".

De muito amor à vida então...

De esperança e medo libertados

Agradecemos com breve gratidão

Ao Deus que talvez exista

Por nenhuma vida viver para sempre...

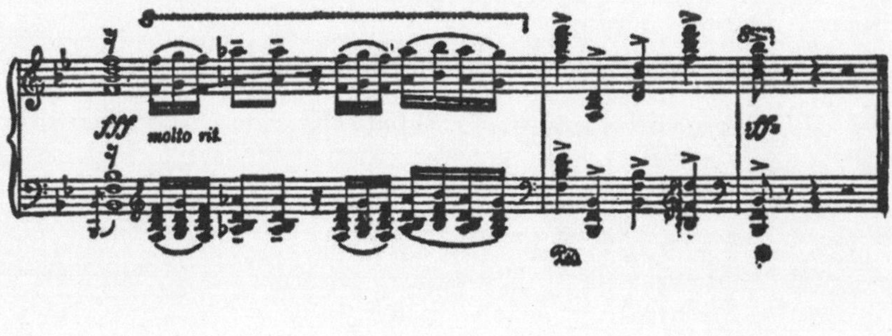

XIII

— Táxi!

— Vá até o tribunal na Center Street, um quarteirão acima da prefeitura.

— Há muitos tribunais lá, madame. Qual deles?

— Não sei… nunca estive lá… vá passando e veremos.

— Deve ser aqui, motorista. Pare e vou perguntar àquele policial.

— Seu guarda, este é o tribunal onde cuidam de divórcios?

— Não, senhora, este é pior; é o da penitenciária de Tombs. Avance mais um quarteirão.

O taxista avançou mais um quarteirão. Quando desci, ele disse "boa sorte, madame", e lhe dei cinquenta centavos de gorjeta em vez de vinte e cinco.

O tribunal era um prédio bonito, novo e limpo. Subi d Lucia se casasse evagar os degraus largos até a entrada, mais surpresa do que outra coisa. Nunca planejara ir a um tribunal de divórcios; não queria ser divorciada, mas ali estava, a caminho de encontrar o advogado e a minha criada, que seria minha testemunha, diante de uma sala com o número 238.

O saguão de entrada do tribunal era um grande espaço circular. O piso de mármore tinha animais de latão incrustados. Provavelmente, signos do zodíaco. Lembrei que o saguão da Biblioteca Pública de Boston também tinha animais de latão incrustados; e que eu gostava de caminhar sobre os bichos quando criança, porque ficavam frios e escorregadios sob os pés.

O saguão do tribunal estava cheio de homens com roupas escuras e expressões sigilosas que cheiravam a fumaça de charuto.

Meu advogado, que foi advogado de Lucia, me disse que usasse preto. O Sr. Charles Marshall Henry era do tipo que pensava em coisas assim. No entanto, foi ideia minha pegar o conjunto emprestado para não ter de aparecer com ele outra vez. Eu tinha certeza de que sofreria aonde quer que fosse nas roupas com que me divorciei. Peguei emprestado de Helena, que acabara de trazê-lo de Paris. Helena ocuparia o apartamento quando Lucia se casasse. Ela pintava, fazia desenhos de moda fabulosos, como uma realista — e, no tempo livre, brincava fazendo máscaras. Desdenhava todas nós que nos envolvíamos com homens; ganhava três vezes mais do que eu e Lucia; estava sempre disposta a emprestar dinheiro a amigos em dificuldades; e era apaixonada por ler dramaturgos gregos no original. Tinha um rosto comum, uma silhueta flexível (jogava tênis com fúria fria) e um gosto absolutamente perfeito para roupas.

O casaco, o vestido e o chapéu que ela me emprestou me deixaram parecida com uma jovem viúva que convidava o futuro discretamente.

Tentei ficar pensando em Helena, se Helena era realmente feliz, no que Helena mais valorizava na vida, enquanto subia a escada até a Sala 238, para não pensar na Sala 238.

A minha criada aguardava diante da porta do tribunal. Era uma pessoa de cor, calma, competente e taciturna. Quando lhe pedi que fosse testemunha, depois que o advogado me recomendou que escolhesse pessoas que tivessem conhecido a mim e Peter durante o casamento, ela me disse, objetivamente, que começara a vida como criada pessoal de uma atriz e já tinha sido testemunha em três divórcios.

— Bom dia, Nora. Lembra-se de tudo o que tem de dizer?

— Sim, madame, lembro.

— Vamos esperar o Sr. Henry lá dentro, Nora.

Fiquei satisfeita com a calma dela, porque a minha outra testemunha foi ao Chile para os Guggenheim e só deixou depoimentos.

Eu mesma estava bastante calma. Lucia teve medo de que eu ficasse perturbada e quis vir comigo, mas uma reunião com um cliente a impediu. Pensei um pouco em Lucia.

— Dona Patricia, é aqui o que chamam de tribunal sem briga?

— Acho que o nome não é *exatamente* esse, Nora. É o tribunal para casos de divórcio não litigioso.

— Ah, eu sabia que era algo assim. Ali está o Sr. Henry, madame.

— Bom dia, Sr. Henry. Não, não estou nervosa, obrigada.

— O tribunal vai abrir imediatamente. O seu caso não deve levar mais de vinte minutos.

Alguém muito antes dele me disse algo como "o seu caso não deve levar mais de vinte minutos". Muito tempo atrás... num táxi... Ah, sim, aquele meu doutor quase esquecido.

(Por que tive de pensar nisso? Deixei de me distanciar. Algo começa a doer horrivelmente no meu coração. É melhor olhar em volta e não pensar.)

Nora ainda está sentada muito ereta e parece contente e importante. A sala está cheia de grupinhos, cada um composto por um advogado, uma mulher prestes a se tornar divorciada, uma ou duas testemunhas.

São exatamente iguais aos grupinhos que chegam à sala de espera da maternidade. Um médico, uma mulher prestes a ser mãe, um marido ansioso. Mas não há maridos ansiosos aqui. Isso ajuda.

As prestes a serem divorciadas têm a mesma expressão tensa das prestes a serem mães… Bom, também passei por isso.

É tão *bobo* me importar. Um mero incidente na carreira da Mulher Moderna. Que diabos!

Mas nunca esperei que acontecesse comigo. Talvez nenhuma das outras mulheres reunidas esperasse. Inspecionei-as. Uma estava toda vestida de seda roxa, ruge roxo e cabelo tingido com hena. Os cantos da boca roxa se contraíam. Outra parecia ter setenta anos e usava uma touca de miçangas e luvas de seda preta. Eu me perguntei por que o divórcio veio tão tarde para ela. Achei que talvez pudesse aguentar o matrimônio pelo pouco tempo restante.

Uma mulher usava um xale de lã, outra zibelina e perfume Le Début.

— O magistrado está chegando; todos se levantem — disse o Sr. Henry.

O magistrado era um homem muito velho, de rosto completamente gentil. Achei que ele devia ter esquecido a paixão, a angústia e o êxtase vinte anos de eu nascer.

O Sr. Henry explicou que o escrivão lia a pauta e que o meu caso era o segundo.

Pensei: *Para que quero isso? Por que não saio daqui agora? O que Peter diria se eu saísse e lhe telefonasse para dizer que isso era algo ridículo a acontecer aos belos jovens que eu e ele fomos?… Provavelmente Peter não diria nada, só desligaria.*

Pensei: *Provavelmente* todos *esses casos são colusões. Tenho de me lembrar, quando me fizerem essa pergunta, de dizer "Sim", porque ela é: "Esse adultério foi cometido* sem *o seu conhecimento e consentimento?"*

Eu me lembrei de ouvir alguém dizer numa festa que as únicas razões para o divórcio no estado de Nova York eram adultério ou perjúrio — em geral, perjúrio. Desejei que perjúrio fosse uma das poucas coisas que deixei de perceber.

Começou a audiência do primeiro caso. Tentei não escutar. Olhei em volta, me lembrei de que os tribunais de divórcio deveriam ser engraçados e tentei me divertir.

A sala era limpa, nua, com móveis de nogueira. A luz desolada do sol entrava... mas geralmente a luz solar de março era desolada, e vivi o suficiente para superar o sentimentalismo. Pelo menos, deveria ter superado.

(Eu o amava tanto, Peter. Bom, não amo mais ninguém *assim*.)

A testemunha que depunha disse: "e havia uma mulher na cama, e ela se cobriu com o cobertor".

(*Não dê ouvidos a isso*. Onde mais ela estaria? O lugar de todo corréu é na cama.)

Tentei me recompor. Observei o sol deslizar por todos os rostos feios. Pensei em como Cabell descreveria esse tribunal... Algo como: "a essa desolação vem o elevado romance e aquele alegre desafio, que, certa vez, aos vinte anos, ela lançou ao tempo, ao hábito, à pobreza e a todas as outras mulheres que amariam o belo rosto e a voz fria daquele homem, chega a este ponto".

(O nosso era para ser para todo o sempre, numa daquelas noites de verão em que nos sentávamos no telhado e nunca víamos as chaminés circundantes porque olhávamos a lua; e não nos importávamos com os ruídos da rua, porque, no apartamento em frente, um homem tocava Chopin... Mas isso foi séculos atrás... cinco anos... Culpa dele, minha culpa, agora não importa. Éramos ambos jovens demais, éramos ambos mimados. Agora não importa. Só o que resta do poder que tínhamos de empolgar um ao outro é a capacidade maravilhosa de fazer a cara do outro se contrair.)

Senti que não queria ver Peter nunca mais. Se nunca mais o visse, talvez, quando velha, só me lembraria de coisas como aquela música de Chopin.

No banco de testemunhas, alguém parou de falar.

O Sr. Henry disse:

— Lembrem-se de falar devagar, para que seja fácil para o magistrado ouvir.

As saias do conjunto preto de Helena farfalharam quando andei até o banco das testemunhas.

— A senhora jura solenemente… toda a verdade… e somente a verdade?

— Juro.

(Primeira mentira. O meu divórcio está me custando quatrocentos dólares e quatro mentiras. Fico satisfeita porque a minha voz está firme.)

— Quando a senhora se casou com o réu Peter…

— 27 de dezembro de 1921.

(Fugimos para casar… as nossas famílias nos achavam jovens demais, mas depois nos mandaram presentes de casamento. Nós nos casamos no dia do pagamento de Peter para termos dinheiro para comemorar. Ele ganhava trinta e cinco dólares por semana no *Telegram*. Fomos jantar no Mouquin's. O Mouquin's não existe mais.)

— Onde se casou?

— No Edifício Municipal desta cidade.

(O escrivão substituto estava num estrado vermelho entre duas palmas e disse: "Deus abençoe os dois, *PRÓXIMO*" num fôlego só. Eu levava as rosas cor-de-rosa que a faxineira do apartamento de Pete tinha me dado. Ela passou o vestido de organdi branco, que se amassou na minha mala na vinda de Boston, para que eu o usasse no casamento. Eu me pergunto o que aconteceu com aquela mulher. Ela fumava enquanto lavava o chão.)

— Adultério em 12 de janeiro de 1927?

— Sim.

(Segunda mentira. Não com aquela pobre mocinha mal lavada. Provavelmente, ela ficou contentíssima de receber os cinquenta dólares que Pete lhe pagou… e parecia horrivelmente assustada.)

— Sem seu conhecimento e consentimento?

— Sim.

(Terceira mentira. Eu e Peter passamos duas horas combinando tudo na semana anterior. Não teria demorado tanto se não brigássemos quase o tempo todo.)

— E a senhora não coabitou voluntariamente com o réu desde aquela data?

(Como a expressão formal soa suja… Peter veio me ver, muito bêbado, mais tarde naquela mesma noite. Disse que eu parecia muito perturbada. Pobre querido, ele mesmo parecia perturbado. Foi a única vez em anos que fomos amistosos… Esse é o máximo de final feliz que teremos.)

— Não solicita pensão?

(Ele não tem de pagar por se recusar a morar comigo.)

(O Sr. Henry me indica que saia do banco. Agora é a vez de Nora. Não tenho de escutar. Leva muito mais tempo do que se casar. Droga, vou chorar. Provavelmente isso agradará ao Sr. Henry... parece tão autêntico. Chorarei cinco minutos por Peter, porque o amei durante todos os cinco anos.)

Nora:

— Ele estava com um roupão de seda azul.

(Eu o comprei para ele pouco antes que me deixasse, quando tentava lhe provar que poderia ser mais boazinha com ele do que Hilda. Era um roupão de boa aparência e, sem dúvida, foi muito admirado. Nora parece o mais alegre possível. Provavelmente, este é o grande dia do seu ano. Ela contará tudo a todos os amigos do Harlem. Todos saberão que *esta* "dama" chorou. Eu me pergunto o que os outros entenderão.)

O Sr. Henry leu o depoimento de Dudley. Torci para Dudley estar se divertindo no Chile. Achei que provavelmente nunca mais o veria. Eu me lembrei de Peter, Dudley, a garota de Dudley e eu em festas de *bridge* e café da manhã nos domingos chuvosos. Jogávamos um *bridge* empolgante por um décimo de centavo o ponto, e eu me sentia adulta porque tomávamos coquetéis desde a hora do café da manhã.

Pensei que foi muita gentileza de Dudley ser minha testemunha.

— Estou bem, obrigada, Nora. Foi só um minuto.

O Sr. Henry jurou uma coisa ou outra.

Então, tudo acabou.

— Sinto muito que a senhora tenha se angustiado — disse o Sr. Henry.
— Em breve a sentença interlocutória lhe será enviada pelo correio.

Eu me perguntei se deveríamos emoldurá-la.

— A senhora receberá a sentença definitiva em noventa dias. Então será como se nunca tivesse se casado.

— Obrigada, Sr. Henry. — (Anexe à sentença um sortimento completo de jovens ilusões, confiança beatífica, falta divertida de bom senso e uma expressão inocente… e serei exatamente como se nunca tivesse me casado.)

Dei adeus a Nora.

Desci a escada, atravessei o saguão redondo e decidi que tinha tempo de passar em casa para tirar o conjunto preto de Helena antes de ir para o escritório.

— Táxi, para a área residencial.

XIV

Comprei um vestido de *chiffon* rosa e um chapéu transparente de abas largas para usar no casamento de Lucia, e fui buscá-la em casa para jantarmos.

Lucia estava sentada no chão, cercada de baús e sacolas fechados com correias, e uma mala meio feita, lendo. Ela ergueu os olhos e sorriu.

— Encontrei um lema para você, Pat... o lema perfeito para qualquer jovem divorciada. Escute:

"Vive, então, quem a vida quase

Curará da memória..."

— Quem escreveu?

— Kipling.

— Não acho que seja o lema perfeito... o "quase" estraga tudo. E por que ler poesia na véspera do seu casamento, de qualquer modo?

— O "quase" o torna exato... Arch me mandou isso (é *The Years Between*) quando foi à França. Estávamos noivos na época. Acredito que ele achou que morreria logo e heroicamente... e marcou esses dois versos no livro para servirem de consolo para mim se ele morresse. Quer o livro? Não vou levá-lo comigo para a casa de Sam.

— Obrigada... Onde você quer jantar?

— No Waldorf... se você não planejou outro lugar. Podemos pegar uma mesa junto às vitrines da Quinta Avenida e observar as pessoas passando. Sam quer trazer alguns parentes às dez horas, esta noite, e eu disse que podia. Você se importa, Pat? Eu tinha planejado reservar a noite inteira para você.

— Tudo bem. Kenneth deve aparecer mais tarde, de qualquer modo; está jantando com aquele amigo misterioso dele do *Times* — o homem que ele não quer que eu conheça — Noel Alguma Coisa. Você já deve ter ouvido Ken falar dele.

— Já. — Ela se levantou e começou a pentear o cabelo.

— Vou subir para me vestir, Lucia.

— Não, espere um instante. Quando Ken vai para a Califórnia?

— No início da semana que vem.

— Ele não vai voltar, Pat, você sabe.

— Até ele sabe. Mas, quando o tempo começou a esquentar, ele teve saudades súbitas de ver o Pacífico antes de morrer. Vou sentir falta dele. Terei um verão lúgubre sem ele nem você.

— Vou lhe mandar um cartão-postal de cada fiorde da Noruega, Pat... Diga uma coisa: você já se sentiu um pouquinho apaixonada por Ken?

— Na verdade, não.

— Isso é bom… Quis saber porque você tem saído com ele com muita frequência.

— Ele, Nat e Bill são os únicos homens que conheço que só querem de mim as horas em que estou acordada.

Lucia riu, e fui me vestir.

No Waldorf, quis lhe dizer que tinha adorado dividir o apartamento com ela e que gostava mais dela do que de qualquer outra mulher. Eu sempre soube disso, mas Lucia e eu não falávamos uma com a outra sobre coisas assim. Portanto, falamos dos lugares que Lucia e Sam visitariam e das coisas que eu queria que ela me trouxesse de Paris, e comemos tomate *en gelée*, lagosta e abacate — o tipo de refeição ridícula que as mulheres pedem quando jantam juntas. O crepúsculo quente do verão se aprofundou na avenida lá fora.

Lucia recomeçou a falar de Kenneth.

— É estranho não sentirmos pena dele. É muito óbvio que ele teve o seu quinhão de bons momentos.

— Mas não dá para dizer exatamente que teve uma vida feliz.

— Bom, quem tem? Você? Eu?

— Feliz, não, mas com certeza nada chata. De qualquer modo, percorremos um longo caminho, desde a meninice simples na Nova Inglaterra… vimos muito mais do que se tivéssemos desposado a estabilidade quando tínhamos dezessete anos.

— Eu lhe disse que você aceitaria o fato de ser ex-esposa, Pat.

— Só o aceito quando tenho um vestido novo, janto o tipo de comida que gosto ou danço com boa música. Vamos falar de outra coisa. Só o aceito quando não penso sobre o que sou ou deixo de ser.

— Pat — perguntou Lucia, — com que frequência você pensa em Pete hoje em dia? Pelo menos, parou de falar dele.

— Penso nele muitas vezes, quase o tempo todo em que não estou ocupada. Mas penso nele como alguém que conheci, não mais como uma pessoa importante para mim no presente. Não sei como ele está agora, na verdade. Judith deve saber disso muito melhor. Sei como ele era quando mais jovem… É um pouco como se estivesse morto…

— Bom, não tente arranjar uma ressurreição quando estiver entediada.

— Sem chance, Lucia. Até eu consigo aprender…

Tomamos café gelado e olhamos a avenida.

— Lá está Kenneth — disse Lucia.

Ele andava bem devagar com um homem que eu não conhecia.

Lucia bateu na vidraça com o anel. Ken nos viu, pareceu hesitar e acenou com os braços para indicar que se juntaria a nós.

Dali a um minuto, Kenneth e o outro homem entraram no restaurante. Enquanto atravessavam a sala em nossa direção, eu disse a Lucia:

— Ele não é atraente? — Eu falava do outro homem, não de Kenneth.

— Tudo bem, se você gosta de ruivos. Não gosto porque também sou.

Kenneth disse a Lucia algo que a fez parecer um híbrido entre futura noiva e anjo celeste e apresentou o homem. Era Noel, de quem fazia muito tempo que eu ouvia falar.

Lucia agradeceu a Ken pela cigarreira que ele lhe mandou e todos começaram a falar de casamento, Noruega, Califórnia e Black Hills. As Black Hills foram incluídas porque Noel ia passar o verão lá, numa reportagem sobre as férias de verão do Sr. Coolidge.

Em cinco minutos, Noel e eu começamos a conversar. Não me lembro de nada que conversamos; só me lembro de três coisas que ele disse, e eram trivialidades.

A primeira foi: "O casamento é como a guerra: uma experiência da qual nenhum homem aventuroso fugirá e que nenhum homem sensato repetirá".

A segunda foi: "Coolidge é a melhor demonstração viva de que, quando se guarda silêncio tempo suficiente, algo afortunado acontece".

A terceira foi: "Sua voz parece um violoncelo".

Essas não eram afirmações extraordinárias; apenas o tipo de coisa que os homens dizem. Não tinham nada a ver com nada que tivesse acontecido quando ele se sentou e começou a falar.

Quando ele se sentou e começou a falar, pensei comigo: *Foi por isso que empoei o rosto, comprei roupas bonitas e fiz calistenia todo o longo tempo desde que Peter deixou de me amar. Sempre acreditei, num cantinho da cabeça, que algum dia, em algum lugar, alguma coisa adorável ainda me aconteceria. É isso.*

Ele tinha cabelo e sobrancelhas vermelho-escuros. Tinha a voz quente e alegre. Tinha ombros largos e bonitos e um queixo forte com uma covinha incipiente. Nada disso importava.

Parecia achar as mulheres interessantes, mas não como se as mulheres fossem a meta principal da sua vida. Comecei a desejar que tivesse me comportado melhor nos últimos anos. Então me lembrei que ele ia para as Black Hills no dia seguinte e soube que era improvável que voltasse a vê-lo. Concluí que aquilo não aconteceria comigo se eu tivesse me comportado melhor.

Ele disse que conhecia Kenneth desde a guerra, e lhe perguntei se também foi da Vigésima Sexta Divisão; quando ele disse que sim, lhe perguntei se desfilou em Boston com a divisão na primavera de 1919.

— Desfilei — respondeu ele.

— Pois *eu assisti* àquele desfile — comentei. — Na primeira fila da grande arquibancada da avenida Commonwealth. Eu tinha dezessete anos.

Pensei: *Por que não o conheci naquela época?*

Ao que parece, ele entendeu as consequências.

— Eu montava um cavalo branco — disse para ajudar.

Então, rimos.

Lembrei por um minuto que estávamos sendo extremamente rudes com Kenneth e Lucia. Ela juntando as suas coisas e as luvas. Aparentemente, falavam sobre a Vida.

(De repente, a *Vida* voltou a ter um calor, uma sensação de importância e significado naquela noite.)

— É uma procissão deslumbrante para assistir numa cadeira decente à sombra — dizia Lucia. — Mas um desfile muito cansativo para quem está marchando.

— Mas casamento não significa aposentadoria, Lucia — respondeu Kenneth.

— Em certos casos, pode ser considerado um lugar muito vantajoso na arquibancada — disse Lucia, que sorriu e se levantou para ir embora. — Fique, Pat. Preciso me encontrar com Sam. Vejo você mais tarde.

Muito séria, ela disse a Noel:

— Patricia é uma garota muito adorável. Até logo.

Ela disse a Kenneth:

— Não voltarei a vê-lo, meu querido. Não, não me leve até a porta. Estou com vontade de andar até minha casa sozinha e contemplar... qualquer coisa que eu contemplar. Kenneth, foi muito bom conhecê-lo. Sempre que vir um retrato de qualquer um dos cavalarianos mais jovens, de aparência mais corajosa e temerária, eu me lembrarei de você. Adeus.

— Obrigado — respondeu ele. — Tenha uma vida feliz, Lucia.

Ela sorriu para nós e saiu sozinha, entre as filas de mesas, uma moça esguia e ruiva, de vestido amarelo florido. Pensei: *Lá vai minha amiga mais querida*. Pensei: *Na verdade, o que Lucia pensa?* Pensei: *Sentirei muita falta dela*.

E me virei de novo para Kenneth e Noel.

Noel e eu conversamos, e Kenneth escutou, divertido.

Dali a algum tempo, Kenneth disse alguma coisa sobre "se despedir deles", e percebi que Noel e Kenneth partiriam, *os dois*, para Chicago no dia seguinte.

Ficou claro que Kenneth decidira ir para a Califórnia uma semana antes do planejado para que eles fizessem essa parte da viagem juntos.

— Ah, querido — disse eu. — Esta é exatamente a minha noite para afastar as pessoas da minha vida para sempre — e percebi que era indelicado dizer isso a Kenneth; para compensar, me dediquei a ele enquanto saímos caminhando juntos rumo aos bairros.

Noel nos deixou na esquina da rua Quarenta e Três com a Quinta Avenida. Tinha de ir para o *Times*.

— Vai se despedir de Kenneth? — perguntou ele.

— Não posso — respondi. — Vou ao casamento de Lucia.

Kenneth esperou com educação.

— Posso lhe telefonar quando voltar a Nova York no outono?

(Pensei: *Nunca mais o verei; ele não se lembrará do meu nome.*)

— Claro, por favor. Meu número está na lista. Tenha um bom verão com o Sr. Coolidge.

Kenneth e eu andamos rumo aos bairros. Dali a dois ou três quarteirões, ele disse:

— Vamos ao Harlem. Eu gostaria de ver as luzes dançando no Small's. Ou você acha que a noite está quente demais?

— Não, vamos… será divertido.

Dançamos um pouco, nos sentamos e tomamos bebidas geladas. Não conversamos muito. Eu queria dizer algo que fizesse Kenneth se sentir feliz — mas há pouquíssimo a dizer a um rapaz que vai para a Califórnia morrer rapidamente do pulmão e de complicações.

Depois de um silêncio bastante longo, ele disse:

— Noel vai ligar para você quando voltar.

— Por que ele ligaria, Kenneth?

Ele me ignorou.

— Nunca quis que ele a conhecesse, Pat.

— Eu sei, Ken… mas não sei por quê.

— Porque você teve a sua grande catástrofe, e agora precisa de um pouco de tranquilidade.

— Ele fez eu me sentir com dezenove anos, como se nada tivesse me acontecido, mas como se todas as coisas maravilhosas fossem acontecer instantaneamente.

— Notei — disse Kenneth.

Tomamos um pouco dos nossos drinques. Então, Kenneth continuou falando.

— Ele é uma pessoa incrível. Sempre tive a impressão de que ele e você foram feitos para terminar as frases um do outro.

— Ora, então… por que não nos apresentou no ano passado?

Kenneth bebeu mais um pouco.

— Não precisa me contar se não quiser, Kenneth.

— Ah, ele mesmo lhe contará, mas a versão dele vai condená-lo demais. É melhor você ouvir a versão do espectador.

— Esqueça isso, Ken. Vamos falar de você.

— Não, obrigado. Mas tornarei a história de Noel a mais breve possível. Ela não vai diverti-la.

"Ele fez um daqueles casamentos pré-guerra antes de zarpar para a França. A mulher dele era uma coisinha loura e deliciosa, com tanto bom senso quanto um gatinho. Naturalmente, enquanto ele estava longe, ela se apaixonou por outro. Quando Noel voltou, ela quis o divórcio.

"Naturalmente, também, ele ficou meio perturbado. Eles discutiram a situação com muitos *highballs*. Ele foi levá-la para casa de carro. Chovia, e ele estava bem bêbado. Bateu numa árvore, talvez em um poste do telégrafo. Não me lembro."

— Ela morreu, Kenneth?

— Não. Todo o lado esquerdo do rosto dela foi esmagado, e ela perdeu a vista de um dos olhos. Acredito que use um tapa-olho nas raras ocasiões em que vem a Nova York. Era uma jovem muito bonita. Tinha vinte anos quando isso aconteceu. Dizem que hoje é uma megera e que seu principal interesse na vida é lembrar a Noel o que ele fez com ela.

Eu me senti um pouco enjoada.

— O que aconteceu com o homem que queria se casar com ela?

— Mudou de ideia assim que a viu no hospital. Ela ainda é casada com Noel. Mora no norte do estado com a irmã, e Noel a visita em fins de semana alternados; leva-lhe livros e outras coisas.

"Acredito que às vezes ela fica contente ao vê-lo e que, outras vezes, ralha com ele durante dois dias inteiros. Quando convalescia do acidente, ela implorou que ele prometesse não se divorciar... Ele tinha muitos motivos na época. E prometeu... Bom, Pat, isso explica por que eu não queria que você o conhecesse?

— Sim, acho que sim. Mas não estou caçando marido.

— Agora que você sabe, pode fazer o que quiser. Vamos dançar, Pat.

Dançamos como se fosse uma noite qualquer. Estávamos bastante alegres. Quando saímos do Small's, encontramos uma vitória que, desolada, perambulava pelo Harlem; a alugamos e fomos para casa a passo de tartaruga pelo Parque.

Kenneth falou alegremente da sua dançarina húngara, como falara em tantas outras noites. Então, disse:

— Sabe, Pat, você não deveria se aventurar na cama entre os pintores de retratos e os russos. Não é nada divertido, não é?

— Parei. Achei que seria divertido, mas sempre foi assustador... como procurar ouro e encontrar uma mina de carvão. O carvão tem a sua utilidade, mas, se não for o que queremos achar... O espetáculo todo, os beijos e o resto, já foi tão ligado à beleza e à doçuras das coisas...

— Para mim ainda é — disse Kenneth. — Sabe, Patricia, minha esposa foi a única mulher com quem dormi em toda a minha vida.

— Oh, Kenneth, querido... — exclamei.

— Pegue um cigarro, Pat — disse ele.

E passamos pela quente noite de verão.

À minha porta, ele disse:

— Não vou subir. Está muito tarde. E não tente pensar em nenhum discurso de despedida, filha. Finja que vou voltar em setembro e me deseje férias agradáveis.

Assim, lhe desejei férias agradáveis, apertamos as mãos e demos boa-noite um ao outro.

XV

Julho: a primeira onda de calor do verão mandou o gerente de publicidade da loja para o sanatório com um colapso nervoso. Herdei os problemas e a secretária dele. Todo dia, o dia todo, eu planejava páginas de anúncios de "Necessidades para as férias", "Acessórios para o fim de semana" e "Alívio para dias quentes". Então, ia para casa nadar com Helena na piscina do Shelton e jantar com ela, discutindo languidamente a *art moderne*. Ou então passeava de carro em Long Island com Nathaniel na busca desesperançada de frescor e discutia languidamente, com lagosta e Sauternes, a saúde cada vez pior do seu pai. Às vezes, ia com Bill a um jardim relativamente fresco num terraço e discutia bebidas e mulheres, de safra recente ou de outras *vintages*.

Recebi uma carta de Lucia:

"Querida Pat,

"Estou feliz, resignada ou contente. Engordei dois quilos e meio. Sam é o homem mais atencioso que já conheci. Paris está quente, mas empolgante. Em breve me tornarei uma daquelas mulheres que, com múltiplos queixos, proferem "meu marido, meu marido, meu marido" com voz extremosa a intervalos de cinco minutos, como pontuação de todas as conversas.

"Planejo lhe procurar um banqueiro e convencê-la de que a substância é mais satisfatória do que a sombra. (Até a sombra dos banqueiros é substancial.) Enquanto isso, achei para você um *néglígé* dourado e prateado divino. Vai fazer você se arrepender de ter adotado o celibato. Será que adotou mesmo? O belo e ruivo Noel realmente partiu poucas horas depois do surgimento? Como você e Helena estão se dando?

"Embora a estrada seja longa, chegamos à respeitabilidade no final, minha filha. Agora possuo uma estola de zibelina.

"Com amor..."

Agosto: o apartamento de baixo recendia às tintas e óleos de Helena, em vez do perfume e dos sais de banho de Lucia. À noite, ao chegar em casa, eu observava Helena decorar máscaras incrivelmente realistas, em vez de observar Lucia decorar o seu próprio belo rosto.

Recebi uma carta e um pacote de Kenneth. Abri a carta primeiro:

"Patricia, minha querida...

Dei instruções para que lhe enviassem esta. Quando a ler, terei descoberto onde guardam as dançarinas húngaras no paraíso. (Caso contrário, planejo me jogar imediatamente do balcão dourado do céu.)

Se gostava de mim, Patricia, como às vezes, presumidamente, pensei que gostava, em minha memória não tome mais absinto, em nenhum dia da sua vida vertiginosa. Você se incomoda?

"Posso ou não ter presenteado você com alguma coisa ao lançar Noel nessa vida. Quer ele se torne um presente, quer não, estou lhe mandando outro: uma fieira de contas de âmbar para aquecer o pescoço de uma moça que conseguiu aquecer o meu coração.

"Até nos reencontrarmos, querida — (essa era uma canção da guerra, ou você era jovem demais para se lembrar?)...

"Afetuosamente..."

Setembro: parece que o calor durou de forma imemoriável.

Usei as contas douradas de âmbar de Kenneth com vestidos de verão que, em uma hora de uso, murchavam como rosas de quatro dias. Helena levou as suas pinturas para o litoral da Nova Escócia. Senti falta dos seus comentários frios sobre as pessoas que passavam.

Recebi uma carta de Peter. Por um minuto, quando a encontrei na caixa do correio, o meu coração bateu mais rápido do que de costume. Tomei banho, vesti um *néglígé* fresco e fiz um chá gelado; então, quando me senti muito calma, abri a carta.

"Minha ex já há algum tempo legalmente separada,

"Você se arriscaria a jantar comigo mais uma vez? Positivamente, última aparição — turnê de despedida genuína e coisa e tal. Tenho algo a lhe contar que prefiro lhe contar, em vez de você ouvir dizer de quarta mão num bar clandestino.

"Que tal me telefonar no escritório? Seria agradável vê-la, Patricia."

Dois dias depois, telefonei e combinei jantar com ele no domingo. Até lá, não especulei sobre a "notícia".

O domingo foi o primeiro dia fresco em semanas.

Eu me vesti com cuidado em nome dos anos em que a opinião de Peter sobre a minha aparência parecia importante. Usei um vestido com botões de rosa em tom rosa-vivo estampados num fundo azul-escuro, um chapéu de veludo azul-escuro e a minha amada raposa prateada.

Nós nos encontramos no Brevoort; decidimos não jantar lá e fomos ao Giacomo's, porque era um restaurante com jardim. Peter estava com boa aparência; parecia um pouco mais velho, pesava um pouco mais.

A caminho do jantar, falamos sobre o calor do verão.

Eu me perguntei em que ele pensava e refleti: *Não é verdade que, com o tempo, as pessoas "superam" quase tudo. Com o tempo, as pessoas sobrevivem a quase tudo. Há uma distinção.*

Enquanto tomávamos martínis, eu lhe disse:

— Sobrevivi a você, Peter. Nunca pensei que conseguiria. É surpreendente, não é?

— Parece que nada lhe aconteceu na vida — respondeu ele.

— Não foi muita coisa. Nunca atravessei o canal a nado, não tive gêmeos, não escrevi uma peça nem assassinei um rival. Só tenho vivido tranquilamente, ano após ano, com uísque e beijos.

Achei que seria engraçado — era o melhor que eu conseguiria de improviso. Mas o rosto dele continuou sério; assim, tentei de novo.

— Conte a grande notícia — disse eu. — Você finalmente encontrou o amor, fizeram de você um especialista em aviação ou arranjou um novo contrabandista que só vende material genuíno anterior à guerra?

Pensei: *Olhar Peter doía de tanto que eu o amava. Agora, olhá-lo dói porque nada em mim se agita mais. Ele é apenas um rapaz bonito com quem estou jantando. Gostaria de saber como ele é de verdade.*

— A coisa mais terrível em você é parecer tão virginal — disse ele. — Você não muda.

— Os homens acham que a mulher só é como era até o rosto dela começar a cair, Peter. Julgam pelo contorno, não pelo caráter. Tenho vinte e seis… tinha vinte ou dezenove quando nos conhecemos?

— Dezenove.

— Dizem que cada pedacinho do corpo da pessoa muda em sete anos... Diga, você se divertiu muito em Boston?

Ele fora enviado pelo jornal para acompanhar os últimos dias de Sacco e Vanzetti, recentemente eletrocutados. Durante o jantar, discutimos Sacco e Vanzetti casualmente, como desconhecidos que se encontram pela primeira vez discutiriam a manchete da primeira página.

Quando chegamos ao café e ao licor, Peter disse:

— Venha ao meu jardim dos fundos conversar comigo. Lá é mais agradável do que aqui.

— Não quero muito ver Judith — disse eu.

— Ah, ela se mudou para o norte da cidade. Encontramos um lugar interessante perto do East River. Vou para lá quando eu e Judith nos casarmos na semana que vem... Era essa a notícia que eu queria lhe dar.

Passei pó no rosto, endireitei o chapéu e calcei as luvas.

— Espero que sejam muito felizes, Peter.

Algum remanescente absurdo da crença em milagres se enroscou e morreu dentro de mim, quase sem dor.

— Você precisa ser tão terrivelmente formal, Patricia?

Respondi com toda a seriedade.

— Sim, Peter, preciso ser formal. Não conheço você muito bem hoje em dia e nunca conheci bem Judith.

— Você ainda me conhece o suficiente para visitar o meu jardim e tomar um Tom Collins comigo?

— Acho que o conheço o suficiente para isso.

Caminhamos pela Washington Square e subimos a Quinta Avenida, devagar, sem falar, como caminharíamos com outras pessoas quando envelhecêssemos.

O jardim tinha um chafariz minúsculo que tilintava agradavelmente, cadeiras de lona pintada e uma daquelas árvores de espécie indeterminada que deveriam se chamar "Árvore de Quintal de Nova York". Olhei a lua que brilhava pelos galhos tortos enquanto Peter ia preparar os Tom Collins e tentei não pensar em nada.

Quando Peter voltou, perguntei:

— Por que vai se casar com Judith?

Eu não queria saber por que ele ia se casar com Judith, mas isso serviria para começar a conversa, como qualquer outro assunto.

— Ah, ela é uma garota agradável e gosto dela. Mas não quero falar disso. Achei que poderíamos passar a noite falando de mim e de você.

Senti que não suportaria conversar com Peter sobre mim e ele. Os sentimentos, as esperanças e até as opiniões sobre Peter tinham saído de mim muito devagar, muitíssimo devagar, durante meses e anos. Eu não os queria de volta. Não queria mais me magoar.

— Acho que não há muito a dizer sobre mim e você, Peter. Rotule-nos apenas como um casal das pequenas tragédias da Lei Seca ou exemplos do declínio da Geração Mais Jovem, e fiquemos por aí.

— Não pretendo fazer uma análise prolongada de quem é culpado do quê. Mas há coisas que eu gostaria de lhe dizer.

Ele começou a andar de um lado para o outro sob a Árvore de Quintal. Quando voltou a falar, a voz estava tensa.

— Patricia, amei muito você e a tratei pessimamente.

— Não mais do que eu o tratei, talvez, Peter.

— Não me lembro muito bem dos motivos — disse ele. — Éramos jovens, nos amávamos e "queríamos ser livres". Não faz muito sentido.

— Eu mesma nunca consegui extrair disso nenhuma Grande Lição de Moral, Pete.

— Serei para Judith um marido muito melhor do que fui para você, Patricia.

— Não duvido. Mas espera que eu tire disso algum grande consolo? Ainda não tenho idade suficiente para ser altruísta. Pode me dar outra bebida?

Ele encheu o meu copo e o dele.

Quis voltar para casa. Com Peter, eu me sentia velha.

— Na verdade, as pessoas não têm uma segunda chance uma com a outra — disse ele. — Se eu fosse idiota a ponto de pedir que você se casasse comigo outra vez, e você fosse idiota a ponto de concordar, eu a estrangularia em três meses, no máximo. Sempre que voltasse para casa e encontrasse você servindo chá a algum homem, partiria do princípio que você passou a tarde na cama com ele.

— Eu sei. Nunca veria você pegar um livro sem esperar que o jogasse na minha cabeça. Suponho que seja engraçado.

— Suponho que sim... Mas, Patricia, você se lembra...

— Peter, pare. Provavelmente me lembro do que você vai perguntar, mas não *quero* me lembrar. Gostaria que você começasse a ficar desagradável. Seria mais fácil para mim.

Ele riu.

— Querida, sei exatamente como se sente. Se você batesse os pés neste momento e me amaldiçoasse com sotaque nova-iorquino, eu conseguiria observá-la sair da minha vida e ficaria contente ao vê-la sumir. Mas você fica aí sentada, adorável... É curioso como é angustiante ser apenas petulante. Se eu dissesse, com voz entrecortada, "adeus para sempre, meu querido e jovem amor", me sentiria um imbecil. Mas quero lhe dizer algo bonito.

Ambos rimos — e Peter atravessou o jardim, pôs a cabeça nos meus joelhos e os abraçou.

— Patricia, estou contente por ter me casado com você quando jovem. Eu não perderia isso por nada.

— Peter, meu querido — disse eu, — maldito seja por me fazer chorar. Também estou contente por ter me casado com você quando jovem. E sinto muito por todas as coisas estúpidas que fiz e que o magoaram.

As lágrimas escorreram pelo meu rosto e pingaram, absurdamente, na sua nuca. Ele me deu um lenço, um cigarro e me perguntou se queria outro drinque.

— Não. Acho que quero ir para casa, Peter. Sozinha.

— Tudo bem. Você acreditaria que não estou tentando ser desagradável se lhe disser que espero nunca voltar a vê-la?

Isso eu conseguia entender. Disse:

— Você gostará muito de mim se nunca mais me vir por cinco minutos.

— É isso... Você me beijaria com indiferença, Patricia, antes de ir?

Eu o beijei com indiferença. Ele baixou a cabeça e encostou a bochecha na minha suavemente. Era um gesto dele que já tinha sido familiar. Doeu. Mais do que quisera em anos, quis achar palavras para dizer a Peter como o tinha amado e como me sentia triste por não mais amá-lo agora.

Ele me beijou as pálpebras, a boca e o pescoço. Acendeu um cigarro e andou uma vez de um lado a outro do jardim. Então, disse:

— Patricia, você passaria a noite comigo?

Eu queria muito querer ficar. Queria sentir por uma hora que amava Peter. Eu não conseguia sentir nada. E disse:

— Seria só fingimento, e provavelmente eu choraria, porque não é mais real. Isso o deixaria irritado.

— Sim, e acho que eu a trataria da forma mais absurda pela manhã. Não conseguiria impedir.

— Eu sei. É melhor arranjar um táxi para mim, Peter. Vou para casa.

Ele saiu para chamar um táxi. Quando voltou, disse:

— Pelo amor de Deus, pense em algo irreverente para o discurso de separação. Já pensei no meu.

Empoei o rosto ao luar.

— Tudo bem. Diga o seu primeiro, Peter.

— Deixei você. Agora, você me deixa. Portanto, você vence a última batalha.

— Não é muito engraçado, Peter.

— Provavelmente, não.

Saímos do jardim e cruzamos o apartamento às escuras até a porta da rua. Antes de abrir, ele perguntou:

— Qual é a sua última fala?

— Agora, Senhor, despedes em paz o teu servo — disse eu.

— Não é melhor do que a minha — comentou ele.

— Eu sei. Mas é o melhor que consigo, Pete.

O táxi aguardava lá fora. Ele deu meu endereço ao motorista.

— Bom, Patricia — disse ele, — obrigado por jantar comigo.

— Foi um prazer — respondi.

No dia seguinte, Helena voltou do Canadá, e eu e ela fomos juntas comprar roupas de outono. O gerente de publicidadese recuperou do colapso e tirei férias.

Na primeira noite depois de retornar a Nova York, eu estava sentada sozinha, lendo o acúmulo de cartas de Lucia, quando o telefone tocou. Uma voz disse:

— Quando saí de Black Hills, tive de me apresentar à sucursal de Washington. Faz vinte minutos que cheguei a Nova York. É tarde demais para convidar você para dançar? Passei a viagem toda, desde Washington, discutindo os republicanos que querem concorrer contra Smith no ano que vem, e estou com vontade de ouvir música.

— Alô, Noel — respondi. — Claro que vou dançar. A que horas você vem?

— Daqui a meia hora — disse ele.

XVI

Aquela conversa telefônica com Noel foi em setembro de 1927.

Numa tarde de novembro de 1928, eu estava com ele, tomando chá com bolinhos diante da sua lareira.

Os republicanos indicaram Hoover contra Al Smith, e os americanos à moda antiga que se incomodaram com a possibilidade de Al convidar o Papa para o café da manhã dominical na Casa Branca voltaram a dormir à noite.

Quando terminamos o chá, Noel vestiu o sobretudo e disse:

— Volto em cerca de duas horas. Preciso dar um "adeuzinho" rápido a duas ou três pessoas. Depois, jantaremos onde você quiser.

— Já terminou de fazer as malas, não é? — perguntei.

— Já. Quando levar os documentos na minha mesa para o meu cofre no banco, não se esqueça de levar também a caixa de metal que está na estante. Ela contém todas as suas cartas. Quando voltar, precisarei delas para consolar os meus anos de declínio.

Sorrimos um para o outro.

— Você se importa se eu puser as suas cartas para mim no mesmo cofre, querido? — perguntei. — É o mais perto possível de dividirmos o mesmo túmulo.

— Não, Patricia — disse ele, que não falava das cartas.

— Desculpe, Noel. Tudo bem. Afinal de contas, tivemos muito mais do que a maioria sonha em ter.

— Fique junto à lareira até eu voltar, Pat, e olhe as suas cartas. Elas não a angustiarão.

(Querido Noel… ele sabia que as cartas me recordariam as noites alegres que tivemos juntos, e isso era o melhor que ele podia fazer por mim naquele momento.)

Ele reconsiderou pouco antes de sair.

— Não sei — disse ele. — Talvez fosse melhor você ler o *Mercury*.

— Não — respondi. — Quero descobrir se consegui lhe escrever que você era a pessoa mais incrível do mundo.

Ele foi dizer "adeuzinho" às pessoas, e preparei um novo chá para mim. Antes de olhar as minhas cartas a Noel, subi e peguei as dele na gaveta da penteadeira. Noel e eu tínhamos apartamentos na mesma casa havia quase um ano.

A minha sugestão de guardar as cartas dele com as minhas foi feita por impulso, mas achei que era bastante sensata. Não queria destruir as cartas dele nem guardá-las para ler e reler quando me sentisse solitária, e, possivelmente, descobrir a cada leitura o sumiço de um pouco de afeto.

Eu tinha vinte e sete anos. Mais de mil dias movimentados intervinham entre mim e aquela mulher mais nova que acreditava que não conseguiria viver sem Peter. Agora, quando raramente me lembrava do Peter que conheci, pensava nele com bondade, como alguém com quem dividi uma dolorosa pós-adolescência, alguém que, sem dúvida, estava tão desnorteado quanto eu a respeito de quase tudo. Ele e eu fomos casados, tivemos um filho e nos separamos antes que qualquer um de nós crescesse.

Vivi para descobrir que, depois do Primeiro Amor, é possível amar de novo — tanto ou mais, pois se sabe mais. Acreditei que amaria Noel para sempre, talvez. Mas também sabia que podia viver sem Noel e que, quando o Tempo me mudasse, talvez eu nem sentisse saudades dele com frequência nem com muita intensidade.

Abri a caixa que guardava as minhas cartas a ele. Eram muitas, pois lhe escrevi diariamente sempre que fazia reportagens fora da cidade.

Ele guardava todas as cartas bem arrumadas, na ordem em que as escrevi — e achei isso infinitamente tocante, porque Noel era o tipo de homem que precisava vasculhar quatro gavetas para encontrar abotoadeiras, lenços, uma caneta-tinteiro ou os botões de colarinho.

A primeira carta era para o endereço dele em Nova York.

> "Querido Noel,
>
> "Eu me lembro de lhe dizer, algumas semanas atrás, que nunca fiquei com o mesmo homem duas vezes nos anos decorridos desde Peter porque nunca gostei de nenhum deles depois de ficar com eles. Portanto, aqui afirmo especificamente que, esta manhã no café, gostei de você vinte vezes mais do que ontem à noite no jantar."

Escrevi essa carta dois meses depois da noite de setembro passado em que Noel telefonou. Naqueles dois meses, concluí que o cabelo dele era do tom de bronze polido (e me queixei que ele o cortava curto demais… mas nunca, até o último dia em que o vi, ele o usou mais comprido). Concluí que amava a sua voz, o seu sorriso, o formato das sobrancelhas (que combinavam exatamente com o cabelo), as coisas que ele dizia, o jeito como ria e o fato de que acreditava em fazer exercícios.

Eu sabia que ele era brilhante. Ouvi um relato sobre ele: vários editores da cidade jantaram juntos e fizeram listas separadas dos cinco melhores jornalistas de Nova York; o nome dele foi o único citado em todas. Mas conheci muitíssima gente considerada brilhante. Gostava mais de Noel porque, de modo muito óbvio, ele era são, estável e bem equilibrado. Isso me dava uma sensação de grande firmeza por estar com ele.

E encontrei alguém com quem podia falar, depois de anos em que apenas joguei conversa fora.

Eu o via quase toda noite e não via mais ninguém, com exceção de Nathaniel e Bill. Eu os conhecia bem o bastante para dizer: “Posso jantar, mas preciso estar em casa às quinze para as dez. Tudo bem?”

Noel trabalhava num matutino e saía do jornal às dez ou onze da noite. Andávamos, dançávamos, jantávamos. Falávamos de política, desarmamento, a Guerra (ele tinha uma condecoração de combate, mas não me disse isso, foi outra pessoa que me contou), jornais, publicidade, livros, óperas. Falávamos da infância dele, da minha, de pessoas que ele conheceu, de pessoas que eu conheci. Lançamos um ao outro o padrão das nossas vidas.

No começo, tive medo de que alguém lhe dissesse que eu era promíscua. Achei que ele não gostaria mais de mim. Eu tinha certeza de que o amava depois de vê-lo três vezes, mas não via razão para que ele me amasse. Eu era apenas uma mulher cujo próprio marido achou impossível. Com os outros homens, não me sentia tão humilde, mas era porque não me importava se eles me amavam ou não.

Decidi contar eu mesma a Noel. Se o conhecimento de que fui promíscua o fizesse parar de me ver, doeria menos imediatamente do que mais tarde. Assim, numa noite de outubro, quando caminhávamos pcla baixa Quinta Avenida, eu disse de repente:

— Olhe, não tenha nenhuma ilusão sobre mim. Dormi com mais homens do que consigo me lembrar.

Era um exagero, mas eu tinha de exagerar para não minimizar.

Ele não pareceu enojado, chocado nem surpreso. Só disse:

— Que interessante. O que estava fazendo? Tentava usar o sexo como anestésico para outra coisa? Em geral, não dá muito certo.

— Você não precisa ser educado — respondi. — Se acha que sou uma pessoa horrível, pode dizer.

— Minha querida bobinha… Acho que você é a pessoa mais agradável que já conheci. O que lhe aconteceu a deixou segura, tolerante e compreensiva, e quem a conhece deveria se sentir agradecido pelo que produziu esse resultado.

— Oh — disse eu. — Você está falando sério? Não está só com pena de mim?

— Meu Deus, não! Falo sério.

Algo em mim que, de vez em quando, doía horrivelmente por muito, muito tempo parou de doer para sempre.

Passei o braço pelo dele.

— Fico contente de não se importar, mas, de qualquer modo, parei.

Ele riu de mim. Era tão amistoso que ri também.

— Deve haver milhares de homens desapontadíssimos em Nova York, Pat. Você não se importa de ser mal falada a esse respeito, não é?... Juro nunca lhe pedir que fique comigo, se puder evitar. — O tom da voz dele mudou. — Por várias razões, não fico com mulheres com quem provavelmente me importaria. Parece meio injusto.

Ele nunca tinha se referido ao seu casamento.

— Sei do seu casamento, Noel — disse eu. — Kenneth me contou.

— Ah — disse ele.

— Noel, vamos passar no Childs e tomar café com bolinhos amanteigados. Estou com fome.

Depois, também falamos de nossos casamentos, como uma das coisas que nos aconteceram.

Noel passou mais um mês sem me beijar. Certa vez, nesse intervalo, ele me abraçou quando atravessávamos o Madison Square Park, porque eu disse que, se pudesse escolher entre ficar com Gene Tunney ou Jack Dempsey, escolheria Dempsey com alegria.

Então, numa noite em que falamos horas e horas diante da sua lareira, eu disse com relutância que achava que eram cinco da manhã, ou coisa parecida, e que era melhor ele pegar o meu casaco. Ele foi buscá-lo instantaneamente e o segurou para que eu o vestisse. Então, de repente, pôs os dois braços nos meus ombros; me virei, pus os braços no pescoço dele e ergui o rosto para ser beijada.

Naquele instante, eu soube que deveria ficar e me senti contente.

Pouquíssimo tempo depois, o mandaram a Boston cobrir o inquérito naval de um desastre de submarino. Eu me senti semiviva enquanto ele estava lá, mas usei o lazer para resolver o primeiro problema do nosso relacionamento: como dormir. Eu trabalhava das nove da manhã às cinco da tarde; e Noel trabalhava das duas da tarde até cerca das onze na maioria das noites, e então perambulávamos pela cidade até as quatro ou cinco da manhã.

Assim, arranjei um novo emprego de gerente de publicidade numa loja especializada onde ninguém se importava que eu só chegasse depois do meio-dia, desde que trabalhasse até as sete ou oito da noite.

Na semana em que fiquei no antigo emprego depois de pedir demissão, a mocinha de olhos grandes que fora uma redatora ambiciosa até decidir se casar veio me procurar. Estava maltrapilha e atormentada. Parecia que o marido não recebera os aumentos de salário com que eles contavam com tanta confiança, e ela o convenceu a deixá-la voltar a trabalhar.

Ela queria saber se eu ouvira falar de alguma vaga em algum lugar. Assim, herdou o meu emprego, como eu previra havia muito tempo.

O novo emprego pagava bem menos, mas eu planejava compensar com mais serviços como autônoma — eu teria tempo para tomar café da manhã com Noel, o que era mais importante.

Noel me escreveu uma carta de Boston — a primeira que recebi dele.

(Peguei as cartas dele para encontrá-la. Foi escrita a lápis numa série de folhas especiais da Western Union para correspondentes de jornais.) Começava assim:

> "O almirante da frota de combate está muito ereto na cadeira central no outro lado da mesa comprida e escuta com o rosto sombrio, comprido, cansado, pensativo. O contra-almirante lê uma mensagem atrás da outra de um maço imenso que representa as ordens de mobilização da força de resgate da marinha depois que o submarino afundou.

"Até agora, parece que essas ordens só mobilizaram navios, equipamento e tripulações, mas não informações. Consegui entender que alguns homens projetam máquinas e muitíssimos as usam — e tudo parece muito inteligente, até que ocorre um acidente. Então, o usuário fica indefeso na máquina e aguarda alguém que a entenda, como um banqueiro que deixou cair o seu relógio suíço.

"O contra-almirante continua lendo... E me ocorre que seria muito bom que Patricia conseguisse vir a Boston para passar o fim de semana."

É claro que consegui.

Noel só voltou a sair de Nova York na primavera, com exceção das visitas quinzenais à esposa.

Numa longa conversa sobre fidelidade mútua — conversa que fui burra a ponto de iniciar —, ele contou que, nessas visitas, ficava com a esposa. Então, ele disse:

— Não sei, Patricia, se ela me odeia — não poderia condená-la, se odiasse — ou se gosta de mim, como alguém que cumpre pena de prisão perpétua poderia gostar do carcereiro. Ela odeia sair por causa da desfiguração e não vê ninguém além da irmã e da criada, mês após mês. Às vezes faz cenas quando ouve dizer que estive perto de alguma mulher específica. Em geral, a irmã dela acaba descobrindo.

— Deve ser difícil, Noel — comentei. — Mas compreendo. Foi bondade sua me contar.

Eu realmente compreendia, mas isso não me consolava muito. Eu estava mais velha do que antes. Percebia que houve mulheres antes de mim na vida dele. Podia entender até que, algum dia que esperava que fosse distante, haveria mulheres depois de mim. Mas desejei que o tivesse só para mim por algum tempo.

Às vezes, eu pensava na mulher dele — como um personagem meio fantástico, inteiramente trágico, suspenso nos arredores da vida de Noel. Quando sabia que estava especialmente bonita e me sentia muito festiva, tinha pena dela, porque Ken disse que ela foi muito bonita. Com menos frequência, quando queria muito me casar com Noel, ter um bebê ruivo e esquecer tudo o que aconteceu na minha vida antes de conhecê-lo, me ressentia dela.

Nas noites em que sabia que Noel estava com ela, andava de um lado para o outro e me dizia para ser civilizada, me dizia que ele trazia para o presente as responsabilidades do passado — me dizia que era muito melhor ter o que um homem de primeira linha poderia me dar do que possuir inteiramente um homem de segunda linha. Acreditava em tudo isso, mas não conseguia dormir nas noites em que ele estava com ela. Finalmente, todo sábado em que ele a visitava, eu comprava para mim um livro longo e o lia até de manhã. Então, dormia aos domingos.

Ou, em alguns desses fins de semana, visitava Lucia, que tinha voltado da Europa e achava agradável o luxo suburbano. (Acontece que era luxo de Westchester, não de Long Island.) Lucia tinha encontrado Noel outra vez. Tudo o que ela me disse foi:

— Não é sensato da sua parte, querida, mas, se a deixa feliz, por que não? Você parece mais jovem do que nos últimos anos.

Havia um apartamento vago no andar de cima da casa onde Noel morava. Certa vez, quando tive de passar em casa porque não podia chegar ao escritório pela manhã com um vestido de noite, ele disse que gostaria que eu morasse no andar de cima. Respondi que podia me mudar. A partir desse início, nos envolvemos num longo debate sobre conveniências. Noel insistia que ainda seria muito inconveniente para uma mulher se comprometer com um homem que não poderia se casar com ela.

Não dei a mínima importância ao nível desse meu "compromisso". É claro que gostaria de me casar com ele; queria *status*, estabilidade e um bebê. Mas, pelo menos, tinha felicidade cotidiana. Isso era muitíssimo mais do que esperava voltar a encontrar, e consegui ser filosófica (na maior parte do tempo) a respeito da falta de *status*.

Alguns dias depois de Noel dizer que gostaria que eu morasse no mesmo prédio que ele, almocei com a moça que foi uma redatora ambiciosa quando eu era subgerente de publicidade — a moça que agora ocupava o meu antigo emprego. Ela estava completamente desolada.

— Vou largar o meu marido — disse ela. — Brigamos todo dia porque ganho mais. Ele diz que isso prova o materialismo dos Estados Unidos. E às vezes diz que não entendo o seu caráter. — Ela derramou algumas lágrimas discretas. — Agora ele passa cinco noites por semana com uma garota que deve entendê-lo melhor. Então achei que, se o deixasse por algum tempo, ele ficaria contente de me receber de volta.

— Talvez — respondi. — Onde você vai morar?

— Não sei. Achei que você talvez soubesse de alguma garota com quem eu pudesse dividir apartamento. Os meus móveis estão no depósito; moramos em hotéis desde que voltei a trabalhar.

Então levei a moça para conhecer Helena, que se comoveu com a sua atitude de gatinho indefeso, como achei que se comoveria. Dali a uma semana, a menina se mudou para o apartamento que Lucia dividiu comigo e eu, com Helena.

— Bom, Pat — disse Helena, — gostei de morar com você. Pelo amor de Deus, venha me visitar com frequência; e, se algo der errado com o seu Grande Amor, volte. Enquanto isso, vou ensinar os caminhos da cidade ao bebê de olhos azuis que você me confiou.

Num sábado em que Noel estava fora da cidade, me mudei para o prédio dele. Quando voltou, ele ralhou comigo por ser tão temerária, mas ficou tão contente que não conseguia parar de sorrir enquanto ralhava.

Na primavera, ele foi a Albany assistir ao julgamento de uma política acusada de mau uso de recursos públicos. Passava os fins de semana em Nova York, e comecei a minha carreira de escritora de cartas diárias.

Tirei da caixa as cartas que lhe escrevi em Albany e as examinei.

"Queridíssimo...

"Ficarei tão contente ao vê-lo quando você voltar que não conseguirei falar, não conseguirei ser nem um pouco tagarela, pelo menos por cinco minutos.

"Vejo em todos os vespertinos que o caso da sua política deve ir a júri amanhã, mas acredito que o júri deliberará por noventa e oito horas; então, discordarão, todos menos um a favor da condenação. O único jurado defenderá a absolvição porque a ré se parece com a sua mãe, que era uma boa mulher à moda antiga que não sabia ler nem escrever... nem administrar recursos. Então o caso será novamente julgado; isso vai demorar até a época das eleições; a ré será condenada no Natal. Até lá, as pessoas apontarão você como o mais antigo morador de Albany. A ré vai recorrer; haverá longas discussões; o caso voltará a julgamento. Nisso, você estará ficando grisalho; e eu, sedada. Depois de mais quinze anos, a ré morrerá, e as feministas farão milagres com cheques pré-datados sobre o seu túmulo. Haverá uma lenda sobre você também, que a seguiu fielmente durante quarenta anos; estarei morta já há muito tempo de tanto esperar um telegrama avisando que você está voltando para casa..."

Depois de um fim de semana:

"Mais amado de todos...

"Fiquei tão feliz ao descer a rua hoje de manhã depois de dois dias inteiros sem você que, quando passei por dois motoristas de caminhão, um deles disse ao outro: 'Vixe, olhe o *sorriso* daquela garota'. E não tive a elegância de ficar com vergonha.

"Se você for permanentemente ressuscitado de Albany até o fim de semana, ficarei absolutamente alegre e terei de ser impedida de cantar em bares clandestinos ou de me comportar de maneira indigna.

"Noel, sou indigna? Ah, querido, por favor, sou indigna, sempre, de vez em quando ou nunca? Por favor, por favor, meu amado, você me ensina a ser digna? A vida inteira quis ser digna. Mas nunca pensei nisso até cinco minutos atrás."

Ele foi mandado para o Wisconsin em junho para cobrir o presidente Coolidge na Casa Branca de verão, e me despedi dele na estação Pensilvânia, e me comportei bastante bem até ele partir, e aí chorei tanto no táxi a caminho de casa que o motorista me disse quando paguei a corrida:

— Escute, garota, não sei o que é, mas, seja o que for, não fique assim, garota.

Depois de três semanas nos correspondendo entre Nova York e Superior, no Wisconsin, por telégrafo e telefone, decidimos que não dava para suportar; tirei uma licença e fui passar um mês com Noel, morando em Duluth, a trinta quilômetros, e perambulando pelas ruas centrais, contente, o dia todo, enquanto ele estava ocupado.

Parece que, na noite em que parti de Wisconsin para Nova York, Noel se sentou e escreveu à esposa para perguntar se ela não seria igualmente feliz caso se divorciasse dele. Mas a esposa não queria o divórcio, e mandou a irmã a Nova York indagar entre conhecidos mútuos dela e de Noel a razão para ele pedir a liberdade.

A irmã descobriu todos os fatos que havia a descobrir sobre mim e Noel. A culpa de esses fatos serem tão facilmente acessíveis era muito mais minha do que dele. A esposa de Noel não disse na época que sabia da minha existência. Só lhe escreveu que não suportava a ideia de se divorciar.

Quando voltei de Duluth, escrevi a Noel:

> "Considere que pus os dois braços no seu pescoço e, alegremente, a cabeça contra o seu ombro e disse que acredito que a recordação das luzes do lago Superior brilhará com felicidade no meu coração por toda a minha vida."

E, quando fiz um esforço para escrever uma carta alegre:

> "Pensei numa CARREIRA. Planejo abrir um bar clandestino para mulheres de negócios cansadas, onde possam ir sozinhas e ter jantares líquidos sem serem mal vistas por beberem sozinhas... Seja meu sócio, meu querido."

Certa vez, passei três dias seguidos sem notícias dele. Então, telegrafei: "Como está?" Mais tarde, ele explicou que não havia palavras para descrever como se sentia terrivelmente desconfortável, e por isso passou um dia sem responder ao telegrama.

Nisso, eu tinha concluído que ele não me amava mais. No fim do dia — foi um dia quente, e tive de trabalhar muito —. eu já pensava em suicídio. Escrevi:

"Esta é uma carta de amor para Noel e nada mais, mas… provavelmente sairá cheia de palavrões; não consigo impedir. Não sei quando a ideia veio pela primeira vez, para aumentar o inferno geral de Nova York na umidade, de que você estava aborrecido comigo. Sugeri no meu telegrama que você me telegrafasse. O que você deveria dizer, não sei. 'Está fresco aqui, estou trabalhando muito', talvez. Bom, você partiria do pressuposto de que eu sabia disso.

"No entanto, a ideia de que você estava aborrecido cresceu lindamente, cresceu por meio de 'ele pensa que só estou me esbaldando por aí com Nat e Bill e quem aparecer, muito contente comigo', até que pensei que tinha de haver uma Moça do Wisconsin. E espero que ela se afogue no lago Superior e vá de lá para o inferno, mas espero *mesmo* que ela o aprecie enquanto isso. Será o meu instinto materno?

"Então tentei ser filosófica e firme. O Esforço Filosófico talvez o divirta. Resume-se ao seguinte:

"Nas amizades, nos *affaires* ou qualquer que seja o rótulo inadequado que se ponha nas coisas que eu e você compartilhamos, está implícita uma confiança no outro que é maior do que no casamento e em qualquer arranjo em que se possa contar com um status organizado.

"No Amor Extraconjugal tão comum hoje em dia, com a nova liberdade e as antigas leis do divórcio, não há cercas que prendam duas pessoas, e pouquíssimas almofadas contra choques. Tudo bem. Não me importo. Já discutimos isso.

"A franqueza terá de servir, em vez das cercas e almofadas. Se estiver aborrecido comigo, se o seu sentimento por mim mudou, acredito que deva me avisar, específica e imediatamente.

"Generalidades... Mulheres adultas que tentam 'entender' os homens não fazem esforço para prendê-los. Mas as mulheres (apaixonadas) podem aguentar bastante bem a prisão. Se você me dissesse: 'Desculpe, mas fico péssimo quando penso em outras pessoas segurando a sua mão e coisa e tal, você se importa de não sair com nenhum outro homem?', eu ficaria em casa.

"Mas você não dirá isso. Você acredita mais do que eu nessa liberdade. Só acredito nela para os homens. Mesmo assim, aceito encontros para jantar, não aceito?... Não como antigamente... Nem tento conquistar mais nenhum homem novo... Mas saí com três pessoas esta semana, e duas delas fizeram amor comigo. (A outra foi só um par de encontros para almoçar.)

"A minha avó lamentaria a sua ausência — quero dizer, a do seu avô —, talvez com lágrimas sobre o bordado. Aposto que lamento a sua com mais violência, num táxi com a pessoa errada ou num bar clandestino com uma bebida que não estou tomando com você.

"Vou jantar e tento não ser divertida... cantar em troca do jantar, por que não? Se se houver um instante pavoroso em que eu pense 'desejo encontrar um recado dele na mesa telefônica quando chegar em casa', é provável que diga 'sim, quero outro, obrigada' em vez de me sentir entediada e sonolenta. Não há para o que voltar; não haverá nenhum recado na mesa telefônica.

"Quanto ao resto... por mérito próprio. Não brigo se for beijada uma vez no decorrer da noite. Não peço e deixo óbvio que não pretendo que seja recíproco.

"A única pessoa que *eu* quero beijar está perambulando pelo Grande Noroeste — e eu gostaria que Coolidge sentisse saudades da vista da cúpula da Casa Branca.

"Nota de rodapé a tudo isso... Você já disse que achava as carícias casuais chatíssimas. Também acho. Mas essa é uma das coisas nas quais você é extraordinário. Parece que a maioria dos homens sente bobamente que conquistou alguma coisa quando consegue tocar com os lábios o queixo ou algo próximo da mulher algumas vezes na noite. Eu me sinto como se andasse no metrô lotado, mas não há motivo para escândalo. Só faz parte de toda essa maldita liberdade.

"Finalmente, sobre a possibilidade da Moça do Wisconsin. Espero que não, mas não me importo, a não ser com aqueles instintos que não podem ser controlados. Não deveria perguntar, faça sempre o que quiser. *Mas* qualquer Moça do Wisconsin terá de ser praticamente milagrosa para ser metade de quão boa, bem-humorada e angelical serei com você, como planejo quando você finalmente voltar para casa."

Naquela noite, uma hora depois de enviar essa carta, Noel telefonou do Wisconsin, e passamos extravagantes dez minutos trocando bobagens alegres. Eu lhe disse que tinha escrito uma carta burríssima que ele poderia rasgar sem ler.

Mas ele respondeu à carta assim:

"Patricia...

"Sinto sua falta o tempo todo. Não me dediquei às moças. Fiquei conversando sobre política com os velhos ou ouvindo os jovens (os fotógrafos) falarem de suas relações provavelmente fictícias com as virgens locais. Tenho uma lembrança sua que parece não diminuir em afeto e com a qual vou tranquilamente dormir sozinho.

"Este verão terminará. E, querida, querida (como você diz com a sua voz de violoncelo), estou mais perto de você a três mil quilômetros de distância do que estaria de qualquer outra mulher nos meus braços."

Mais tarde, lhe escrevi:

"Quando você voltar, me ponha numa mala e me leve para Viena, Buenos Aires ou Leningrado, e, sempre que quiser conversar, pode me tirar da mala, me sentar numa cadeira e nos falaremos alegremente. Quando quiser solidão, eu me enfiarei na mala por dias a fio sem reclamar. E nunca ficaremos entediados, apressados nem pressionados a fazer nada, só seremos alegremente desonrosos até morrer. Só que você ficará famoso, e mulheres farão peregrinações para vê-lo, principalmente se souberem que você é bonito. Não deixarei nenhuma delas entrar, com exceção das mais adoráveis... Eu as deixarei entrar para que você admire o meu bom gosto.

"Mando-lhe um beijo prolongado."

Ele me escreveu em tom de desculpas que, se não fosse trabalho demais, gostaria que eu lhe mandasse um sobretudo mais grosso e algumas outras coisas. Escrevi:

"Você deve saber que adoro fazer pequenas coisas por você. É claro que não é moderno, mas é claro que não consigo evitar... Então não devo fingir a esse respeito... não preciso fingir sobre nada com você."

Ele me mandou uísque do Canadá por meio de um fotógrafo que voltou a Nova York.

"Noel, meu anjo,

"Guardarei o uísque para me reviver quando finalmente vir uma manchete de jornal dizendo 'Presidente retorna a Washington'. Espero ser encontrada agarrada ao jornal, murmurando coisas sobre o nosso chefe. Você liderou o jornal com as reportagens sobre o Pacto Kellogg, três dias seguidos. Sabia disso? Um rapaz *tão* inteligente."

Ele voltaria para casa em duas semanas! Escrevi:

"Noel: quando você voltar eu lhe telefonarei… e vou sugerir nadarmos; eu lhe telefonarei e pedirei para ser levada a jantar… Eu lhe telefonarei e exigirei ser levada a passear. Inventarei desculpas para lhe telefonar. Eu lhe telefonarei todo dia, toda hora, sem parar. Você se importa?

"Sinto que todo tipo de coisa adorável acontecerá instantaneamente assim que você estiver em casa, e que você e eu passaremos a velhice alegremente (com bebidas) diante da mesma lareira, fitando uma longa fila de livros escritos por você. E a velhice é tão agradável e tão distante.

"Estou bonita, com aquela queimadura de sol ficando marrom, e espero que você goste do efeito. Recordo como você fica em todos os estados de espírito. Tenho uma coleção inteira de instantâneos seus dentro da cabeça. Um dos mais bonitos é Ele, adormecido, com uma expressão contente, parecendo ter uns dez anos.

"Você mandou um telegrama… quando uma carta minha perdeu o carteiro dois ou três dias atrás, para perguntar se fiquei com um louro. É claro que não. Louros são um gosto adolescente.

"Tive uma ideia horrível… talvez você tenha de ficar em Washington para cobrir o presidente até as eleições… Noel, então uma boa mulher à moda antiga (ou seja, eu) viraria moderna. As *boas* coisas à moda antiga *nunca* perseguem um homem, elas protegem a sua reputação… são pacientes *para sempre*. Mas, se você ficar preso em Washington, vou a Washington e arranjo emprego servindo mesas num restaurante, e a única coisa que vai nos separar daí em diante é o seu desejo de estar sozinho.

"Eu queria saber (se o encontrar em Washington, como você sugere) se você me levará ao Monumento a Washington e me dará *highballs* e falará comigo horas e horas e horas sobre política e o Pacto Kellogg. Não me importa o que você fala. Só quero ouvir a sua voz. E você me pegará e me carregará pela sala, mas *não* bagunce o meu cabelo, e me levará para um pequeno passeio em Washington. E, se eu for *muito* bem-comportada, você me beijará uma ou duas vezes?

Ele respondeu por telegrama.

"Não me importo que me telefonem a intervalos de vinte minutos pt levarei você monumento pt não garanto sobre cabelo pt sim sim sim."

Escrevi-lhe mais uma vez para Wisconsin.

"Depois da minha correspondência desavergonhada, provavelmente ficarei tão tímida que insistirei em me sentar a dois metros de você, fitando-o com um ar imbecil de contentamento... Vamos passar um fim de semana no litoral, onde posso adormecer ao sol na areia com a cabeça no seu ombro. Sentirei que atingi a Verdade Suprema, como um russo no fim de setenta e duas horas de conversa."

Ele telegrafou:

"Combinado ida direto Nova York pt espero entrar cidade gritando amor amor sem parar chego Penn Station dezenove e cinco quarta-feira pt que eu seja encontrado."

Ele foi encontrado.

Tivemos dias e semanas de alta felicidade. Às vezes, enquanto andava pela rua, me vinha a recordação dos anos em que fui infeliz; e pareciam estar a uma distância infinita e completamente irreal, como as histórias que se escuta sobre um amigo ou o amigo de um amigo.

Fizeram a ele uma oferta bem extraordinária: ir para Yokohama chefiar uma sucursal jornalística no Extremo Oriente. Ele foi correspondente estrangeiro na Europa e falava russo, o que seria útil para o cargo no Extremo Oriente, mas nunca tinha ido à Ásia.

Ele mencionou o projeto à esposa. Parte dos termos pelos quais haviam organizado suas vidas era que ele não aceitaria um cargo fora de Nova York, porque para ela seria muito vergonhoso viajar. Ela se recusou a ouvir falar do esquema asiático.

Ele falou comigo, e me dispus plenamente a jogar para o ar o setor de publicidade e ir. Tínhamos conversado muitas vezes sobre os lugares que veríamos e como eu me ocuparia estudando japonês, enquanto ele cobriria as guerras chinesas e as revoltas de fronteira indianas. Mas nem eu nem Noel levamos o projeto muito a sério. Não esperávamos que a esposa o deixasse partir.

Na conversa, quando ele lhe disse que era uma oportunidade extraordinária e que queria muito ir, ela lhe revelou que sabia tudo ao meu respeito. Ele se espantou — e ficou ainda mais surpreso ao descobrir que ela não tinha nada a dizer além de que sabia de mim.

Ele lhe pediu que reconsiderasse permitir que ele fosse para a Ásia. (Ele tinha três meses para decidir; nesse prazo, alguém encerraria uma gestão.) Ela disse que não concordaria, mas que ele poderia pedir outra vez dali a algumas semanas.

Noel estava um pouco impaciente no *Times*. Sentia que, na equipe de Nova York, chegara até onde provavelmente seria possível e não via com muita alegria a probabilidade de passar os vinte anos seguintes fazendo várias e várias vezes o mesmo tipo de reportagem.

Mas, na maior parte do tempo que passávamos juntos, estávamos satisfeitos demais com o mundo em geral para nos preocuparmos com coisas assim. Tive um ataque agudo de vontade de ser uma mulher honesta e lhe escrevi a respeito quando ele estava no norte do estado cobrindo a viagem de campanha de um governador.

"Meu mais querido Noel,

"O prefácio desta carta é: estou mais bêbada do que nunca. Primeira vez no ano. Nat e eu saímos dos trilhos da pior maneira possível; a causa foi Tony, aquele seu conhecido que tinha uma 'quedinha' não correspondida por mim há tanto tempo.

"Nat me telefonou para me convidar para jantar às sete. (Você sabe que faz meses que ele está com um ataque de querer se afastar de tudo. Coitadinho.) Às dez para as sete, a campainha tocou. Era aquele Tony idiota. O cabelo amarelo estava penteado em quatro direções ao mesmo tempo, como sempre; e estava bêbado, como sempre, também. Ele trazia uma garrafa, e tomei uma dose. Então Nat chegou. Estava alto também, o que é extraordinário. Parece que tinha acabado de ver o pai num dos seus ataques. Então, todos bebemos mais.

"Fomos ao bar Delano's e começamos a tomar Manhattans. Uma tempestade forte se formou lá fora, e não havia táxis. Então, bebemos mais, e os *bartenders* nos prepararam ovos e outras coisas.

"Eu me sentia mal porque estava cansada — e Tony e Nat são uma combinação horrorosa, embora saiam juntos com frequência. Quer dizer, provavelmente Nat fica desolado e Tony, amoroso, ao mesmo tempo.

"Os dois ficaram cada vez mais altos com os seus drinques.

"Então, Tony disse a Nat: 'Você é o garoto com quem Pat se casará no final, é claro. Um dia ela vai se olhar no espelho e saber que não terá vinte e dois anos aparentemente sofisticados para sempre. Então vai se casar com você e será uma ótima esposa, essa é a graça. Vou lhes mandar um presente de casamento.'

“Eu disse: ‘Não quero me casar com ninguém.’

“Tony retrucou: ‘Algum dia você terá bom senso.’

Tomamos mais duas rodadas, e falei do edifício Paramount.

“Então, Tony disse: “Algum dia fico com a Pat… não por alguns anos, um dia em que ela estiver cansada.’

“Nat respondeu: ‘Nem pensar, Vou me casar com ela no dia em que ela estiver cansada. Você tem razão… ela devia se casar… as mulheres precisam de estabilidade… enquanto isso, não é da minha conta como ela se ocupa.’

“Eu disse: ‘Parem de falar de mim como se eu fosse um carro que precisa ser estacionado em algum lugar. Se quiserem saber, estou perfeitamente feliz no momento.’

“Eles disseram em conjunto: ‘Claro, mas ele nunca vai se casar com você.’

“Pedi: ‘Falem de outra coisa, por favor.’

“Está tudo bem, Noel. Provavelmente eu não lhe escreveria sobre isso se eu mesma não estivesse bêbada. Foi uma noite bem nojenta, mas não extraordinária. Somos uma geração sem modos. É provável que o homem mais bem-criado que você conhece comece a qualquer momento a gritar suas ambições sexuais num bar clandestino. Isso não significa nada.

“Mas significa alguma coisa. É uma verdade execrável: algum dia me olharei no espelho e saberei que, não com o vestido vermelho que usei esta noite nem com nenhum outro, não parecerei mais ter vinte e dois anos. E gostaria de ter estabilidade, ou seja, um marido que pague as massagens faciais durante toda a minha meia-idade. Mas não terei esse marido. Seria um desperdício grande demais — seu, meu, dos sonhos e do amor.

“Mas vou lhe pedir uma coisa. Provavelmente não pediria se estivesse sóbria. Como a ideia de envelhecer sozinha me assusta, você me escreveria uma carta para dizer ‘eu me casaria com você, se pudesse’? Sei que nunca poderá… mas ter um bilhete de duas linhas que diga que você se casaria comigo se a situação fosse diferente me consolaria.

> "A sua afeição por mim é a coisa mais adorável que já encontrei, sabe, num mundo cheio de soluções de segunda linha para tudo, e prefiro a possibilidade remota de permanência com você a dezenove certidões de casamento emolduradas em ouro com outra pessoa. Mas você consegue entender que um bilhete de duas linhas seria consolador porque esta foi uma noite deplorável?"

Ele me escreveu uma longa carta. Procurei-a entre as outras cartas que me escreveu. Eu a li e deixei de lado. Seria a única carta que guardaria, porque não acreditava que algum dia o afeto sumisse dela. Terminava assim: "Aquilo que todos os homens procuram, encontrei com você".

Eu me recuperei daquele estado de espírito de querer ser esposa.

Noel e eu passamos pelas noites de outubro e ficamos felizes como sempre — mais felizes, pois estávamos cada vez mais à vontade um com o outro e mais próximos um do outro em compreensão. Ele disse que estávamos como dois filósofos antigos que, contentes, se sentavam para escutar o que um e outro pensavam.

Certo dia, eu me preparava para sair do escritório, pensando que teria tempo para ficar uma hora na academia antes de ir para casa me vestir para jantar com Noel, quando minha pequena secretária-assistente entrou e me disse que uma senhora queria me ver.

— Quem é, Doris?

— Ela não deu o nome. Disse que era pessoal. Achei que a senhora a conhecia. Todo o lado esquerdo do rosto dela está coberto por um tecido preto.

— Ah — respondi. — Mande-a entrar, Doris... Você pode ir para casa. Não precisarei mais de você esta noite.

Houve um instante em que pensei: *Eu deveria ter me recusado a recebê-la... para mim, ela nem era real, desde que não a visse*. Mas sabia que, na verdade, não poderia mandá-la embora. Eu não faria isso com Noel.

— Como vai? — disse eu. — Não quer se sentar?

— Sou a esposa de Noel — respondeu ela. — Já faz algum tempo que quero falar com a senhora.

Ela se sentou na poltrona ao lado da minha escrivaninha.

A luz da luminária de parede em frente caía sobre ela. Era uma mulher bem alta, como uma silhueta que poderia ser bonita, se escolhesse as roupas com cuidado. Usava o tipo de bom *tweed* campestre que as mulheres escolhem por praticidade, por durabilidade, sem referência às nuances de estilo.

Sob o chapéu esportivo de feltro castanho, brotava o cabelo dourado, com um efeito de desleixo que, antes, talvez fosse de esplendor. Sobre o lado esquerdo do rosto, o tecido preto escondia o que estava embaixo, desde a aba do chapéu até o queixo. O lado direito do rosto se compunha de um grande olho azul-violeta, uma sobrancelha castanha graciosa, pele lisa e branca e meia boca que, antes, obviamente, os homens que a conhecessem diriam que era um "botão de rosa".

Bom, eu deveria saber que Noel tinha bom gosto. Noiva de guerra desposada às pressas, podia ser — na época, devia ser composta de creme e rosas.

— Sinto que esta é uma invasão e que preciso me desculpar — disse ela. — Aconteceu algo que a tornou necessária.

Sim, era uma voz bem-educada. Curiosamente malformada, contudo, como a voz de uma menina muito pequena.

— Tudo bem. Tenho tanta admiração por Noel que é um prazer conhecer a sua esposa.

(Ser civilizada significa manter as palavras desconectadas dos pensamentos, quando necessário.)

— Será mais fácil para mim — disse ela, — que não estou acostumada a falar com pessoas, se a senhora me deixar falar o que tenho a dizer… primeiro.

— Como quiser — respondi.

— Em geral, não gosto de Noel. Se, quando tinha vinte anos, a senhora estivesse no carro de um homem que se embebedou e destruiu o carro e o seu rosto e a fizesse viver como aleijada pelo resto da vida, a senhora não gostaria dele.

— Talvez não — respondi.

— Tive semanas, meses e anos para pensar — continuou ela. — Não tive mais nada para fazer desde o verão de 1919. Às vezes, acho que estraguei a vida de Noel. Mas ele acabou com a minha.

— Sem dúvida é verdade — comentei. — Eu o conheci anos depois disso tudo. Pode me dizer o que isso tem a ver comigo?

— Posso — respondeu ela. — Vou chegar lá. É verdade que eu amava outra pessoa quando Noel voltou da guerra. Ele também acabou com isso.

— Sim, é verdade — comentei.

— Ele é a única pessoa que ainda conheço — disse ela — que anda pelo mundo onde as coisas acontecem… Minha irmã é uma solteirona cansada.

— Soube um pouco disso — respondi. — A senhora talvez tenha ouvido falar muito de mim e de Noel. Nunca tentei tirar o que senhora mantém.

— Eu sei — disse ela. — Não tenho nada contra a senhora. Eu costumava brigar com Noel porque ele saía com mulheres bonitas e mais novas, enquanto nenhum homem deste lado do inferno olharia novamente para mim. Mas fiz as pazes com isso. Só que… agora é diferente.

— Por quê? — perguntei.

— Porque Noel e eu teremos um bebê daqui a cerca de sete meses.

Eu me segurei na borda da escrivaninha. Os cantos vivos machucaram as minhas mãos. A esposa de Noel se tornou parte de um quadro — as paredes e o teto do escritório —, com a vista das luzes de Manhattan lá fora. O quadro não parava de balançar loucamente.

Disse comigo: *Você teve um privilégio raro, Patricia. Você foi a Esposa e a Outra. Jogou bola nos dois lados da rede e teve o privilégio de perder nos dois. É uma experiência rara.*

Disse comigo: *Isso acaba com você, Patricia… essa esposa que era um personagem vago e fantástico nos arredores da vida dele… agora o possui para sempre. Pobre Noel, pobre Noel… nunca irá para Yokohama, nunca sairá de Nova York. Viverá e morrerá onde está, amarrado a esse personagem semimascarado; e o bebê ruivo que eu queria, será desta mulher.*

Disse comigo: *Não, não se deve enlouquecer, não se deve gritar… lembre-se de que os anos lhe ensinaram alguma coisa. Mas o que, afinal de contas, me ensinaram? Ah, sim, lembrei… que tudo passa… que tudo passa.*

— Está contente porque a senhora e Noel terão um bebê? — perguntei.

— Estou — respondeu a esposa de Noel, — Ele costumava falar de filhos… dez ou onze anos atrás, quando me amava. Depois do acidente, eu não quis mais, durante anos, porque achei que a criança se assustaria com um rosto como o meu… e não queria um bebê que tivesse medo de mim. Mas… neste último ano, mais ou menos — (este último ano, mais ou menos... todo o tempo em que conheci Noel), — pensei que o bebê não se importaria se eu fosse boa com ele. Quis um bebê durante um ano... isso nunca tinha acontecido.

— Acho que é bom para a senhora — comentei.

— Vim falar com a senhora — disse ela — porque sei que é amante de Noel. Não precisei dele nem o quis com frequência durante todos esses anos. Não tenho nada para conversar com ele. Mas agora o quero como pai do meu filho.

(Meu Deus... essa era uma frase que usavam nas legendas dos filmes.)

— Ainda não contei a Noel — continuou aquela voz disforme de menina. — Queria ver a senhora primeiro. Queria lhe pedir que parasse de vê-lo. Agora, planejo morar num subúrbio perto de Nova York e fazê-lo morar comigo ou, pelo menos, vir me visitar dia sim, dia não, para que crie amor ao filho... Antigamente, Noel queria filhos, quando éramos jovens... Espero que seja um menino... E estou lhe pedindo isso porque a senhora é jovem e bonita... Haverá outros homens para a senhora. Eu só tenho Noel... e esta criança, que me dará uma razão para viver.

— Entendo como se sente — consegui dizer.

(Ela me chamou de "amante" de Noel. Palavra feia, "amante". Ele e eu nos amamos tanto... Noel queria um filho... queria um filho meu... Noel para envelhecer, ficar preso para sempre... virar revisor do jornal quando estivesse cansado... e acabado. Noel era honrado. Eu amava tanto isso nele. Noel ficaria com a esposa desfigurada... que estava grávida.)

— Já tive um filho, eu me lembro — disse eu. — Ele morreu.

Algo de animação, de empatia, até, se mexeu naquele meio rosto. Ela disse:

— Sinto muito. Era menino ou menina? Que idade teria?

— Era um menino — respondi. — Esqueço que idade teria. Quase quatro anos, acho.

— Bom — disse ela, — a senhora abriria mão de Noel para que eu pudesse tê-lo como pai do meu filho?... Algumas semanas atrás, ele queria ir para a Ásia... Não tive certeza na época... Ele não vai querer a Ásia agora.

Pensei: *Como ela conhece mal o Noel de hoje.*

Olhei o horizonte escuro de Nova York lá fora, com as luzes brilhantes dos outros escritórios. Fiquei pensando no que as pessoas naqueles escritórios estariam discutindo fora do horário. Pensei: *Isso acaba comigo... mas acaba com Noel para sempre, e ele é uma pessoa mais valiosa do que eu.*

— Não me condene, Patricia... — disse ela. — Posso chamá-la assim? Sempre ouvi falar de você desse jeito. Impedi que Noel fosse para a Ásia... mas pense nas coisas que a imprudência dele naquele automóvel me impediu de fazer durante nove anos... E tentarei compensar tendo um filho.

— Estou pensando — respondi.

Então, me veio uma ideia muito curiosa... e me aqueceu, eu, que, por dez minutos, senti que nada na vida poderia me aquecer outra vez.

Pensei: *Sim, se eu conseguir. (E quando, em algum bar clandestino, alguém que não gosta de mim disser: "Aliás, Patricia, o que aconteceu com o seu lindo namorado ruivo?", responderei: "Ah, você não soube? Eu lhe dei espaço — e o continente asiático". Mas não darei essa resposta; se conseguir, nunca contarei a ninguém, a não ser, talvez, Lucia... e Helena.)*

— Por que — perguntei — você não faz as malas e vai para a Ásia com Noel? Para recomeçar a vida com o seu filho?

— Vou lhe mostrar.

Ela tirou a máscara preta do rosto. Olhei. Havia uma feia mancha vermelha onde, dez anos atrás, houve contornos que os homens — Noel, sem dúvida — acharam desejável beijar. Era um horror coagulado... O ódio ou o ressentimento que sentia por aquela mulher morreu. Se eu tivesse sofrido aquilo, que tipo de mulher seria depois?

Ela cobriu a cicatriz vermelha e retorcida que já tinha sido meio rosto. Ouvi a voz dela dizer:

— Se você fosse eu, viajaria entre desconhecidos com isso?

Na verdade, não tive pena dela. Não há como ter pena do destino quando ele intervém entre o eu e o que a pessoa mais quer no mundo.

— Não — disse eu a princípio, — não viajaria. — Então pensei em Noel... que amava a beleza das mulheres e a beleza dos lugares estranhos, e continuei. — Não, mas... há coisas que você poderia fazer.

— O quê? — perguntou ela. — Depois da guerra, fui a vários cirurgiões faciais. Não puderam fazer nada por mim... O que restou não era suficiente para a reconstrução.

Então, de repente, ela começou a chorar pelo único olho azul-violeta. E eu disse:

— Não chore. Estou pensando em você... e em Noel, que amo tanto. Você se importa de me ouvir dizer que amo tanto Noel?

— Não — respondeu ela. — De certo modo, ele é um bom homem. Não me lembro exatamente de amá-lo. Eu só tinha dezenove anos na época, entende? Mas, até onde possível, ele foi bom comigo todos esses anos. Muitas vezes fui amarga... e o culpei. Suponho que ninguém teve culpa.

Pensei: *E não há vilões nesta peça. Eu já sabia. Se Deus existir, entre as coisas tão mal administradas — se existir, que Ele se lembre de que, nisso, fiz o melhor que pude. Por causa de um bebê... um bebê de longos cílios es-*

curos que se curvavam sobre a pele branca... um bebê que morreu há muito tempo... e por causa de Noel, que curou tudo o que doía em mim... e que pensava em mim como uma mulher generosa, nisso farei o melhor possível.

— Noel quer ir para a Ásia — disse a ela. — Vá com ele. Se ficarem aqui, não prometo me manter fora da vida dele. Não sei se consigo. Se vocês partirem, ele será seu o tempo todo... e terá o trabalho que deseja.

Ela começou a falar. Interrompi:

— Espere um instante... Tenho uma amiga... uma pintora... uma moça que pinta máscaras... máscaras teatrais, em geral. Mas ela fez três para uma moça que ia para o Sul, uma moça com a pele delicadíssima que não suportava o sol... e essa moça as usou o tempo todo, ao ar livre, durante o dia. Vou pedir a essa pintora que faça algumas máscaras para você. Não são máscaras óbvias a cinco metros de distância. E você pode dizer às pessoas que encontrar na viagem que você... feriu... o rosto recentemente e que está usando a máscara até melhorar.

Foi pavoroso observar o que acordou naquela metade de rosto fria e branca.

— Você fala sério? — perguntou ela. — Fala sério que poderei ir e ver o litoral, e embarcar num navio para o Japão, não ser apontada, nem as pessoas tremerem e virarem a cara?... Minha irmã é tão cansativa que seria um alívio ver novos lugares. Você não acha que Noel teria vergonha de mim?

(Pensei comigo: *Se tem de fazer isso, Patricia, que seja de maneira grandiosa. Torça para haver algum consolo para você — em todos os anos em que nada mais lhe dará consolo.*)

— Seu nome é Beatrice, não é? — perguntei. — Vou chamá-la de Beatrice... Se você não atrapalhar a carreira de Noel, ele gostará muito de você, tenho certeza. E amará o bebê... Vou levá-la para ver Helena agora. Ela é a moça que faz máscaras. Deve terminá-las em cerca de uma semana. Então você poderá voltar à cidade para experimentá-las... e, se gostar, levarei você a vários atacadistas de roupas boas, onde você poderá comprar coisas em quantidade para viajar.

"Você tem uma silhueta adorável... e, quando a criança nascer, poderá usar essas roupas no Oriente... Em muitos lugares, talvez você ache interessante usar um véu, como se fosse muçulmana. Deixe seu cabelo louro aparecer, e todos acharão o efeito excitante.

Ela tremia de empolgação.

— Você faz tudo parecer tão real — disse ela. — Gosto de você. Achei que deveria odiar você. Acho que lhe devo desculpas... por lhe tirar Noel.

Os anos de prática da petulância eram um muro às minhas costas.

— Ah, não se incomode com isso — disse eu. — Vou superar. No total, superei muitíssimas coisas.

Telefonei para Helena.

— Tenho um serviço às pressas para você... a cliente é uma amiga minha... são máscaras... Explico os detalhes quando a gente se encontrar... Posso levá-la aí agora?

— Claro — respondeu ela. — Por que a sua voz está tão esquisita? Lucia está aqui de visita; peço que espere?

— Pelo amor de Deus, faça isso, Helena — respondi. — Estarei aí em quinze minutos.

— Vamos — disse à esposa de Noel.

No táxi, a caminho da casa de Helena, ela perguntou:

— Ela terá de olhar o meu rosto?

— Não se preocupe, Beatrice. É como se ela fosse uma cirurgiã. Só vai pensar nas proporções.

Quando subimos a escada até o apartamento de Helena, pensei nas diversas vezes que a subi... me sentindo feliz, me sentindo triste, me sentindo cansada. Agora, pelo menos por enquanto... não sentia nada.

Lucia estava sentada no sofazinho, muito decorativa com peles e um quente vestido marrom. Helena terminava um desenho de moda. As duas me olharam bruscamente.

— Esta é a esposa de Noel — disse eu. — Vocês duas conhecem Noel. Ele vai aceitar o cargo em Yokohama de que lhes falei, e Beatrice vai com ele... Ela sofreu um acidente há muito tempo... e quer que Helena lhe faça algumas máscaras para não ter vergonha de viajar.

— Ora, que ideia *maravilhosa* — disse Lucia. — As máscaras de Helena são *tão* decorativas.

— Eu *adoraria* lhe fazer meia dúzia de máscaras... fundir o tom da pele com esse cabelo fantástico. Ela tem o cabelo mais bonito que já vi nos últimos anos.

Beatrice hesitou um momento e tirou o chapéu. Seu cabelo *era* adorável. Ela cuidava mal dele, mas eu poderia levá-la ao cabeleireiro na próxima vez que viesse à cidade.

Atravessei a sala e larguei o casaco e o chapéu no sofá-cama de Helena.

— Que lindo vestido violeta você está usando, Pat — disse Lucia no outro lado da sala.

Helena me seguiu sem ser óbvia.

— Há uma garrafa de uísque debaixo da pia do banheiro — disse ela em voz baixa. — Pelo amor de Deus, sirva-se de algumas doses. Parece que você vai desmaiar.

— Qual é o nome da esposa de Noel, Pat? — perguntou ela em voz alta. — Sempre chamo as modelos pelo primeiro nome.

— Beatrice — respondi.

— Beatrice — disse Helena, — quero fazer um molde de seu rosto... não vai demorar... você tem tempo?

— Tenho... Meu trem só sai às oito e meia.

— Vocês me deem licença por cinco minutinhos — disse eu.

Lucia me seguiu até o banheiro. As minhas mãos tremiam quando comecei a servir o uísque. Lucia me tirou a garrafa e me serviu uma grande dose.

Ela acendeu dois cigarros; me deu um e não disse nada até eu terminar o uísque. Então:

— Você está se comportando muitíssimo bem, Pat, mas o que tudo isso significa?

— A esposa de Noel vai presenteá-lo com um filho — respondi. — Ele sempre quis ter filhos. O mundo não é extraordinário?

Lucia abraçou os meus ombros e, por um instante pavoroso, me agarrei a ela... tentando não chorar, para os soluços não serem ouvidos na sala.

— Calma — disse Lucia. Eu me lembrei de que ela ou outra pessoa me disse a mesma coisa, muito tempo atrás.

— Está tudo bem — disse eu. — Tivemos um ano, eu e Noel.

— Meu Deus — comentou Lucia para o chuveiro e a série de loções faciais de Helena. — No sistema atual, há certas mulheres que deveriam jogar cartas profissionalmente para viver. Com certeza não têm sorte no amor.

Ri. Lucia disse:

— Você está mais sábia do que antes... Poderia se agarrar desta vez, e ele a amaria por algum tempo e depois a odiaria... porque você ficaria entre ele e o conceito que faz de si mesmo como pessoa decente... Repito que você está se comportando bem.

Eu tinha passado hidratante no rosto. Agora, punha o ruge. Disse:

— Bom, duvido que haverá muita satisfação para mim nos anos em que Noel tiver a Ásia para consolá-lo... Mas não sei. Nunca experimentei... Mas talvez, afinal, a única satisfação nas coisas seja a consciência de ter me comportado bem.

— Os vitorianos — disse Lucia — exprimiam isso como "cumprir o dever que se vê".

— Alguns deveres que vemos — comentei — seriam absurdos para um vitoriano.

Retoquei o batom como se achasse o efeito importante.

— Aliás, Noel sabe que vocês duas selaram o destino dele entre vocês?

— Não, de jeito nenhum. Beatrice planeja lhe contar no fim de semana... mas contarei a ele hoje à noite no jantar.

Lucia pôs um pouco de pó de arroz desnecessário no lindo nariz.

— É melhor passar o fim de semana comigo e com Sam, Pat.

— Tudo bem — respondi. — Obrigada.

— Preciso sair — disse ela. — A esposa de Noel vai começar a desconfiar de uma conferência. Entendo por que está fazendo isso, Patricia. Quaisquer que sejam os pequenos infernos que eu e você visitamos... essa moça vive num dos grandes.

— Eu sei — respondi.

Lucia me beijou, talvez pela segunda vez desde que nos conhecemos.

— Há algo que eu possa fazer por você, filha, antes de ir? — perguntou ela.

— Há. Pare na farmácia e telefone para Noel. Diga-lhe que o encontrarei no Dante's às dez para jantar e que ele não deve me ligar. Terei pouco tempo para me vestir depois de deixá-la no trem.

Lucia pôs a mão na porta e se virou para mim.

— Patricia, estou falando sério... Quase tudo tem fim. Você já sabe disso tão bem quanto eu. A minha opinião sincera é que você e Noel poderiam ter um fim bem pior do que este...

— Obrigada, Lucia — respondi. — Vejo você no fim de semana. — E limpei o pó das sobrancelhas.

Helena lidou habilmente com Beatrice... foi uma mulher empolgada e quase feliz que deixei no trem.

Ela conversou. Disse:

— Aquela moça, Helena, disse que me fará máscaras para usar ao sol, na chuva, sob luz elétrica... e até ao luar. Ela é muito gentil... Não me interesso por nada há anos... E você não se importa com Noel, não é? Quer dizer, você encontrará um sucessor para ele... Você é *tão* bonita. Alguém já lhe disse que você tem um rosto espiritual?

Pensei: *Ficou espiritual por atravessar muitíssimas camas, no total... Não, Noel é que fez isso por ele, se* for *espiritual.*

— Há homens para os quais achamos substitutos — comentei, — não sucessores. Mas não se preocupe com isso... Pense em ver o Fujiyama, sabe, a montanha sempre nevada do Japão?

— Espero que você mesma o veja algum dia — disse ela.

Não me importei; provavelmente fui a primeira mulher com quem ela teve a oportunidade de ser condescendente em dez anos.

Fui para casa, me vesti e jantei com Noel.

Depois do jantar, fomos para o apartamento dele e eu lhe disse:

— Vou preparar um *highball* para você... Há algo que quero lhe contar e quero que você olhe pela janela e pense no tempo, no espaço e na relatividade enquanto eu conto e não me interrompa até eu terminar.

— Você pode ir para a Ásia, afinal de contas — comecei.

Quando terminei, ele veio e me abraçou; passei os dedos pelo cabelo dele, e não falamos durante muito tempo. Depois, discutimos os detalhes... mas nenhum homem do tipo dele fica muito ansioso para abrir mão de aventuras, mesmo em troca de uma mulher.

Noel teria a Ásia. Ele sofreu bastante, creio, com a ideia de me perder. Poderia sofrer mais quando a Ásia se tornasse comum; mas, por enquanto, a Ásia era o seu outro Grande Desejo.

Passamos uma semana vivendo como se tudo entre nós durasse desde o início dos tempos e fosse durar para sempre. Então, recebi um telegrama de Beatrice, que queria saber a que horas deveria chegar na quinta-feira para comprar roupas nos atacadistas elegantes.

Consegui tirar a tarde de quinta-feira de folga... e, como a condenação do tapa-olho preto estava quase no fim, fomos sem nenhuma vergonha a vários atacadistas de roupas e compramos *tweeds*, vestidos de noite, saias com suéter, conjuntos de malha e chapéus para usar com tudo isso. (Até um turbante prateado para dançar.)

Terminamos a tarde numa sapataria e descobri, divertida, que, embora fosse mais alta, os sapatos dela eram um número menor do que os meus.

Havia mais entusiasmo na voz dela do que na semana anterior. Ela disse alegremente ao atendente da sapataria que iria a Chicago visitar a mãe que não via há dez anos.

(Noel se encontraria com ela em Chicago. Ele partiria de Nova York um dia ou dois depois dela.)

Helena só poderia nos receber às seis e meia. Beatrice me convidou para tomar chá e preencher o intervalo. Eu disse:

— Bom, estava pensando em irmos a um bar clandestino. Conheço um bom na rua Cinquenta e Dois onde mulheres desacompanhadas não chamam a atenção.

A voz dela foi como a de uma subdebutante convidada para um importante baile de formatura na faculdade.

— Ah, *podemos* ir a um bar clandestino? — pediu ela. — Sabe, o acidente foi em 1919, antes da Lei Seca, e nunca vi um bar clandestino.

— Maravilhoso — disse eu. — Desperdicei a minha juventude em muitos deles.

Fomos à rua Cinquenta e Dois. Beatrice estava agitada com o fato de que conseguia pôr os pés no estrado de latão do bar. Ela lera sobre estrados de latão, mas nunca vira nenhum. Tomamos dois Alexanders, e parece que não a perturbaram indevidamente.

Pensei, ao mesmo tempo, que essa moça era só um ou dois anos mais velha do que eu e que, a não ser por um detalhe ou outro, seria muito mais bonita do que eu.

(E teria mantido Noel para sempre, talvez?... As chances que determinam a vida das pessoas. Bom, não faz sentido pensar muito nelas. A gente aceita. É mais fácil.)

Helena fez seis máscaras para Beatrice. Eram lindas; ela deve ter trabalhado até o amanhecer, em várias noites sucessivas, para concluí-las. Vistas do outro lado do apartamento, eram incrivelmente realistas. Mesmo olhadas de perto não tinham nada de grotesco, porque eram muito decorativas.

Havia máscaras de rosto inteiro para usar à noite e uma máscara de rosto inteiro para usar com roupas esportivas. Havia meias-máscaras também.

— E como vou comer com elas? — perguntou Beatrice.

Helena explicou que as meias-máscaras foram pensadas para isso...

— Elas são um pouco cortadas em volta da boca. A explicação é complicada, mas coma um biscoito e veja como é simples.

Se é possível uma mulher com meio rosto brilhar, Beatrice brilhou ao experimentá-las. As mãos dela (que eram graciosas e bem formadas) pareciam empolgadas.

— São maravilhosas — disse ela. — Tão leves, confortáveis e *bonitas*. Quanto lhe devo?

— Nada — respondeu Helena. — Patricia é uma antiga amiga minha.

Alguma coisa... alguma coisa vagamente familiar na expressão da boca e do queixo das máscaras de rosto inteiro me perturbou. Não consegui descobrir por quê.

Lucia entrou para admirar — e Beatrice experimentou cada máscara outra vez para ela. Então, mostrou a Helena todas as roupas novas (ela insistiu em levá-las no táxi); e Lucia e eu fomos ao banheiro para uma dose de uísque.

— Está se sentindo bem? — perguntou Lucia.

— Estou — respondi. — Ela vai partir no meio da semana que vem, sabe, e Noel vai no fim da semana.

— Aquelas máscaras *são* extraordinárias, não são? Mais do que decorativas, elas têm uma individualidade definida, até um encanto definido.

— Helena sempre gostou de você — comentou Lucia.

— Como assim?

— Francamente, você não sabe, Pat? Você não reconheceu alguma coisa na parte inferior do rosto das máscaras completas?

— Alguma coisa, vagamente, mas não sei o quê.

Lucia sorriu — o seu sorriso de plena compreensão.

— Já viu o seu rosto, Pat, quando você está tranquila e contente com a vida?... Helena tem um humor sarcástico... Ela copiou aquele seu sorriso grave para seguir Noel por toda a Ásia.

A caminho do trem suburbano de Beatrice, ela e eu tivemos uma breve conversa.

— Talvez você não goste de mim — disse ela, — mas espero que goste... sinto que lhe devo muito, e pensei... Se o bebê for uma menina, talvez eu lhe dê seu nome.

Acendi um cigarro.

— Deus é irônico — comentei, mas acho que isso foi além da compreensão de Beatrice.

— Seja como for — disse ela, — eu queria lhe dizer... que pretendo ser boa com Noel. Sei que ele terá de me deixar sozinha quase o tempo todo no Extremo Oriente — (as palavras conjuravam imagens dos lugares que Noel e eu poderíamos ver juntos... os sons e as cores dos bazares. Eu nunca os conheceria agora. Inspirei fundo.) — Mas não farei objeções — disse ela. — Agora que ele será meu marido oficial de verdade, quero lhe dar o máximo de liberdade que puder. Afinal de contas, terei o bebê.

— É sensato, Beatrice — disse eu. — E, se ele tiver um breve romance com uma gueixa, não o amaldiçoe por isso. Ele voltará para ver o bebê e pegar uma camisa limpa. Casamento é assim.

— Vou me comportar, Patricia — disse ela. O trem sairia em três minutos. Ela parou junto ao portão da plataforma. — Diga-me que não me odeia — pediu.

— Não a odeio. Espero que tudo se resolva, Beatrice.

Agora, em dois minutos eu nunca mais a veria. Pelo menos por isso, poderia ser grata.

— Beatrice, dizem que há esplêndidos cirurgiões britânicos no Oriente, e a cirurgia facial avançou desde a guerra... Talvez algo se resolva para você lá.

Ela deu um meio sorriso e encontrou uma boa frase de despedida. (Peter, quase esquecido agora, certa vez me pediu que encontrasse uma.) Beatrice disse:

— Enquanto isso, há as máscaras... Você as usa também, não é?

Ela correu, com certa graça, para pegar o trem.

Corri para casa, para jantar com Noel.

E o tempo infinito que ele e eu sentíamos que estava destinado a nós dois agora foi determinado como dez dias. Não foram dias infelizes. Conversamos como se todos os anos que tínhamos vivido fossem estáveis por trás da compreensão um do outro — e como se todos os anos à frente fossem nossos para compartilharmos.

Uma única vez lhe falei do pouco tempo que restava.

— Entendo melhor agora os aristocratas franceses que morreram serenamente na guilhotina. Não acredito que sofreram no final... Aliviados de toda a preocupação com o dia de amanhã... estavam serenos. Kenneth se sentia assim, lembra?

— Sim... — respondeu ele. — O único problema é se adicionamos vida aos anos ou anos à vida... Ou você me disse isso pensando em outra coisa, Pat?

— Pensando numa ex-esposa, talvez... — respondi. — Noel, seu cabelo é de uma cor destinada a brilhar na minha alma.

Mas ele pensava em cidades asiáticas, onde levaria a vida — e o deixei falar sobre a possibilidade de aprender chinês em cinco anos.

— É um contrato de cinco anos, Pat, com opção de renovação pelo mesmo período. Quando eu voltar... talvez tenha quarenta e cinco anos.

(Em dez anos, terei trinta e sete — e, se for poupada de alguma coisa, implorei para ser poupada de encontrar Noel depois, quando tiver trinta e sete anos.)

Noel ainda trabalhava no *Times*. Num dos seus últimos dias lá, ele foi a Lakehurst fazer uma reportagem sobre aviação. Escrevi-lhe uma carta — porque sempre lhe escrevia quando estava em missões fora da cidade. (Tínhamos combinado que eu não lhe escreveria em Yokohama. Não haveria retorno de Yokohama com o qual eu pudesse me preocupar. Ele só me escreveria nas reportagens... que o *Times* publicaria sobre como os anos passavam na Ásia.)

Eu lhe escrevi em Lakehurst:

"Por favor, não conclua que me preocupo pouquíssimo — porque estou aceitando tudo com tanta calma. Torci bastante as mãos por causa disso, no geral.

"Parece que eu e você terminamos. Os relacionamentos comuns, possessivos, exigentes e burros em que as pessoas vão parar têm finais *ruins* mais cedo ou mais tarde. Mas o que isso tem a ver comigo e com você? Talvez nos sentemos diante da lareira quando você tiver oitenta e sete e eu, setenta e nove, discutindo o sabor dos vinhos e as aventuras. Por que não?"

Também acreditei nisso por cinco a dez minutos.

Foi a minha última carta a Noel.

Guardei-a de volta com as outras na caixa de metal e pus as cartas dele a mim, não lidas, na caixa também.

Subi para trocar o vestido.

E pensei, não pela primeira vez, que a vaidade é uma bênção tão grande para as mulheres que deveria ser listada entre as grandes virtudes. A recordação de que, na última vez que Noel me viu, eu usava um vestido vermelho-vivo de Paris, com um chapéu exatamente da mesma cor, e um casaco Krimmer cinzento novo em folha, sempre seria um consolo para mim. Talvez fosse absurdo. Mesmo assim, era profundamente verdadeiro.

Voltei ao apartamento dele e pus lenha nova no fogo. Ele entrou.

— Você está muito bonita, Pat — disse ele. — Já decidiu onde gostaria de jantar?

— No Dante's, acho.

— Ótima ideia… e comeremos ravigote de caranguejo, filé mignon, Chianti e *crêpe suzette*…

Tínhamos um fim de tarde, uma noite e uma manhã. Nós as passamos tão alegremente quanto cem outras. Fingimos um para o outro que aquela tarde, noite e manhã eram exatamente como as outras.

Fingimos com tanto sucesso que, a caminho do trem, senti que só ia me despedir de Noel para outra missão fora da cidade.

Como sempre, ele me levou pelos portões da plataforma na Grand Central (embora os não passageiros devessem se despedir antes dos portões), para conversarmos um pouco mais. Como sempre, observei o carregador arrumar a bagagem dele. Como sempre, fomos até a plataforma e Noel me deu um cigarro.

Mas descobri que não conseguia segurar o cigarro com firmeza ao lado do trem. Por isso, o joguei fora, e Noel jogou fora o dele.

— Quanto tempo ainda? — perguntei.

— Dois ou três minutos.

— Não quero ser casual — disse eu. — Quero lhe dizer que o amarei para todo o sempre, seja lá o que isso signifique...

— Seja lá o que signifique, Pat, eu também.

Ele tirou o chapéu. Era um rapaz de cabelo ruivo tom de bronze bem polido e um belo queixo, que quase tinha uma covinha, um sobretudo de *tweed* cinzento e um cachecol cinzento que lhe dei. Quis me lembrar exatamente como estava... Quis pensar em palavras que fossem significativas... que o deixassem feliz ao lembrar-se delas.

Uma frase boba e inadequada de Virgílio me veio à cabeça: *Forsan et haec olim meminisse iuvabit* — "E talvez algum dia isso seja agradável de recordar". Ele pegou minha mão e a segurou com tanta força que um velho anel de esmeralda — anel que eu usava porque Noel o tinha admirado — machucou o meu dedo. Tentei me lembrar de onde viera o anel de esmeralda.

— Preciso ir agora, Patricia... — disse Noel. — Você conseguiria sorrir diante do expresso transcontinental?

Sorri; ele sorriu para mim.

Alguém gritava "todos a bordo!". Os lábios de Noel roçaram o meu rosto; ele largou a minha mão; ele se foi. Não consegui vê-lo dentro do trem. Corri ao lado, à procura dele. Ele estava lá, sorrindo, com o rosto próximo da janela do trem, a mão contra o vidro. Pus minha mão no lado de fora do vidro contra a dele lá dentro.

Ele parecia infeliz, mas sorria. Dizia algo para mim, mas havia barulho — não consegui ouvir. O trem fazia barulho demais ao partir... e o vidro se afastou da minha mão, e se foi, e o rosto de Noel se foi. Havia outros rostos, todos juntos e borrados, passando atrás das janelas do trem. Veio o barulho do trem pegando velocidade. Então, havia trilhos vazios onde antes estivera o trem.

Parecia muito silencioso.

Caminhei de volta pela plataforma, subi a escada, percorri a estação e saí à rua. Havia uma multidão apressada como se precisasse ir a um lugar importante. Quis ter um lugar importante aonde ir.

Tinha o dia todo para mim — posso ligar para Helena e a menina de olhos azuis que acabou de descobrir as estreias da Broadway. A menina me contou de um jeito agradável, na última vez que a vi, que tinha de correr para se vestir em casa para uma estreia "importante".

Eu não queria ver Helena nem ela. Queria pensar em algum lugar importante aonde ir. Comecei a rir de todas as pessoas que corriam por ali.

Passei por uma banca de jornais e lembrei que, desde o dia em que conheci Noel, li todas as suas reportagens.

Então fiquei contente comigo, porque pensei num lugar importante aonde ir... Atravessei a cidade até o *Times* e comprei uma assinatura de cinco anos.

XVII

Agora não havia mais razão para tomar o café da manhã às onze em vez de às oito. Abri mão do emprego do meio-dia às sete e achei outro das nove às cinco, com salário melhor.

Antes de começar no novo emprego, passei quinze dias nas Bermudas. Bermudas — porque chegou uma carta de Bill enquanto eu pensava em algum lugar aonde quisesse ir.

A carta dizia:

"Minha querida Patricia,

"Com *brandy flips* pela manhã e uma taça de champanhe à noite, gostaria que você estivesse aqui. O clima, a paisagem e a ausência de automóveis me deixam capaz de acreditar que os últimos vinte anos não aconteceram. A não ser quando olho as roupas das mulheres.

"Você não consegue tirar umas férias? Se vier, levarei você àquela maldita corrida imbecil que me recorda as feiras do condado de Maryland do meu tempo. De qualquer modo, toda a sua geração deveria passar dez anos nos trópicos e observar as rosas se abrirem sob as palmeiras. Todas vocês voltariam lânguidas a ponto de virarem damas.

"Acho que você não largará o seu emprego bobo, mas, se vier, levarei você para passear de carruagem, e você poderia fingir que era uma das suas tias e mostrar um gentil alarme com minha imprudência se eu dobrasse uma esquina a galope."

Achei que seria agradável contemplar a velhice contente de Bill por duas semanas; mandei-lhe um telegrama e embarquei. Mas fiquei num hotel a mais de um quilômetro do hotel de Bill para que a contemplação da velhice contente em todas as horas de vigília não fosse monótona.

Pela manhã, eu nadava, me vestia, tomava café e ficava languidamente sentada no terraço do hotel, olhando as palmeiras sem pensar em nada, até que a silhueta larga e robusta de Bill se erguesse acima do cume do morro.

— Bom, bom, vamos rastejar um pouco pelos bares antes do almoço. Alegre-se. Parece que você precisa de um pouco de animação... Só Deus sabe por quê... você é jovem.

A sua saudação invariável era algo assim. Então, descíamos até o cais e pegávamos uma lancha para Hamilton, enquanto Bill me dizia que eu ficava muito bem de branco, azul, amarelo ou qualquer cor que estivesse usando.

No bar Bermudiana, Bill se sentava com um *brandy flip*, o rosto bondoso, largo e vermelho sorridente, e explicava que eu só precisava de um marido, considerando, com a sua voz forte e volumosa, que contemporâneos seus se qualificariam.

— Mas somos todos velhos demais para você, Pat. Gostaria de conhecer alguns homens mais jovens; gostaria de ter filhos. — E ele suspirava brevemente pelos filhos cuja inexistência era o único arrependimento aparente da sua vida.

Então, todo dia ele passeava comigo por Hamilton e murmurava:

— As mulheres gostam de quinquilharias; comprar quinquilharias sempre alegra as mulheres.

Em intervalos, ele sumia rapidamente numa lojinha e ressurgia com colares, brincos ou broches de coral, inadequados para usar com tudo o que eu tinha, mas que eu usava com tudo.

À tarde, ele jogava golfe com os homens da sua idade.

Eu ia me sentar sozinha em areias inacreditavelmente rosadas, observava as ondas incrivelmente azuis e brancas virem se enrolando até a praia e lia *The World of William Clissold*.

Durante as longas tardes, enquanto a sombra das palmeiras se alongava pela areia e uma brisinha com cheiro de mar, palmeiras e rosas soprava alegremente pela praia, li e reli aquela seção do segundo volume em que o Sr. Wells analisa o relacionamento entre homens e mulheres.

Encontrei nela alívio do meu ressentimento contra a piada estúpida que, por muito tempo, chamei secretamente de maldita liberdade das mulheres. Havia frases do Sr. Wells:

> "Vivemos sexualmente num mundo de códigos confusos e destroçados e experimentos e desafios extravagantes (...) Nossa maneira de viver é mais provisória do que os governos (...)"

> "Encontra-se o parceiro-companheiro como um sonho no coração de algumas pessoas aqui e ali, como um experimento, um experimento quase sem esperanças, como um fósforo aceso ao vento forte ou um nadador arrastado pela corrente."

Li isso, olhei a sombra das palmeiras na areia e pensei: *Noel, Noel... um sonho realizado, um experimento executado... e um sonho perdido, um experimento concluído para sempre. Mas não acabou em mesquinhez e recriminações, portanto resta algo... Algo... talvez muito... um fogo para aquecer as minhas mãos todos os dias da minha vida.*

E consegui até fazer uma piada interna sobre mim e Noel. Não era uma piada muito alegre. Era: *Bom, ambos estamos destinados a ver palmeiras, mas não no mesmo país.*

Eu voltava daquelas tardes solitárias para jantar e tomar champanhe com Bill e escutar as histórias dele sobre os primeiros anos do século, me sentindo tão serena quanto ao voltar para casa depois de passar a tarde navegando com uma brisa forte e empolgante, quando era uma menina bem pequena.

E, às vezes, se acordasse à noite e ouvisse o vento quente e constante passar pelas palmeiras lá fora e sentisse uma dor bastante horrível por Noel que eu não voltaria a ver... ainda assim sabia que essa dor passaria e, dessa vez, tinha bastante certeza de que a recordação das coisas adoráveis que dividimos duraria muito mais do que a dor por terem terminado.

Voltei a Nova York com a sensação de ter ficado fora muito tempo.

Lucia foi me buscar no cais. Foi um grande consolo vê-la. Eu disse:

— Graças aos céus, querida, provavelmente você nunca partirá permanentemente para a Ásia, a América do Sul nem nenhum outro lugar. Espero passar os fins de semana com você em Westchester quando estivermos as duas ficando caducas.

— Obrigada — disse ela. — Você parece lindamente repousada. Diga-me, está convalescendo?

— Acho que sim.

Peguei a bagagem na alfândega e partimos para os bairros no carro de Lucia. Tirei da blusa uma garrafa de Crême Yvette para Lucia e disse:

— Usei espartilho por você o dia todo para impedir que isso caísse. Espero que goste.

— Ah, querida, o meu licor favorito — disse ela. — Mas não sei se posso tomá-lo. Vou ter um bebê… Acho que estou muito contente, e Sam, claro, está radiante… Mas estou fazendo dieta feito doida para não arruinar permanentemente a silhueta que tenho… Eles passam para a gente uma dieta esquisita.

— Ótima notícia sobre o bebê, se você o quer — comentei.

A conversa de Lucia era visivelmente sinuosa: o seu método comum de abordar alguma notícia cujo efeito poderia ser angustiante. Ela olhou pela janela do carro.

— Parece que sempre chove em Nova York quando as pessoas voltam de cruzeiros — comentou ela. — Soube que Peter e Judith tiveram uma filha.

Não fiquei contente, triste nem muito interessada. Disse:

— Parece que todo mundo está fazendo algo pela próxima geração, menos eu.

— Você ainda é jovem, Patricia… Escute, Nathaniel está conosco. O pai dele finalmente morreu e lhe deixou todo o dinheiro, com um bilhete dizendo que apreciava os anos de que Nat abriu mão para cuidar dele. Nat está sofrendo muito… parece que o bilhete o fez sentir que nunca foi bom com o pai… que era impaciente com ele e tal. Todo esse tipo de coisa é tão pavorosamente inútil… Mas Nat está péssimo.

— Imagino — disse eu. — Nathaniel é um querido.

Lucia me olhou um instante, especulativa.

— Não, querida — expliquei. — Só quero paz. Sinto-me velha como o Tempo, não importa se pareço perene.

— Eu sei — disse Lucia. — Mas um fato confortável sobre todas nós é que passamos por tanta coisa tão depressa que não pode restar muito. Duvido que esta seja uma geração de vida longa. Chegaremos à serenidade com a exaustão emocional aos quarenta — e morreremos de senilidade aos quarenta e oito… Tive medo de que a notícia sobre Nathaniel a perturbasse.

— Ou foi da notícia sobre Pete que você teve medo? — perguntei. — Nada voltará a me perturbar muito.

— Isso é ótimo — disse Lucia. Ela parecia muito preocupada. Então: — Pat, você acharia que sou uma mulher terrivelmente gananciosa se pedisse ao chofer que desse um jeito de abrir esta garrafa, parasse para arranjar copos em algum lugar e tomássemos um pouco do Crême Yvette agora? Eu realmente adoro… e tenho medo de que o médico proíba. Se eu tomasse um pouco antes de pedir a ele, não poderia me fazer muito mal.

Tomamos Crême Yvette durante todo o caminho até a casa de Lucia e não conseguimos jantar, mas o Crême Yvette estava tão gostoso que não nos importamos.

Nathaniel aparentou contentamento ao me ver. Ele *parecia* infeliz.

— Ele perdeu a sua ocupação na vida — disse Lucia depois. — Devotou-se ao pai nos últimos oito ou nove anos, desde que tinha vinte, e agora se sente perdido sem a responsabilidade. Vou sugerir que adote um órfão, coitadinho.

Mesmo assim, Sam, Lucia, Nat e eu tivemos um fim de semana bastante agradável. Então, fui trabalhar.

Janeiro passou enlameado e lúgubre. Fevereiro também. Trabalhei muito, senti muita falta de Noel e caçava no *Times* suas reportagens quando eram publicadas. Não eram assinadas, e eu nunca tinha plena certeza de que eram dele ou de outra pessoa. Eram escritas de muito longe.

Num dia chuvoso de março, quando voltei do trabalho, encontrei Nathaniel esperando por mim no corredor. Parecia mais alegre do que nunca durante todo o inverno. Quando o levei lá para cima, ele começou a tirar folhetos de cores vivas de um envelope que levava e jogá-los no sofá. Eram folhetos de viagem.

Sua voz estava jubilosa.

— Pat, o médico diz que posso deixar a empresa nas mãos do gerente do escritório — ele a conhece melhor do que eu, de qualquer modo — e viajar. Sabe, passei tantos anos sem ir a lugar nenhum que não percebi que agora podia.

Tirei o chapéu, pousei-o na mesa e alisei o cabelo. Sentiria saudades de Nat, também, mas era bom que ele viajasse... era o que ele queria havia tanto tempo.

— Aonde você vai, Nat?

Ele começou a catar os folhetos e agitá-los para mim.

— Não sei. Bermudas, Cuba, Flórida, Nova Orleans.

— Seu bobinho abençoado — disse eu. — Por que não uma volta ao mundo?

Ele me olhou como se eu tirasse dois coelhos grandes do chapeuzinho sobre a mesa.

— Meu Deus — disse ele. — Eu *poderia* dar a volta ao mundo.

— Espere um momento, querido, e lhe preparo um drinque para você se acostumar com a ideia — disse eu. — Você vai ter de jurar que me manda cartões-postais de mesquitas e coisas assim.

Eu estava cansada, resfriada e desejei reunir mais entusiasmo, porque Nat era uma pessoa muito agradável.

— Não prepare o drinque ainda — disse ele. — Quero lhe contar uma coisa… quero que você venha comigo.

Eu o fitei. Ele começou a falar muito depressa.

— Quer dizer, quero que você se case comigo. Ah, sei que você nunca pensou nisso… acho que só mencionei isso uma vez quando estava bêbado. Talvez eu não esteja apaixonado por você, mas, se não se incomodar com isso, podemos nos divertir. É muito alegre ir aos lugares com você… seria adorável dar a volta ao mundo com você, e eu ficaria muito solitário se fosse sozinho. *Gosto* de você, sabe.

Eu ainda o fitava.

— Gosto de você também… — respondi. — Suponho que você seja o homem de quem mais gosto entre todos os que conheço hoje.

A voz dele ficou mais confiante.

— Então é melhor vir comigo, Pat. E assim será.

Eu me lembrei de ter ouvido alguém dizer que o pai dele era rápido nas decisões.

— Nat, querido, só um minuto. — Eu estava cansadíssima.

Queria dizer a Deus, a Noel ou a alguém que compreendesse: "Percorri grandes distâncias toda a juventude, acho, e estou muito cansada. Não me condene demais por aceitar o abrigo que agora me oferecem."

Sorri para Nathaniel e disse:

— Consigo falar num instante. Tudo bem?

— É claro, Pat, minha filha — disse ele. — Eu não queria espantá-la.

Olhei o meu chapéu em cima da mesa, ao lado de um exemplar não lido do Times. Olhei o escuro além das janelas. A chuva batia com força na vidraça. Gostaria de não estar cansada demais para pensar.

E uma onda de recordações de Noel me inundou. Vividamente, como se o tivesse visto uma hora antes, me lembrei do seu sorriso, do tom exato do cabelo e do jeito que sentia a sua boca quando ele se curvava para me beijar. Noel… que me ergueu por algum tempo ao nível da sua força… Recordações me envolveram afetuosamente — refluíram, refluíram e se foram. Fiquei sozinha na sala com Nathaniel.

— Nat — disse eu, — e o meu passado espalhafatoso? Dizem que tive esse passado, sabe.

Ele deu de ombros.

— Eu o teria também, se fosse você, sem dúvida. Isso não me incomoda. Mas prefiro não saber os detalhes.

— Tudo bem — concordei. — Eu me caso com você, Nat, querido. Obrigada por pedir a minha mão.

Rimos; ele me beijou; e fomos jantar.

Lucia ficou muito contente.

Nós nos casamos numa tarde de abril no Edifício Municipal, onde, muito tempo antes, alguém com o mesmo nome que o meu se casou com Peter. Uma frase da cerimônia me pareceu vagamente familiar. "Promete unir-se somente a ele, abandonando todos os outros, enquanto viverem?" Bom, dessa vez poderia ser verdade.

Como o pai de Nathaniel tinha morrido tão recentemente, não fizemos nenhuma comemoração.

Zarparíamos à meia-noite para dar a volta ao mundo.

Todos os nossos amigos foram ao navio nos desejar *bon voyage*. Eu disse coisas adequadas em resposta às felicitações até a garganta doer de tanto falar.

Bill estava doente e não foi ao navio, mas nos mandou um caixote de champanhe pelo seu próprio contrabandista, um italiano enorme que apareceu de repente, proferiu um discurso floreado para nos desejar longa vida e nos fez um relato detalhado das dificuldades para pôr o champanhe a bordo. Era um champanhe excelente.

Começamos a tomá-lo imediatamente; quando tinha quase acabado, começaram a nos dar adeus.

Lucia me chamou de lado e disse:

— Gostou da estola de arminho? Ajudei Nathaniel a escolher.

— É linda — respondi. — Por que ele quis me dar uma estola de arminho?

— Desde que leu *The Green Hat*, Nat acha que as estolas de arminho são as vestes do romance. Pat, ele é uma ótima pessoa. — Ela hesitou e continuou. — Não é da minha conta, Pat, mas você está pensando que a Ásia é um lugar grande ou pequeno?

Nós nos entreolhamos. Respondi:

— É um lugar grande, Lucia. Mas nunca se sabe...

Lucia afirmou:

— Vai dar tudo certo, suponho. — Ela passou o dedo pela capa de arminho. — O rótulo pode ser "Sucesso na edição americana", Patricia.

Sorrimos uma para a outra. Ela foi embora. Todos já tinham ido, menos Nathaniel.

— Patricia — disse ele, — vou subir para mandar ao Bill um telegrama, mensagem de rádio ou sei lá o que mandam de última hora, para agradecer pelo vinho. Então, volto para levar você ao convés e vermos Nova York passar.

— Tudo bem, querido. Quero retocar a maquiagem, de qualquer modo.

O comissário tirava as garrafas e taças de champanhe da nossa sala. Entrei no quarto. Havia garrafas e taças de champanhe por toda parte. Passei um batom novo, pus pó e perfume. Eu me sentia aquecida pelo champanhe e interessada em fazer a volta ao mundo.

Havia um espelho comprido na porta do quarto. Fui na direção dele e fiquei imóvel.

No espelho, havia uma moça baixa e magra. Tinha cabelo liso, preto e brilhante, olhos cinzentos e a boca curva e vermelha. Em torno dos olhos, havia leves sombras que seriam rugas dali a dez anos, mas não antes disso. Usava um vestido de tule cor-de-rosa. Um lado da saia franzida pendia como um leque semiaberto. Usava negligentemente uma estola de arminho sobre os ombros — que muitos homens beijaram — e que, agora, era provável que só um homem beijasse.

Ela não parecia feliz nem infeliz, só um pouco cansada e um pouco divertida.

Eu me perguntei como ela era sob as suas atitudes. Mas agora sabia que nem eu nem ninguém jamais teria certeza disso.

Ela e eu nos curvamos uma para a outra, gravemente, e fui procurar Nathaniel.

Ele e eu ficamos calados. O navio movia-se suavemente pelo rio, e observamos Nova York passar. Nathaniel pôs a mão amistosa no meu ombro.

As luzes dos arranha-céus da cidade passavam sem parar e, com elas, toda a minha vida. Peter, Patrick, Kenneth, Lucia, Noel... vozes e sons de pessoas e coisas que conheci.

— Não vai se sentir solitária, Patricia? — perguntou Nathaniel.

— Não, querido.

Ele ergueu os braços para aquele horizonte fantástico.

— Voltaremos, Patricia, e construiremos alguns arranha-céus... Então, viajaremos de novo... Quero ver todas as cidades do mundo. Cidade do Cabo, Budapeste, Moscou... Cantão, Calcutá e Yokohama... Adoro o som desses nomes.

A voz dele ficou mais grave.

— Quero ser muito bom para você, Patricia.

Foi fácil lhe dar o braço; seria fácil ser muito boa para Nathaniel, sempre.

— Em que está pensando, Patricia?

— Que quero ser uma esposa perfeita para você, Nathaniel.

Ele sorriu alegremente para mim.

Eu falava sério.

Mas, em toda a minha juventude, em toda a minha vida, espero que, em alguma cidade distante, eu reencontre o meu amor.

As luzes de Nova York ficaram indistintas atrás de nós... Era uma cidade reluzente.

POSFÁCIO DA EDIÇÃO DE 1989

Quando a editora desta série entrou em contato comigo, a um continente e cerca de meio oceano de distância, me disse que foi uma busca difícil e propôs republicar *Ex-esposa*, fiquei espantado. Nem sabia que detinha os direitos autorais.

Eu me lembrava do livro, é claro. Na minha vida, *Ex-esposa* foi como duas imagens: um móvel e um albatroz. Inúmeras famílias possuem alguma peça esquisita, uma escrivaninha ou aparador de estilo suspeito e fora de moda há muito tempo, Biedermeier ou Luís XVI. Não combina com o resto da casa, mas tem uma forte associação com a tia-avó Tillie, que lhe deixou o objeto. Assim, encontra-se um lugar para ele, pelo menos no sótão ou num canto do celeiro, e o dilema do que fazer com ele é adiado, pelo menos até que haja novos herdeiros ou seja preciso vender tudo e se mudar para a cidade. Só depois de longa discussão fui convencido de que algumas pessoas ainda se interessariam por essa específica peça Luís XVI.

Mencionei o albatroz, ave que, tradicionalmente, dá azar. *Ex-esposa* foi assim, de certo modo. O seu escandaloso sucesso, no inverno do *crash* de 1929, ensinou à minha mãe, na época jornalista e redatora de moda, que podia ganhar muito dinheiro, numa época ainda quase sem impostos. A partir daí, praticamente nada mais a segurou. Ela se tornou uma das principais praticantes de um ofício hoje morto, nos antigos termos pré-TV: a ficção das revistas femininas, uma fórmula pronta. Outros nomes famosos desse tipo de texto, a maioria tão esquecida quanto a minha mãe, foram Faith Baldwin, Margaret Culkin Banning e Viña Delmar. Kathleen Norris talvez fosse a decana, a mãe da tribo.

Minha mãe trabalhava como escrava das galés: recordo bem o caos e a tensão de cumprir aqueles eternos prazos da *Cosmopolitan* ou da *Women's Home Companion*, há muito desaparecida. Ela e um punhado de colegas ganharam mais, creio, do que qualquer outra mulher americana da época, a não ser as atrizes do cinema com emprego bastante estável. De 1930 até cerca de 1945, os anos mais rentáveis, acredito — mas é só um palpite — que minha mãe ganhou cerca de setecentos mil dólares, com a venda dos direitos a alguns filmes para engordar o total. Ela gastou cada centavo e ainda mais. A minha mãe era gastadeira; gostava de homens e de outras posses. Casou-se quatro vezes, e dois maridos lhe custaram dinheiro.

Casas, carros, criados, viagens e os melhores produtos da Bergdorf Goodman e da Bonwit's (que destacavam lindamente sua aparência irlandesa miúda, viva e morena) sugaram todo o dinheiro. A questão não era o colapso de uma herança ou da fortuna súbita; ela gastava o que ganhava ou por antecipação. (Minha mãe era uma aplicação curiosa do "pagar conforme o uso", que deveria ser uma política fiscal sensata; por assim dizer, ela *realmente* pagou conforme o uso.) Totalmente esgotada, pelo que me lembro um evento quase anual, ela voltava a trabalhar e, sob a influência do café preto, das guimbas de cigarro, dos estalos das cartas na mesa de jogo e das noites insones, ela forjava os sonhos que vendia à *Cosmopolitan* ou à *Redbook* para deleite das donas de casa da década de 1930.

Todo o tempo, ela era muito generosa, contanto que tivesse algo a dar. O meu principal quinhão do butim foi uma educação muito esmerada: a minha mãe tentou me criar para o *Establishment* — palavra mais tardia, só amplamente usada nos Estados Unidos a partir da década de 1950. Poderia ter dado certo, não fosse por duas coisas: a minha falta de aptidão e a falta de interesse do *Establishment*. Ainda assim, aprendi com alguns homens muito bons primeiro a ler e, depois, a pensar na História de forma rudimentar. A minha mãe tinha a forte crença, comuníssima nos irlandeses de Boston e, depois, no povo judeu, na qualidade mágica de talismã do Harvard College. Eu o vi numa época, a década de 1940, em que acho que a variedade social era muito maior do que hoje; algo curioso, em termos do esforço frenético de democratizar o lugar, mas acredito que fosse assim. A minha mãe foi uma garota de Radcliffe na Primeira Guerra Mundial, e me perguntei se as características que exibia, algumas encantadoras, outras muito perigosas, derivavam do desdém que recebeu em Cambridge como garota irlandesa intrometida e esnobe de Dorchester. Mas isso é só especulação.

Para mim, a certeza é: ela sempre foi propensa a problemas. Na década de 1930, teve força, astúcia e sorte para evitar o pior; mesmo assim, foi por pouco. Aos doze anos, eu sabia que ela tinha sido chantageada pelo menos duas vezes. A primeira não foi nada: uma criada, fácil de assustar naquele tempo por algum advogado local. Minha mãe demitiu a moça, talvez com uma pequena quantia para facilitar. Na outra vez, foi vítima de um golpe bastante elaborado, e os participantes foram um escritor barato e a sua esposa supostamente complacente. E saiu caro. Anos depois, li o óbito do ex-amante no *Times*. Ele subiu na vida e foi publicado por uma das duas ou três editoras mais prestigiadas dos Estados Unidos; vários títulos foram mencionados.

Na década de 1940 e no início da década de 1950, ela foi perdendo o controle da vida, e os vários Waterloos pessoais que sofreu talvez ainda estejam registrados nas colunas amareladas de fofocas e nos anais dos tribunais de vários estados. A minha mãe morreu em 1957, na enfermaria de caridade de um hospital de Nova York, de um câncer misericordiosamente rápido, com cinquenta e oito anos. (Ela mentia um pouco nos registros do *Quem é quem*, mas eu nunca soube quanto até ler a inscrição que a irmã pôs no túmulo; em geral, ela se dava três anos a menos.) Foi internada e talvez tenha morrido com nome falso; por um lado, ainda havia um mandado de prisão contra ela no estado de Nova York. Essa tática tinha uma vantagem: a imprensa que ela temia, mas cuja atenção não deixava de atrair, foi enganada; a minha mãe não teve de lidar com a matilha de lobos no leito de morte.

Nickolas Muray, mais caricaturado do que retratado neste livro, tirou as melhores fotos da minha mãe. Mas, no único livro que vi com a obra dele, ela não aparece. Em vez disso, vou recuperar o seu estilo geral numa capa da Vogue amplamente vendida nos últimos anos como cartão de felicitações. Era o número de "compras de primavera" de 1927. Não consigo identificar a assinatura do artista — não é Covarrubias, como já pensei.

A modelo usa um tipo de casaco de noite estampado com gola alta de arminho e um único fio de pérolas enrolado bem junto ao pescoço. Usa um daqueles chapéus *cloche* com uma longa lança ou flecha de brilhantes na vertical e a aba levemente dobrada para cima num dos lados. É loura, mas o cabelo curto, o lábio superior em formato de arco de cupido e o ar muito equilibrado dos grandes olhos — desses, acho que me lembro. Palas Atena como melindrosa da época de Fitzgerald. Atrás da moça, está uma cena noturna de Nova York, o pastiche do artista, ao que parece, da Broadway e da Park Avenue, prédios altos e luzes brancas; talvez devêssemos reconhecer o antigo edifício Woolworth. Gosto disso. Parece que a moça e o seu ambiente são o que deveriam ser; consigo me lembrar da minha mãe assim; mas, com apenas quatro anos na época, só tenho lembranças muito esmaecidas de 1927.

Em algum ponto de Santayana há um tipo de epitáfio da minha mãe. Temos problemas horríveis, diz o filósofo, porque alguns de nós são trazidos dramaticamente à vida num mundo que não é nada dramático. Mamãe viveu algum tempo como o rei do poema de Yeats que encheu o dia do seu casamento de desfiles, concertos e salvas de canhão: "que a noite venha". Veio para a minha mãe de um jeito desastroso; mas talvez ela tenha sentido que o dia valeu muito a pena.

A Nova York aqui descrita — e seria verdadeira, creio, por mais vinte anos — era muito menor, muito mais íntima, muito mais segura e muito mais barata do que a cidade dos anos cinquenta ao presente. Também era mais limpa. A minha mãe a chama de "reluzente", e certa vez refleti sobre um trecho de um ensaio de Scott Fitzgerald, porque para ele a cidade apresentava uma imagem branca e radiante. Embora os arranha-céus da primeira geração fossem construídos com uma pedra mais leve, os construtores não calcularam o vasto aumento dos carros ou a quase duplicação da população da cidade entre 1920 e 1960.

Todos bebem em *Ex-esposa*. Tenho sessenta e quatro anos e acho que ninguém com menos de sessenta consegue recordar como a sociedade bebia, uma sociedade inteira que bebia naquela escala. Falo do que conheci, a classe média e média alta, profissionais liberais e alguns do meio artístico do nordeste do país. Uma das minhas primeiras impressões, quando saí da casa do meu avô em Boston após a morte dele e fui morar com a minha mãe em Nova York, foi que um terço dos adultos estava bastante alto ou bêbado — a gente aprende as gradações — na hora do jantar, principalmente nos fins de semana. Enquanto servia *hors d'oeuvres*, conheci, na época em que tinha quinze anos, um ganhador do Nobel e um homem que, mais tarde, concorreu à presidência; ambos estavam bêbados.

Certa vez, John O'Hara disse que duas coisas da sua vida tenderam a transformar em criminoso o povo americano: a Lei Seca e o imposto de renda. Acredito que o romancista tentou descrever o caráter nacional.

A escrita confessional, como é este livro em boa parte, é dificílima de produzir, e, dos bons livros confessionais, um grande percentual é religioso, de Santo Agostinho ao Cardeal Newman. Do tipo secular — e é um grande livro —, gostaria de tomar emprestada uma bênção ao pequeno romance da minha mãe e republicá-lo muitos anos depois da sua morte. No início das suas *Confissões*, Jean-Jacques Rousseau se preocupa com a reação do público. Ele diz:

> Que a legião inumerável dos meus colegas se reúna à minha volta e ouça as minhas confissões. Que se queixe da minha depravação e enrubesça com os meus delitos. Mas que cada um deles revele o seu coração ao pé do Vosso trono com igual sinceridade, e que algum homem ousado diga "Fui melhor do que ele".

Essa é a tradução para o inglês de J. M. Cohen. Se não fosse tarde demais, é a epígrafe que eu escolheria para este romance.

— Marc Parrott
Honolulu,
abril de 1988

Este livro foi impresso nas oficinas gráficas da Editora Vozes Ltda.,
Rua Frei Luís, 100 – Petrópolis, RJ.